Contents

106 學年度　指考英文試題詳解

◆ 第壹部分：單選題

一、詞彙題

(D) 1. 自從上周吵架後，Martha 就一直避開她的室友，因為她並不想繼續爭執。
(A)(植物) 蔓生　(B) 打擾
(C) 追求　(D) 避開

解析

❶ 由後句可得知，Martha 並不想繼續爭執，可反推她應該自從吵架後就一直避開室友，故選(D) avoid。
❷ 本題的 as 解釋為「因為」。
❸ avoid . . . like the plague 盡量躲開

(A) 2. 當 David 喝完最後一滴美味的雞湯，他舔了舔嘴巴並發出滿足的聲音。
(A) 滿足　(B) 支配
(C) 爆炸　(D) 愛慕

解析

❶ 由 delicious 得知雞湯很美味，並且從 David 喝完最後一滴跟舔嘴唇的敘述可推知他應該發出滿足的聲音，故選(A) contentment。
❷ 本題的 as 解釋為「當…時」。

(C) 3. 在幾回合的激烈搏鬥後，這名拳擊手一拳打中對手的臉部、擊倒他並贏得比賽。
(A) 表演者　(B) 服務生
(C) 對手　(D) 送信人

解析

❶ 在本題的主要子句中，用三個動詞片語來表達連續動作。由文意得知該拳擊手最後贏得比賽，推論應是打敗對手，故選(C) opponent。
❷ 本句使用「動詞 + 人 + 介系詞 + the + 身體部位」的句型，例：The robber hit the lady on the head and robbed her of her purse.

(B) 4. 小心！這張長凳才剛上漆。如果想要加快讓油漆變乾，可以用風扇來吹。
(A) 繫牢　(B) 使加快
(C) (使) 變長　(D) 增強

解析

由前句得知長凳剛上漆，並且說話者提醒可用風扇來吹，推知他 / 她建議如此做可加快油漆變乾的速度，故選(B) hasten。

(D) 5. 熱牛奶能引起睡意。所以如果難以入睡，可以試著在睡前喝點熱牛奶。
(A) 隱匿　(B) 徵募
(C) 吸收　(D) 引起

解析

由後句「如果難以入睡，可以試著在睡前喝點熱牛奶」，可以推論熱牛奶能引起睡意，故選(D) induces。

(D) 6. 在小鎮當了五年的數據處理員後，Alice 對工作的慣例與生活的單調乏味感到厭倦。
(A) 干擾　(B) 得救
(C) 剩餘物　(D) 單調乏味

解析

❶ 由前句「在小鎮當了五年的資料處理員後」，與 routine (慣例)，可推測 Alice 對生活的一成不變感到厭倦，故選(D) monotony。
❷ 字首 mono- 表示「單一的」，例：monopoly (獨佔)、monocracy (獨裁政治)。

(A) 7. Peter 從未準時參加會議或赴約。研究他長期遲到的原因會很有意思。
(A) 長期地　(B) 歇斯底里地
(C) 同時地　(D) 抵抗地

解析

由前句「Peter 從未準時參加會議或赴約」，可推知 Peter 長期有遲到的問題，故選(A) chronically。

(C) 8. 電影《少年 Pi 的奇幻漂流》為李安在 2013 年贏得奧斯卡最佳導演獎——該獎項是電影界最夢寐以求的獎項之一。
(A) 居住於　(B) 勝過
(C) 渴望　(D) 旋轉

解析

❶ 本句指出執導《少年 Pi 的奇幻漂流》的李安贏得 2013 年的奧斯卡最佳導演獎，並以破折號補充說明該獎項是電影界最夢寐以求的獎項之一，故選(C) coveted。
❷ 破折號有對前面事物提供進一步資訊或補充說明的功能。

(B) 9. 環境科學家認為，地球在下個世紀中可能面臨重大的生態改變。
(A) 省的　(B) 生態的
(C) 真實的　(D) 多餘的

解析

❶ 由文意得知，環境科學家認為地球在下個世紀中可能面臨重大的生態改變，故選(B) ecological。
❷ 本題亦可以 environmental 當線索，選出相關的 ecological。

(A) 10. 傳統中國醫學包括草藥治療，這使用植物、植物部位或其調合物來預防或治療疾病。
(A) 藥草的　(B) 手忙腳亂的
(C) 有磁性的　(D) 描寫的

解析

關係代名詞 which 引導的形容詞子句用來修飾先行詞 remedies，子句內容是對先行詞的說明，可當作線索，由「使用植物、植物部位或其調合物來預防或治療疾病」，得知指的是草藥，故選(A) herbal。

二、綜合測驗

第 11 至 15 題為題組

法國——香奈兒、迪奧、聖羅蘭等時尚巨擘總部所在之地——已和義大利、西班牙和以色列等國攜手，立法禁止過瘦模特兒走伸展台或拍攝廣告。

法國政府通過法案，起用過瘦模特兒將 11.犯法。違法的模特兒經紀公司最高可罰款 81,000 美元，涉案職員最多可處六個月刑期。根據法國官員的說法，此一舉措旨在 12.嚴加取締美化危險過瘦的模特兒。

已通過的法條規定，模特兒在能進入時尚業工作之前，須先提供可佐證他們身體健康的醫療 13.證明。此外，他們 14.依法須定期量體重。模特兒經紀公司必須製作醫療報告，證明旗下模特兒一直維持 15.健康的身體質量身高比。這項法案可望改變年輕女子對女性理想體型的看法。

(C) 11. (A) 預測　(B) 代表　(C) 判定…為非法　(D) 區別

解析

本文第一段指出法國加入反對過瘦模特兒的行列。本句接續此意思，說明法國政府通過某項法案，由第一段的線索「adopt laws against super-skinny models」推知應選(C) criminalize 與此相呼應，即本法案認定使用過瘦模特兒為非法行為。

(B) 12. (A) 忍受　(B) (對某事物) 嚴加限制　(C) 屈服　(D) 留意找

解析

本題的前句指出，違反此法令的經紀公司將會受到罰款與牢獄刑責，可推測這措施的目的在於用罰則避免社會對過瘦模特兒的讚揚，即要對此行為嚴加限制，故答案選(B) crack down on。

(B) 13. (A) 新聞報導　(B) 證明書　(C) 操作　(D) 處方

解析

本題以形容詞子句修飾先行詞的概念提供線索。由文意可知，在此法令要求下，模特兒在進入時尚業之前，必須出示能夠證明她們健康狀況的醫療證明，得知答案應選(B) certificate。

(A) 14. (A) 受…控制　(B) 習慣於　(C) 享有　(D) 對…熟悉

解析

前句指出模特兒必須出示健康證明，由空格前的 moreover 可知，本句文意緊扣前句，可知是指模特兒必須依法令定期做體重檢查，答案選(A) subject to。

(A) 15. (A) 健康的　(B) 愉快的　(C) 頻繁的　(D) 有特色的

解析

接續前意與本篇主旨，可知本句表示模特兒經紀公司也必須準備醫療報告來證明旗下模特兒維持健康的身體質量與身高比，所以選(A) healthy。

第 16 至 20 題為題組

區分生物和無生物的一個因素在於，有機體能執行對生存至關重要的化學反應。想像一個大型有機體，例如人類，每天必須執行無止盡的化學反應。少了酵素，這些反應 16.無一可行。

酵素由不同種類的蛋白質構成，作用是驅動化學反應，其為營養素生效的 17.必要條件。酵素可促成化學反應，或者加速其進行速率。沒有酵素的話，反應物可能要花上好幾百年的時間，才能轉換成有用的生成物，18.如果能做得到的話。這是為什麼酵素對於維繫地球上的生命至關重要。

19.然而酵素並不總能完美發揮作用。1902 年，蓋羅爵士是第一個把 20.疾病歸因於酵素缺陷的人，他後來稱之為「先天性代謝異常」。時至今日，新生兒固定接受某幾種酵素異常的篩檢，例如苯酮尿症和半乳糖血症，後者為無法正常代謝半乳糖的疾病。

(C) 16. (A) 任何　(B) 所有　(C) 沒有任何　(D) 更多

解析

此格前句指出，像人體這樣的有機體內每天有無數的化學反應在進行，下一段接著介紹酵素的功能，可知本句應是表示這些人體賴以維生的反應無酵素不可進行，強調酵素的重要性。本句後有帶否定意義的 without，由「負負得正」的雙重否定概念來看，必須選同樣帶否定含意的「None」以表示肯定意義，故答案應選(C) None。

(B) 17. (A) 需要　(B) 被需要　(C) 需要　(D) 需要

解析

由文意得知，酵素由各種蛋白質組成，功用是驅使必要的化學反應以讓某些營養物起作用，故本句可還原為 . . . drive the chemical reactions which are required for certain types of nutrients . . .，省略關係代名詞 which 後，改為分詞片語，因反應是被需要來進行某些作用，故 reactions 與 require 間為被動關係，因此用過去分詞形 required，答案選(B) required。

(A) 18. (A) 假若　(B) 在手邊　(C) 起初　(D) 安心

解析

❶ 由文意來看，缺乏酵素時，反應物可能會需要好幾百年才能轉化成可用的生成物，作者以 if 條件句補充說明出他 / 她的懷疑，得知以 at all 來加強語氣，故答案選(A) at all。

❷ at all 常用於否定句表示「一點也不…」。

例：Jamie is very arrogant; I don't like his attitude at all.

at all 用於 if 條件句時，可加強語氣，意為「假若，既然」。

例：Maria will bring a cake to us, if she comes at all.
If you want to finish this project alone at all, do it well.

(D) 19. (A) 此後 (B) 反而
(C) 同樣地 (D) 然而

解析

上一段說明酵素的功能與重要性，本段敘述酵素缺乏造成的疾病，前後文意相反，因此本格應選表示語氣轉折的(D) however。

(A) 20. (A) 疾病 (B) 平衡
(C) 措施 (D) 敘述

解析

本格後面有形容詞子句 which he later referred to as an "inborn error of metabolism"，得知本格為先行詞，由此為線索，可確定 Archibald Garrod 發現酵素缺乏的疾病，故答案選(A) disease。

三、文意選填

第 21 至 30 題為題組

數百年前，名叫皮蛋的開胃菜之製作方法在中國鄉村地區誕生了。據說，一位農夫在摻雜熟石灰和水的混濁泥濘中，發現天然保存的鴨蛋。嚐過之後，他決定動手重現它們，結果成就了一道21.佳餚，成為在香港、中國和部分東南亞地區傳承數世紀的家常美食。

雖然皮蛋發現的過程細節未有文字記載，科學家判斷應可22.追溯至 500 多年前的明朝。而且，至今除大規模產製所用的技術外，皮蛋的保存過程相對來說保持23.不變。

要做皮蛋，通常會在大缸中填滿很濃的紅茶、石灰、鹽和剛燒好的木灰之混合物，過夜待涼。隔天，將鴨蛋、鵪鶉蛋或雞蛋放入24.混合液。然後浸泡七周到五個月——並非如其英文名世紀蛋25.暗示的百年那麼久。

皮蛋也26.有許多其他名稱，例如百年蛋、千年蛋、千禧蛋。但不管叫什麼，這尋常小菜有種相當不尋常的氣味，經常被旅客歸類到像是雞爪、蛇湯之類的其他27.奇特亞洲食物。第一個28.挑戰是要克服其奇特的外觀。果凍般的皮蛋並非蛋白加鮮橘色蛋黃，而是不怎麼29.刺激食欲的深棕色和沼澤綠的色調。另須應付像阿摩尼亞的刺鼻味道，這道小菜因此贏得另一個外號：馬尿蛋。

儘管皮蛋能吸引老一輩和好奇的旅客，但逐漸不為年輕人所30.偏愛，他們對中國醃漬發酵的食品感到厭倦。這平凡小吃的前景難料，但中式餐廳主廚仍試著保留這道廚藝遺產的懷舊味道。

(A) 激起 *vt.*	(B) 奇特的 *vt.*
(C) 佳餚 *n.*[C]	(D) 追溯
(E) 使清新 *vt.*	(F) 暗示 *vt.*
(G) 刺激食慾的 *adj.*	(H) 混合 *n.* [U]
(I) 以…為名	(J) 不變的 *adj.*
(K) 挑戰 *n.* [C]	(L) 偏愛 *n.*[U]

解析

(C) 21. . . . , resulting in a ______ that would endure for centuries as a comfort food in Hong Kong . . .，本空格在冠詞 a 之後，應填名詞，後面有 that 引導的形容詞子句提供線索，由子句中的 comfort food (家常美食)，得知空格應填與其相呼應的(C) delicacy。

(D) 22. . . . scientists estimate that it ______ more than 500 years to the Ming Dynasty.，本空格在主詞 it 之後，應填單數動詞。由文意雖然皮蛋的發現並未有事實證明，但科學家判斷應可追溯至 500 多年前的明朝，得知答案選(D) dates back。

(J) 23. . . . the egg preservation process has remained relatively ______，本空格前有動詞 remain 與副詞，應填形容詞。由文意得知，除了一些用於大量製造的技術之外，皮蛋的保存過程相對來說保持不變，故答案為(J) unchanged。

(H) 24. The next day, duck, quail, or chicken eggs are added to the ______，本空格在冠詞 the 之後，應填名詞。前句簡述皮蛋的製作過程中，先將許多東西的混合物 (combination) 放在大缸裡置上一夜冷卻，本句接著說明隔天再將蛋加到這些混合物中，因此答案應選與 combination 呼應的(H) mixture。

(F) 25. Then they soak anywhere from seven weeks to five months—not for a century as the name ______，本空格前有連接詞 as (意為「如同」) 與主詞 the name，判斷應填單數動詞。由文意這些蛋會浸泡在混合物裡達七週至五個月，並非如其英文名所稱的百年那麼久，故答案應選(F) implies。

(I) 26. The century egg also ______ many other names, such as hundred-year egg, thousand-year egg, or millennium egg，本空格位於主詞 The century egg 後，後有名詞 other names，應填及物動詞，由文意可知本句指出皮蛋有其他名稱，另外 go by the name of . . . 為常見搭配用法，意為又叫…名字，故答案選(I) goes by。

(B) 27. . . . is often grouped by travelers with other ______ Asian foods such as chicken feet or snake soup，本空格在名詞 Asian foods 之前，應填形容詞，前半句指出這常見的點心有不尋常的味

道，因而常被遊客與其他亞洲食物歸在同類，由前面的 uncommon taste 與 such as 後接的雞爪、蛇湯等線索，可知遊客覺得皮蛋與蛇湯等同屬奇特食物，故答案選(B) exotic。

(K) 28. Getting beyond the egg's appearance is the first ______，本空格前有形容詞 first，應填入名詞，後句描述皮蛋看起來不討喜，可回推本句應指食用皮蛋的第一個挑戰是要克服其奇特的外觀，故選(K) challenge。

(G) 29. . . . the jelly-like egg takes on a less ______ dark brown and swampy green hue，本空格在副詞 less 之後，應填形容詞，由 dark brown 與 swampy green 等字，可知皮蛋外觀比較倒人胃口，故答案選(G) appetizing。

(L) 30. While the century egg draws a following from older generations and curious travelers, it is falling out of ______ with the younger set，本空格在介系詞 of 之後，應填名詞，由 While 引導讓步子句的用法，可知前後文意相反，前句表示相較於老一輩和遊客對皮蛋的接受度，年輕人並不愛這一味，推知答案為(L) favor。fall out of favor 意為「失寵」。

四、篇章結構

第 31 至 35 題為題組

人最難面對的困境之一便是斷肢。如果一個人失去手或腳，他或她就必須裝義肢。

對海星來說，情況截然不同。若海星失去一隻手臂，牠能再長一隻新的出來。31.相同的情形也會發生在龍蝦、蠑螈與許多其他動物身上。蝸牛甚至能重長一個頭——想像一下要是人也可以這樣做，這世界會變成什麼樣子。但我們不行。我們不能重長斷肢，連手指也沒辦法。這就是為什麼科學家要研究能重新長出身體部位的動物，也就是再生。32.他們希望這項研究將來能讓人類的肢體再生成真。

許多不同的動物展現出某種形式的再生能力。然而其中大部分僅限於壁虎能做到的，像是長出斷尾。蟑螂能長回斷肢，但那隻斷肢無法長成一隻新蟑螂。33.科學家稱此為單向再生。另一方面，雙向再生是指動物被截半後，各自長成功能健全的個體。34.這種再生能力顯現於某些動物身上，如水螅與海星。將一隻水螅切兩半，能得到兩隻水螅；切成四段，就變四隻。

35.當提到再生能力時，很少有動物能與真渦蟲的能力匹敵。一個個體可以被切成數百段，約一週後，每段就都能長成完整個體。因為這種神奇能力，真渦蟲能一再生成，擁有某種不朽生命。人類能否達到此境界可能還需長年研究。

解析

(C) 31. 本格前一句提到如果海星失去觸手，能夠長出新的，後一句以蝸牛甚至能夠長出新的頭為例，回推本格文意應該也是舉有四肢重生能力的動物當例子，選項(C)中列舉一些動物，可前後相呼應，並由文意可知，The same thing 指的是四肢重生的能力，確定答案為(C)「相同的情形也會發生在龍蝦、蠑螈與許多其他動物身上」。

(F) 32. 本格前二句提到因為人類無法長出新肢體，因此科學家正在研究能再生肢體的動物，可推論科學家希望能研究出讓人類再生肢體的方法，考慮選(F)。檢視(F)選項，主詞 They 指的是 scientists，且文意「他們希望這項研究將來能讓人類的肢體再生成真」連貫，故確定選(F)。

(A) 33. 本格前句說明蟑螂可長回失去的腳，但蟑螂腳無法長出蟑螂，後句接著說明雙向的再生，動物肢體可長出全新的個體，可見本格之前的例子應屬於單向再生，故答案選(A)「科學家稱此為單向再生」。

(E) 34. 本格前句說明雙向再生，與選項(E)的 This type of regeneration 相呼應，而本格後句提到水螅 (hydra) 的例子也與(E)選項中的 hydras 相符，確定答案為(E)「這種再生能力顯現於某些動物身上，如水螅與海星」。

(D) 35. 本格後句出現代名詞 one，可回推本格應有對應的名詞。由後面文意可知，本段主角為真渦蟲，回推本格應選出現真渦蟲的(D)「當提到再生能力時，很少有動物能與真渦蟲的能力匹敵」。

五、閱讀測驗

第 36 至 39 題為題組

伊拉克出生的英籍女性札哈・哈蒂，常被稱為當代最傑出的女建築師，她聰敏強悍，拒絕在建築美學上妥協。多年來，建築雜誌裡處處可見她的設計，但被斥為不夠務實或太前衛。此外，在男性主導的領域裡，女性身份對她的成功並無助益。

即使備受挫折，當她為辛辛那提市新當代藝術中心做的設計獲選並且完工後，為她贏得全球讚賞。紐約時報描述該建築是「美國自冷戰以來最重要的新建築」。一旦她的天份被認可，各式的設計委託不斷湧入，包括大眾運輸、圖書館和歌劇院。2004 年，哈蒂成為首位贏得聲望崇隆普立茲克獎的女性。她也在 2010 年和 2011 年獲頒英國斯特林建築大獎。

哈蒂對建築的興趣植基於青少年時的一次家庭旅遊，他們造訪伊拉克南部古城蘇美，那裡是全球最古老的文明之一。她回憶說：「地景之美——沙、水、蘆葦、鳥、建築和人，不知怎的連貫一氣——從未離開我。我嘗試找出——我想是創造——一種建築，以及市區規畫形式，以現代風格做成同樣的事。」

大自然的形體不斷給哈蒂的建築帶來靈感。她的設計很大膽，以空間以及建築與周遭環境的關係，進行視覺實驗。她在追尋能表達其理念的視覺美學時，不斷挑戰建築和都市設計的界限。

(D) 36. 根據本文，Hadid 成功的主要因素是什麼？
(A) 她家人的支持。 (B) 她的原屬種族。
(C) 她的性別和教育。 (D) 她的眼光和天分。

說明
第一段第一句提到 Hadid 拒絕在藝術上妥協，推知她有獨特眼光。第二段第三句提及她的天分終於在設計辛辛那提新當代藝術中心後受到肯定，得知她的成功是歸因於獨特眼光與天分，答案應選(D)。

(B) 37. 在第二段中，作者說「her star began to rise」要表達的意思為何？
(A) 她開始發財。
(B) 她更加受到認可。
(C) 她的設計變成古典的風格。
(D) 她的想法開始成形。

說明
第二段第一句說明 Hadid 在辛辛那提當代藝術中心的設計受到肯定後，開始受到國際的讚譽，並讓她接到各種案子，開啟了她的設計之路，可知作者表達在這時間點後她受到各界的認可，故答案選(B)。

(D) 38. 第三段的的大意為何？
(A) Hadid 家人的文化背景。
(B) Hadid 家鄉的美麗風景。
(C) Hadid 年輕時的鮮明回憶。
(D) Hadid 建築哲學的根源。

說明
第三段敘述 Hadid 十幾歲時與家人到蘇美地區遊玩時，受到當地美景的感動，此份悸動讓她始終想將這份美以當代的方式表現出來，因此得知本段主要在說明她建築哲學的根源，答案應為(D)。

(C) 39. 根據本文，下列哪項關於 Hadid 建築事業的敘述為真？
(A) 她建造了紐約的第一個當代藝術中心。
(B) 她的建築計畫主要與市區的博物館有關。
(C) 她的作品特色是大膽表現當代風格與創新。
(D) 因為政治背景，她早期的設計常被拒絕。

說明
❶ 第二段第一句指出 Hadid 設計辛辛那提的新當代藝術中心，並非位於紐約，(A)為錯誤選項。
❷ (B)本文未提及。
❸ 第一段的第二句指出 Hadid 的作品雖常見於建築期刊，但也收到不夠務實與太前衛的批評，故得知她的作品具有大膽且創新的風格，答案選(C)。
❹ 本文僅提及身為女性讓她在男性主導的建築界中較難嶄露頭角，並非受到政治背景的影響，(D)為錯誤選項。

第 40 至 43 題為題組

退休商人陶德‧波爾從未預料到，他 2009 年在自家陽台打造的一個木頭箱子，今日會具有全球影響力。

波爾打造了娃娃屋大小的書箱，看起來像豎在木樁上的迷你校舍，他將它放在前院草皮上，做為免費的社區圖書館，以紀念他愛讀書且為學校老師的母親。波爾的書屋原型催生了「小型免費圖書館」，這個非營利組織設法在全球各地社區設置小型隨手可得的圖書交換箱。概念很簡單：街坊鄰居受邀分享一本書、留下一本書，或同時進行兩者。時至今日，在 70 個國家已有逾 5 萬間這樣的圖書館。

幾乎每個人都能跟「小型免費圖書館」註冊，成立一間圖書館，只要那人肯維護圖書館，確保圖書內容適合他 / 她的社區。圖書館的所有人可以打造自己的迷你圖書館；因此，圖書館的外觀通常都獨一無二，而且似乎有無限的可能。加州的一間圖書館以二手裝酒木箱打造而成；德州另一間圖書館有迷你樓梯和色彩明亮的牆壁。圖書館一旦註冊，就會在「小型免費圖書館」的網頁上被指定一個編號。「小型免費圖書館」的索引以 GPS 座標列出所有圖書館的位置，以及其他資訊。業主將收到一個標明「小型免費圖書館」的招牌。

大家說，基於好奇心，以及便利性，他們比較願意在路過「免費小圖書館」時借書。一些路邊圖書館員說，自從前院設置了小型圖書館，他們已認識較多的鄰居。波爾也很得意「小型免費圖書館」讓社區凝聚。他說：「一切始自鄰居交換藏書。大家因此開口聊天，較能和鄰居自在相處。此事促成大家互助交流。」

(D) 40. 下列哪項關於 Todd Bol 的敘述未在文中提及？
(A) 他的母親曾是小學老師。
(B) 他從事貿易與商務。
(C) 他為街坊提供很好的服務。
(D) 他建了校舍向母親表示敬意。

說明
❶ 第二段第一句提到，Bol 的母親曾是愛書者與學校教師，不選(A)。
❷ 第一段第一句指出 Bol 是退休商人，不選(B)。
❸ 第二段第一句說明 Bol 將小圖書櫃放在草地上當社區的圖書館，不選(C)。
❹ 第二段第一句敘述 Bol 建立娃娃屋大小、外觀像校舍的免費圖書館來紀念愛書的母親，並非建立了校舍，此為錯誤選項，故答案選(D)。

(B) 41. 第二段的「原型」指的是什麼？
(A) 社區中心。
(B) 交換書籍的箱子。
(C) 在木樁上的娃娃屋。
(D) 非營利組織。

說明
第二段的第一句說明 Bol 在木樁上放置了娃娃屋大小

的箱子充當社區的書籍交換站，此舉催生了小型免費圖書館，可知「原型」指的是 Bol 當初所做的箱子，答案選(B)。

(A) 42. 下列哪項關於執行小型免費圖書館的敘述為真？

(A) 圖書館可有任何形狀與顏色。
(B) 圖書館的書籍選擇沒有限制。
(C) 圖書館主必須先從小型免費圖書館網站分配一個號碼。
(D) 圖書館員負責圖書館書籍的歸還與出借。

說明

❶ 第三段的第二句提及小型免費圖書館主可建造自己的圖書箱，外觀通常獨特且不受限制，因此答案選(A)。
❷ 第三段的第一句指出，圖書館主必須確定書籍內容適合他 / 她的社區，並非沒有限制，故(B)選項為錯誤敘述。
❸ 第三段的第四句表示一旦註冊後，圖書館會收到 LFL 網站分配的索引號碼，並非先被分配到號碼，(C)選項為錯誤敘述。
❹ (D)本文未提及。

(B) 43. 小型免費圖書館有何貢獻？

(A) 小型免費圖書館的索引號碼可以改善 GPS 功能。
(B) 它以簡單的方式促進閱讀能力。
(C) 它幫助強化世界的圖書館聯盟。
(D) 它的地點滿足人們對鄰居的好奇心。

說明

末段第一句，人們表示因為好奇心與便利性，經過小圖書館時會隨選一本書，可知小型免費圖書館的設立以簡單的方式養成人們的閱讀習慣，故答案選(B)。

第 44 至 47 題為題組

「司法語言學」一詞，廣義而言，包括所有跨語言和法律的研究領域。其應用的一個知名實例是克里斯柯曼案，他涉嫌於 2009 年殺害家人。霍夫斯特拉大學司法語言學部門的負責人羅伯特李奧納德，在法院審理柯曼案時，提出一些重要的語言學證據。李奧納德主張，依措辭和拼字判斷，寫威脅電郵和噴漆塗鴉的是同一人，他也主張那些樣本與柯曼的文筆風格近似。柯曼後來被判謀殺罪名成立。

李奧納德不是第一個在刑事調查中利用語言學證據的人。使司法語言學大放異彩的，是李奧納德的同事詹姆士費茲傑羅參與調查的 1996 年大學炸彈客一案，該炸彈客數年間寄出多個包裹炸彈給大學教授，造成嚴重傷亡。費茲傑羅和聯邦調查局合作時，敦促聯邦調查局公開大學炸彈客的威脅信——一封解釋他罪犯哲學的長篇宣言。

威脅信公布後，很多人打電話給聯調局說，他們認得那文筆風格。費茲傑羅靠著分析句型結構、用字遣詞和其他語言模式，縮小可能執筆者的範圍，最後認為這封信出自離群索居的前數學家泰德卡辛斯基之手。例如，卡辛斯基習慣大量使用對仗的片語，這在炸彈客的信裡經常可見。卡辛斯基和炸彈客都偏好使用數十個罕見字，諸如「荒誕不經的」和「道德淪喪的」。炸彈客用「婆子」稱呼女性，用「黑鬼」稱呼非裔美國人，也讓費茲傑羅能大概猜出嫌犯年齡。語言學證據足夠讓法官同意搜索卡辛斯基在蒙大拿州與世隔絕的小木屋；裡面找到的東西讓他被判終生監禁。

在某種層面上，從語言學證據找出隱藏的意義，是我們每天進行語言互動，直覺上都會做的事。司法專業人員做的正是同樣的工作。如同一家司法語言學公司 *Testipro* 在線上行銷廣告中所言，此一領域可被視為「整個司法體系的基礎」。

(C) 44. 本文的主旨為何？

(A) Robert Leonard 在法庭中提供語言學的證據。
(B) FBI 主要依賴語言學專家破案。
(C) 研究文本能夠在犯罪偵察中提供重要的證據。
(D) 找出在語言使用時隱藏的含意對日常互動很重要。

說明

本文整篇在描述司法語言學家如何以人們的語言使用習慣來找犯罪證據，因此主旨應為(C)。

(C) 45. 下列關於 Unabomber 的敘述何者為真？

(A) 他不喜歡被稱做黑人。
(B) 他擅長分析語言使用。
(C) 他在一份手寫的聲明中宣告自己的哲學觀。
(D) 他是住在 Hofstra 校區的數學教授。

說明

❶ 第三段的第五句提到炸彈客稱非裔美國人為 negro，(A)為錯誤選項。
❷ (B)文中未提及。
❸ 第二段的末句提到為 FBI 工作的 Fitzgerald 主張要公開罪犯寫的哲學聲明，答案選(C)
❹ 第三段的第二句指出炸彈客是數學家，但並未說是住在 Hofstra 校區，(D)錯誤。

(A) 46. 何種語言特徵未在文中提及？

(A) 聲音型態。　(B) 字的拼寫。
(C) 字的選擇。　(D) 文法型態。

說明

第一段第四句有提到 word choice and spelling，第三段第二句有提及 word choice (= selection of words)，第三句指出 Kaczynski tended to use extensive parallel phrases，屬於 grammatical pattern 的分析，由此得知答案應選未在文中提及的(A)。

(D) 47. 下列何者可以從本文推論出？

(A) 在寫作的過程中，意義可能被扭曲。
(B) 有些語言的特徵是所有人共有的。
(C) 罪行通常是由教育程度高的人所犯下。
(D) 人們常會在使用語言時顯現某種習慣模式。

說明
從文中所提的二個破案實例得知，鑑識人員均是從犯罪人的語用習慣中發現線索，故答案應選(D)。

第 48 至 51 題為題組

過去 300 年，當一國自由獨立，優先要務就是頒定國歌。遇正式國事場合，以及其他慶祝或支持國家認同的活動，通常都會演奏和唱國歌。

荷蘭 16 世紀的讚美詩「威廉頌」被廣泛視為全球歷史最悠久的國歌，其次是英國的「天佑吾王 / 女王」——這也是一首讚美詩，在 1740 年代大受歡迎。隨著國家主義在 18 和 19 世紀橫掃歐洲，國歌也不遑多讓。許多國家，例如今日已成德國一部分的獨立國，把「天佑吾王 / 女王」當範本，並採用讚美詩 (通常唱給神祇或大人物的祈禱讚歌) 的行式譜寫。其他國家，特別是西班牙和法國，則選用進行曲 (有強烈旋律和節奏的歌曲，常由軍樂隊演奏)——表達尚武精神而非王室頌歌。歐洲人藉帝國主義傳播他們的音樂品味。即使殖民地獨立，也常模仿前宗主國的傳統。造成大部分國歌不是讚美詩，就是進行曲，且以歐洲樂器演奏。

日本國歌是適合研究歐洲影響力的好案例。1860 年代，住在日本的英國軍樂隊隊長，約翰威廉芬頓，注意到日本沒有國歌。一位本地軍官尾山岩尾自平安時代的詩集挑選歌詞，由芬頓譜曲。約十年後，日本一個委員會選用宮廷樂師的旋律取而代之——這是專為日本傳統樂器作的曲，但受芬頓編曲影響而有混合曲風。今日使用的版本也被德國人弗朗茲·埃克特修改過，以適用西洋音階。

除了讚美詩和進行曲之外，英國作曲家布里斯托辨識出兩個次要類別。南美洲和中美洲的國歌常具歌劇形式，有長且精心譜寫的管弦樂作為開場。這些是受 19 世紀義大利歌劇的影響。緬甸和斯里蘭卡都屬於民謠組，因其較仰賴本土樂器。

(D) 48. 下列何者不是被用來譜成國歌的基調？
(A) 祈禱歌曲。 (B) 行進樂曲。
(C) 義大利歌劇音樂。 (D) 電影主題曲。

說明
第二段第三句提及 hymns、第四句說到 marches，以及第四段提到中南美洲的歌劇曲，可知(D)電影主題曲未被用來當國歌的基調。

(C) 49. 第二段的主旨為何？
(A) 國歌的功用。
(B) 世界最古老的國歌。
(C) 國歌的起源與傳播。
(D) 為什麼許多國家有國歌的原因。

說明
第二段說明荷蘭為最先制訂國歌的國家，繼而為英國；隨著 18、19 世紀時國家主義興起，歐洲各國亦加入國歌的行列，由此可知本段主要在談論國歌的起源與傳播，答案為(C)。

(C) 50. 關於日本國歌的敘述，下列何者為真？
(A) 它直到 20 世紀才出現。
(B) 歌詞是由日本官員所寫。
(C) 第一次的旋律是由英國音樂家譜曲。
(D) 最近的版本幾乎未受到西方音樂影響。

說明
❶ 第三段第二、三句指出日本國歌出現於 1860 年代，(A)為錯誤選項。
❷ 第三段第三句說明日本國歌歌詞是選自一首詩，(B)為錯誤選項。
❸ 第三段第三句指出英國人 Fenton 為日本國歌譜寫旋律，此為正確敘述，故答案為(C)。
❹ 第三段第一句與末句都表示日本國歌深受西方音樂的影響，(D)為錯誤選項。

(B) 51. 關於歐洲帝國主義對國歌的影響可作何推論？
(A) 人權是國歌的常見主題。
(B) 有些國家的國歌享有相似的音樂特色。
(C) 許多國歌是由歐洲的統治國所選擇的。
(D) 當地傳統未被寫入國歌中。

說明
第三段的第四句指出，隨著帝國主義的散播，歐洲人廣傳他們的音樂品味，並由之後的例子可知，曾被歐洲帝國統治的國家獨立後仍保留歐洲音樂的特色，得知答案應選(B)。

◆ 第貳部分：非選擇題

一、中譯英

1. The Universiade is a great international sports and cultural event, (which is) held/hosted every two years/biannually by different cities.

說明
❶ 參考句型：S + be + SC, which + be + V-en
❷ 時態：談論事實用現在簡單式
❸ 盛事 a great event
❹ 每兩年一次 every two years/biannually

2. In the games, student athletes from universities around/all over the world form/develop/build friendships and learn the true spirit of sportsmanship.

說明
❶ 參考句型：Adv, S + V + O + and + V + O
❷ 時態：談論事實用現在簡單式
❸ 學生運動員 student athletes
❹ 建立友誼 form/develop/build friendships
❺ 運動家精神 the spirit of sportsmanship

二、英文作文

作文範例

Being born into a family of six, I had never known the feeling of loneliness with the company of my three siblings. We ate together, played together, and even fought together. Such a "noisy" life in a "never-left-alone" situation continued until my brother and sisters all left for their college education. Ever since then, I, the youngest daughter, had often been immersed in quietness with a feeling of lost, which bloomed especially when I got home from school. At school, I could enjoy the company of my classmates. But at home, before Mom and Dad returned from their work, what I could do was just turn on the TV to feel being accompanied. How nice it was to have someone to talk to and howl with laughter! I really miss the days when the four of us were all at home.

Fortunately, my lonely days didn't last too long. My sister brought me the cure when she came home for her spring break. "Here, open the box," she said, handing me with a beam of delight a not-too-light small box. With care, I took the box and opened it. "Oh, my! What a lovely little furry thing!" I couldn't help letting out a cry. My loving sister told me that she knew how lonely I was and that she knew how much I would long for a company. "I call her Luna. She can share your happiness and sorrow while we are away." Since then, the little cat Luna has become part of my life and a member of our family. Now the first thing I do after school is no longer turn on the TV but look for naughty Luna, who may be on the sofa, under the table, or anywhere in the house. Feeding her and sharing secrets with her have been a routine of mine. Next time when my brother and sisters all come home, there will be five of us having fun together!

說明

第一段：Topic sentence: 先說明「感到寂寞的原因並描述情境」。
Being born into a family of six, I had never known the feeling of loneliness with the company of my three siblings.
Supporting idea: 接著闡述造成寂寞感的原因並多加描寫寂寞的情境與感受。

第二段：說明描述某個人、事或物如何伴你度過寂寞時光。
Topic sentence: Fortunately, my lonely days didn't last too long.
Supporting idea: 說明排解寂寞時光的過程。
Conclusion: 以如何面對與度過寂寞時光的解決之道做結論。

105 學年度　指考英文試題詳解

◆ 第壹部分：單選題

一、詞彙題

(C) 1. 在醫學實驗室中，顯微鏡被用來研究因太小而無法以肉眼看到的細菌或病菌。
(A) 代理機構　(B) 密碼
(C) 病菌　(D) 索引

解析

❶ 本句主詞是顯微鏡，可知其用途是要觀察細小的生物或物體，且由線索關代子句 that are too small to be visible to the naked eye 可知先行詞必定是微小物，故選(C) germs。

❷ too . . . to . . . 太…而不能…
the naked eye 肉眼

(D) 2. 上完夜班後，Lisa 跳上她的單車，儘快騎過又黑又窄的偏僻街道回家。
(A) 彈跳　(B) 通勤
(C) 摔倒　(D) 騎 (腳踏車)

解析

❶ 由文意知道 Lisa 在上夜班後，跳上單車騎過又黑又窄的偏僻街道，從 as fast as she could 可猜測應感到害怕而騎得很快，答案應選(D) pedaled。

❷ 本題也可由 bicycle 選出搭配的動詞 pedaled。

(B) 3. 這間牛排館被評為城市的頂級餐廳之一，觀光局大力推薦它給觀光客。
(A) 遇到　(B) 推薦
(C) 數量上超過　(D) 猜測

解析

❶ 由文意「這間牛排館被列為城市的頂級餐廳之一」，可推知它受到觀光局的大力推薦，因此本題選(B) recommended。

❷ tourism bureau 觀光局。

(C) 4. 經理口頭上答應要租他的公寓給我。雖然沒有書面的合約，我相信他會守信。
(A) 幾乎沒有　(B) 穩固地
(C) 口頭上　(D) 巨大地

解析

❶ 由從屬連接詞 Even though 引導讓步子句可知前後二句意思相反。後句表示即使並未簽訂合約，說話者仍相信經理會守信，可回推前句表示經理口頭答應要租房給說話者，答案選(C) verbally。

❷ keep one's word 遵守諾言

(A) 5. 對 Jerry 而言，一週做三次瑜珈是針對滿滿工作行程的放鬆活動。
(A) 消遣　(B) 藥物
(C) 麻煩事　(D) 滿足

解析

由文意「滿滿的工作行程」與「一週做三次瑜珈」可得知兩者性質是相對的，故可推知應選(A) diversion。

(B) 6. 父母若將幼兒獨自留在家而沒有成人監督，會被指控疏失或遺棄。
(A) 直覺　(B) 監督
(C) 同情　(D) 義務

解析

由文意「父母若將幼兒獨自遺留在家」可推知後面表示「沒有成人監督」，故選(B) supervision。

(C) 7. 短時間快走，比長時間慢步消耗更多卡路里。
(A) 愉悅的　(B) 極佳的
(C) 快的　(D) 像樣的

解析

由 more . . . than 的結構可知二個動名詞在做比較，應找相對的形容詞，從後文意「比慢走消耗更多卡路里」可推知答案應選(C) brisk。

(A) 8. 生長在某些沙漠的動植物必須要對付極端的氣候——嚴寒的冬季和酷熱的夏季。
(A) 極端　(B) 預報
(C) 氣氛　(D) 祖國

解析

由於破折號有補充說明的功用，可知 freezing winters and very hot summers 是用於說明前一個名詞，極冷與極熱都是極端氣候的特色，故選(A) extremes。

(D) 9. J．K．羅琳的成功是傳奇性的，哈利波特系列讓她在幾年內就成為千萬富翁。
(A) 有資格的　(B) 邊緣的
(C) 保密的　(D) 傳奇性的

解析

with + O + OC 的結構表示附帶狀況，由 with 引導的介系詞片語「哈利波特系列讓她在幾年內就成為千萬富翁」可反推 J.K. 羅琳的成功很具傳奇性，故答案為(D) legendary。

(A) 10. 這家高科技公司強勁的收益讓股東們十分開心，因為他們的投資都有豐厚的報酬。
(A) 強勁的　(B) 單獨的
(C) 迫切的　(D) 病危的

解析

since 引導的子句表示原因，指出股東們投資回本，可回推該公司的收益必定很強勁，讓他們很滿意，故選(A) robust。

二、綜合測驗

第 11 至 15 題為題組

你是否曾經因為他人排隊時站得太近、講話太大聲或是眼神接觸太久而感到惱怒呢？或者，他人耳機音樂太大聲或是在擁擠的電車裡佔一個以上的位置而 11.侵犯到你，你感到不開心是因為你的個人領域被侵犯了。

根據科學家表示，個人空間包含透過所有12.感官施加於人身上的某些隱形力量。比方說，人們會因為不舒服的聲音、味道或目光而感覺他們的空間被侵犯。

在某些情況下，像是擁擠的電車或是電梯，人們無法一直與其他人保持13.希望的距離。他們學會採用某些對策來因應不適感。例如，人們會避免與站得14.接近自己的人有眼神接觸，或是會假裝這些人是他們的個人領域裡的無生命物體。若有機會，人們會15.退到角落，讓自己與陌生人之間保持距離，或是，他們可能與他人等距離坐著或站著，像是站在電線上的鳥兒們。

(A) 11. (A) 侵犯　(B) 控制　(C) 取得　(D) 提供

解析

本文以問句開始，詢問讀者關於個人空間被侵犯的經驗。本句接續假設他人可能影響讀者個人領域的行為。由本句提到的例子，他人耳機音樂太大聲，可知會使人不舒服，而讓人感到被侵犯的感覺，答案選(A) offended。

(C) 12. (A) 角度　(B) 事件　(C) 感官　(D) 區域

解析

本格後的例子指出人們會因為不舒服的聲音、味道或目光而感覺空間被侵犯，可回推本句說明個人空間包含透過所有感官施加於人身上的隱形力量，故答案選(C) senses。

(C) 13. (A) 較希望　(B) 較希望　(C) 較希望　(D) 較希望

解析

本題測驗分詞轉化為形容詞的用法。由句意人們無法總能與其他人保持希望的距離，可知在 distance 之前的 prefer 應選過去分詞形表示被動意義，意為「被喜好的，被希望的」，故答案選(C) preferred。

(B) 14. (A) 很早之前　(B) 接近　(C) 除…之外　(D) 不久之後

解析

前二句指出因為人們無法總是保持希望的距離，而會採用某些對策來因應不適感，可知本句所舉的例子為人們會避免與站得接近自己的人有眼神接觸，所以答案選(B) close to。

(A) 15. (A) 後退　(B) 探索　(C) 分發　(D) 連接

解析

本句使用分詞構句結構，指出若有機會，人們會讓自己與陌生人之間保持距離，可回推他們應是退到角落，所以選(A) retreat。

第 16 至 20 題為題組

艾倫・圖靈為 20 世紀最重要的科學天才之一。許多學者視他為現代電腦科學之父。他也破解了16.據稱無法破解的德國納粹密碼系統 Enigma。他的解碼扭轉了第二次世界大戰的局勢，並救了兩百萬條性命。然而，17.很少人聽過他的名字。

圖靈在年輕時就顯露出在數學與科學領域頂尖的聰明才智。他在 23 歲時便想出了日後18.將成為現代電腦的圖靈機。到今日，圖靈機仍被用於理論計算。他也提出了現代有名的圖靈測試，用於判定電腦是否能展現相同於人類的智能行為。

然而，戰後時期對圖靈來說是場災難。他是一名男同性戀者，在當時的英國為一種罪行。圖靈沒有因身為擊敗納粹的關鍵角色之一獲得讚揚，19.反而被判「嚴重猥褻罪」。這個20.恥辱使他於 1954 年自殺，享年 41 歲。在他死後將近 60 年，基於一份由來自世界各地的傑出科學家及科技領導者所連署的線上請願書，英國女王伊莉莎白二世同意正式赦免圖靈的罪名。

(D) 16. (A) 最終地　(B) 精確地　(C) 關切地　(D) 據稱地

解析

本格前有 cracked，後又為 uncrackable，可知應是表示 Alan Turing 破解據稱無法破解的德國納粹密碼系統 Enigma，故答案應選(D) supposedly。

(D) 17. (A) 許多　(B) 一些　(C) 任何　(D) 很少

解析

前句表示他的解碼扭轉二次大戰的局勢，由轉折語 nevertheless 可知前後句的意思相反，推知後句應是說很少人聽過其名，故答案選(D) few。

(A) 18. (A) 將會變成 (過去式)
(B) 應該變成
(C) 可能已經變成 (過去式)
(D) 已經變成 (過去完成式)

解析

由前後文意得知，他在 23 歲時即提出圖靈機的模型，日後成為現代電腦的邏輯運算方式，可知應用未來式 will，但整句在描述圖靈的事蹟，時態基點為過去式，必須將 will 改成過去式 would，故答案選(A) would become。

(B) 19. (A) 因為…　(B) 而不是…　(C) 除了…之外　(D) 就…而言

解析

前面幾段說明 Turing 的偉大貢獻，此段以 however 與 disaster 點出轉折。本句前半部為正面意思的描述，後半部指出他被控猥褻，可推測應是以 instead of 接續未發生的事情，因此本格應選(B) Instead of。

(C) 20. (A) 妥協　(B) 隊列　(C) 羞辱　(D) 補充物

解析

由上下文意可知，對 Turing 而言，猥褻的指控是種羞辱，迫使他選擇結束自己的生命，故答案選(C) humiliation。

三、文意選填

第 21 至 30 題為題組

獅身人面像是在吉薩沙漠一座有著獅子的身體和人類的頭部的神獸。這座巨大的 21.雕像常被視作埃及的國家象徵，守護著著名的埃及金字塔已有 4 千年。然而，這座石像的面貌已不如 4 千年前，風、水、汙染和人類的觸摸逐漸地讓岩石 22.老化。科學家現在試著要修復它。他們不但想要它看起來跟當初剛建造好時一樣，也尋找方法使其不要再 23.惡化。

然而，修繕獅身人面像並不容易。在動工前，花了好幾年 24.計畫。在獅身人面像裡的每塊石頭都被仔細 25.測量。科學家利用電腦來算出每塊石頭的大小和形狀。每塊石頭都被給予一個編號。接著，要替換的石塊一塊又一塊以徒手依照他們要複製的石塊的 26.確切大小和形狀雕刻出來，就像人們在很久之前做的一樣。當這些新做的石塊完成時，新的被 27.裝置上去，而已毀損的則被移除。

科學家也擔心如何防止獅身人面像再次崩解。他們討論著要在獅身人面像的周圍 28.建造一道牆來保護它免於風力和塵土的侵蝕，或是建一座玻璃金字塔來完善地保護它。有些人則認為將部分的獅身人面像埋入土中可以滿足這個訴求。一名科學家甚至建議建造一個 29.可移動的屏障在夜晚和壞天氣時保護它。這種屏障的牆面在白天的時候可以收回到地面上好讓遊客看見獅身人面像。

對於這個 30.問題，並沒有簡單的解決方法，更不用說是要獲得所有人都同意的方案。唯一一件大家都認同的事是要保護這座古老雕像。

(A) 可移動的 *adj.*	(B) 安裝 *vt.*
(C) 各種的 *adj.*	(D) 問題 *n.* [C]
(E) 使變老 *vt.*	(F) 計畫 *n.* [U]
(G) 測量 *vt.*	(H) 建造 *vt.*
(I) 確切的 *adj.*	(J) 品質變壞 *vi.*
(K) 雕像 *n.* [C]	(L) 宗教的 *adj.*

解析

(K) 21. 本空格在形容詞 monumental 之後，應填名詞，前句主詞為獅身人面像，可知本句應接續主詞，說明這座巨大的雕像常被視為埃及國家的象徵，故答案選(K) statue。

(E) 22. 本空格後有名詞，應填及物動詞，而前有 have，可知時態為完成式，本格應為過去分詞。由文意得知風刮、雨打、污染與人類的觸碰慢慢讓雕像的岩石老化，故答案選(E) aged。

(J) 23. 本空格在介系詞 from 之後，應填名詞或動名詞。前句指出科學家要嘗試修復獅身人面像，本句承接文意說明科學家不僅要讓它回復初建時的外形還要設法阻止它繼續崩壞，故答案為(J) deteriorating。

(F) 24. 本空格在介系詞 of 之後，應填名詞或動名詞，由文意可知修復獅身人面像並非易事，在動工前會需要數年的計畫，故答案選 plan 的動名詞形(F) planning。

(G) 25. 本空格前有 be 動詞 is，又有副詞 carefully，判斷應填過去分詞組成被動語態的結構。由後句文意科學家用電腦計算出每個石塊的大小與形狀，可推測必須仔細測量，故答案應選(G) measured。

(I) 26. 空格前有定冠詞 the，後有名詞 sizes and shapes，應填形容詞，由文意得知取代的石塊依照舊石塊確實的大小與形狀以手工刻成，故答案選(I) exact。

(B) 27. 本空格在 be 動詞 are 之後，可填形容詞或分詞，後半句指出老舊的石塊被移除，可回推前半句應表示新的石塊在準備好後就被安裝，故答案選過去分詞(B) installed。

(H) 28. 本空格前有介系詞 about，後有受詞 a wall，應填入由及物動詞變化的動名詞，從文意可知科學家考慮要在獅身人面像周圍建造一道牆保護，使其不受風與沙的侵蝕，故選(H) constructing。

(A) 29. 本空格在名詞 shelter 之前，應填形容詞，後句指出為了讓遊客能見到獅身人面像，保護牆在白天應該要能縮到地底，可知科學家建議的保護牆應該是可移動式的，故答案選(A) movable。

(D) 30. 本空格在定冠詞 the 之後，應填名詞，可由搭配詞用法 solutions to the problem 推知答案為(D) problem。

四、篇章結構

第 31 至 35 題為題組

自行創業可以是充滿挑戰且所費不貲的。為了減少白手起家創業所涉及的風險，許多人取而代之的是購買經銷權。31.經銷權是由大而且通常知名的公司核發給個體或小公司的許可。有了此許可後，該個體有權使用大公司的品牌與銷售其商品。

經銷權的概念可以追溯至 19 世紀的美國。32.最有名的例子是 Issac Singer，他發想了經銷權的概念好讓他的縫紉機能派送到更廣大的地區。接著在 1930 年代，Howard Johnson 餐廳大受歡迎，為連鎖餐廳及之後定義美國速食業空前成長的經銷加盟鋪路。

投資經銷權有許多好處。其中之一是現成的公司營運方式。33.經銷權有著固定的規則，包括產品、服務，甚至員工制服。視經銷權而定，授予該特權的公司會提供訓練與財務規劃的支援。有些甚至會提供認可供應商的協助。對於創業新鮮人來說，經銷權最明顯的好處或許是授予該特權的公司已廣為人知的商標吧，例如像是麥當勞金字招牌。34.研究顯示消費者傾向於選擇他們認得的商標，而非他們不認得的品牌。

經銷權的缺點包含了龐大的開辦費以及加盟者需持續支付的權利金。再以麥當勞為例，加盟者開辦一間麥當勞，保守估計最低的花費為 50 萬美元。而且還必須支付等同於銷售額 12% 的年費予麥當勞授權方。35.此外，加盟者在合約終止後無權更新或延長經營權。其他的壞處包括了缺乏對地區的控管以及個人事業的創新。

解析

(F) 31. 本格後一句提到 Under the license，用了定冠詞 the，由冠詞的使用規則判斷，回推本格應該也提到 license，且首次提及的名詞應使用不定冠詞 a，因此(F)為可能選項。進一步由文意檢視，(F)選項「經銷權是由大而且通常有名的公司核發給個體或小公司的許可。」，與本格後句「有了此許可後，該個體有權使用大公司的品牌與銷售其商品」，文意順暢，故確定答案為(F)。

(E) 32. 本格前句說明經銷權概念開端於 19 世紀，後句以 Then 開頭，表示本格與後句文意有同性質關係。由後句描述 Howard Johnson 餐廳核發經銷權的例子，可回推本格應該也是舉出例子承接第一句的文意，故選(E)「最有名的例子是 Issac Singer，他發想了經銷權的概念好讓他的縫紉機能派送到更廣大的地區」。

(C) 33. 本格前句說明經銷權的好處之一是現成的公司營運方式，後句亦描述擁有經銷權的好處，即公司會提供訓練與財務規劃的支援，可見本格應接續前句論點繼續闡述有經銷權的優點，故答案選(C)「經銷權有著固定的規則，包括產品、服務，甚至員工制服」。

(B) 34. 本格前句表示經銷權最明顯的好處是已深根蒂固的商標，與選項(B)提及的 brand 相呼應，得知答案為(B)「研究顯示消費者傾向於選擇他們認得的商標勝於不認得的品牌」。

(D) 35. 由主題句來看，本文末段旨在闡述有經銷權的缺點，推測本格也應選描述缺點的句子。由句意可知(D)「此外，加盟者在合約終止後無權更新或延長經營權」說明缺點，與本段主旨呼應，故確定答案為(D)。

五、閱讀測驗

第 36 至 39 題為題組

有些人稱它為移動的博物館，另一些人說它是活的博物館或露天博物館。妮娜號為了慶祝哥倫布首航新世界五百週年而建造於巴西，是一艘仿哥倫布時期的複製船。遊客能一窺 500 餘年前哥倫布最愛的船隻的噸位及航海設備。

我在 2013 年 2 月於阿拉巴馬州的格爾夫海岸成為妮娜號的船員。作為一項由我的大學贊助的研究計畫的一部分，我的目標是在網誌上紀錄我在船上的生活。我很快的發現，我從觀察或帶領學齡兒童參訪的活動中，得到了最珍貴的見解。在妮娜號上參觀是最好的最棒的實際體驗課程。在這樣的環境中，學生們可以觸摸繩索、傳遞壓艙石，並且移動在哥倫布時期用來操控航向的巨大舵柄。他們馬上就能瞭解當時航行所需要的勞力。我很高興看到學生們在這項學習活動中變得主動參與。

妮娜號不是唯一提供此類校外教學活動的移動博物館 。舉例來說 ，詹姆斯鎮殖民地讓遊客能夠登上 1600 年代初期載運從英格蘭到維吉尼亞州的第一批移民者的三艘複製船。歷史解說員穿著古裝，帶領遊客參觀蘇珊・康斯坦號、神佑號及發現號這三艘船，他們化身為當年在殖民地生活及工作的人。這項參訪鼓勵學生與解說員互動，好讓他們更瞭解當時的日常生活型態。

我在妮娜號上的經驗協助證實了我長久已來的信念：在學生們主動學習的過程中，會對事物保持興趣、提出有深度的問題、並且深入思考。學生來參訪妮娜號時還是被動的學習者，參訪完畢後就變成勇敢的探險家了。

(B) 36. 作者從事什麼職業？

(A) 運輸業。　(B) 教育。
(C) 生態旅遊。　(D) 博物館行政。

說明

由第二段第二句可以得知，作者在大學從事研究，因此答案應選(B)。

(D) 37. 下列何者關於本文中妮娜號的敘述為真？

(A) 她是哥倫布在巴西所建造的船的複製品。
(B) 她在假日時總是擠滿了外國觀光客。
(C) 她是哥倫布航向新世界所搭乘的船。
(D) 她展示了在哥倫布時代使用的航海裝備的複製品。

說明

❶ 第一段第三句說明她是為了慶祝哥倫布航向新世界五百週年而在巴西建造的複製船，可知(A)錯誤。
❷ (B)本文未提及。
❸ 根據第一段第三句可知她是複製船，(C)錯誤。
❹ 第一段第三句指出她是仿哥倫布時代的複製船 (a Columbus-era replica ship)，讓遊客體驗航海設備 (provides visitors with an accurate visual of the size and sailing implements of Columbus' favorite ship)，故答案選(D)。

(D) 38. 第三段的的大意為何？

(A) 給登船參觀遊客的準則。

(B) 詹姆斯鎮殖民地首批移民的生活。
(C) 英國博物館解說員的義務。
(D) 對於一些類似妮娜號露天博物館的介紹。

說明

第三段的主旨句說明妮娜號不是唯一提供此類校外考察旅行的海上博物館，第二句接著提及詹姆斯鎮有古船讓遊客體驗的例子，可知本段旨在介紹相似於妮娜號的其他博物館，因此答案為(D)。

(B) 39. 作者在本文最後二句要表達的意思為何？
(A) 學生們有興趣成為導遊。
(B) 這旅遊經驗改變了學生的學習態度。
(C) 學生們變得勇敢而且也準備好要自行出海航行。
(D) 博物館成功教導學生海上求生技巧。

說明

作者在最後一段指出，妮娜號的登船經驗證實了其信念：當學生於學習過程中主動參與就會有更好的學習表現，由此可知最後二句表達的是學生學習態度經由登妮娜號產生興趣而改變，故答案為(B)。

第 40 至 43 題為題組

古生物學家們在星期三提出報告，一顆最近被挖掘出的年代久遠的頭骨顯示了大型貓科動物源自中亞——而非一般認知的非洲。

這化石的存在時間可以被追溯至約 410 萬到 595 萬年前，同時，這化石是貓科動物中的豹亞科，也就是大型貓科動物中，現存最古老的。先前貓科化石的紀錄保持者——在坦尚尼亞被發現的牙齒碎片——估計大約存在了 380 萬年左右。

大型貓科動物的演化一直以來都被熱烈討論，而這個議題因為缺乏化石證據來解決爭論所以相當複雜。

南加州大學的古生物學家，同時也是這次探勘的召集人曾傑克表示：「這個發現顯示大型貓科動物的演化起源比先前所猜想的更加深遠。」

曾先生和他的團隊在 2010 年於西藏遙遠的邊界地區發現了上述的化石。這化石被卡在 100 多塊骨頭中，而這些骨頭是自懸崖出海口的河水堆積的。在經過三年多與其它化石的仔細比對，利用 DNA 資料來建構族譜後，挖掘團隊確信這個生物屬於貓科動物中的豹亞科。

這份證據的重要性足以顯示中亞或北亞是 1600 萬年前大型貓科動物起源的地方。他們可能住在由高聳的喜馬拉雅山系所組成的廣大山林裡尋求庇護，並靠著像是西藏藍羊這類引人注目的物種當食物來生存。接著，他們散佈進入東南亞，並演化成雲豹、老虎、雪豹家族，而後在跨洲的移動中演化成美洲豹和獅子。

南加州大學在一次的新聞發布中提到，這種新發現的貓科生物已經以洛杉磯的博物館資助者夫妻的女兒布里斯赫加來命名而被稱為布氏豹。

(A) 40. 根據本文，大型貓科動物的起源為何造成激烈爭論？
(A) 因為尚未有許多化石被發現。
(B) 因為牠們橫越許多大洲。
(C) 因為沒有設備可用作精確的分析。
(D) 因為牠們已經進化成許多不同種的貓科動物。

說明

由第三段後半句 a lack of fossil evidence to settle the debate 可知，缺乏化石證據可結束關於大型貓類動物起源爭論。故答案選(A)。

(B) 41. 新的貓科動物化石在何處被發現？
(A) 在坦尚尼亞。 (B) 在西藏。
(C) 在加州。 (D) 在東南亞。

說明

第五段的第一句明確提到，古生物學者曾傑克與其團隊於 2010 在西藏偏僻邊界地區找到化石，故答案選(B)。

(D) 42. 根據本文，下列哪項關於大型貓科動物的敘述為真？
(A) 有些大型貓科動物在大約一千六百萬年前進化成美洲豹。
(B) 曾被發現的最古老大型貓科動物化石距今有 380 萬年。
(C) 大型貓科動物是住在高山的雪豹後代。
(D) 西藏藍羊是喜馬拉雅山中貓科動物的主要食物來源。

說明

❶ 第六段的第一句提及大型貓科動物在大約一千六百萬年前起源於中亞或北亞，(A)為錯誤敘述。
❷ 第二段的第一句指出，最近發現的貓科動物化石距今有 410 萬到 595 萬年，較先前出土的化石更古老，故(B)為錯誤敘述。
❸ 第六段的第三句說明大型貓科動物演化成雪豹等，可知大型貓科動物並非是雪豹的後代，得知(C)為錯誤敘述。
❹ 第六段的第二句後半指出，大型貓科動物以同樣特別的動物為食，例如西藏藍羊。所以答案選(D)。

(B) 43. 本文的目的為何？
(A) 為了促進野生生物保育。
(B) 為了報導一項古生物學的新發現。
(C) 為了介紹一個新的動物物種。
(D) 為了比較貓科豹屬動物的系統。

說明

由全文得知本文都在描述因最新發現的化石所帶來的資訊。故答案選(B)。

第 44 至 47 題為題組

美國烹飪節目一直以來教導了許多觀眾，改變觀眾，又隨著一代代的觀眾改變進化。1926 年的 10 月，美國農業部開始了這項節目類別第一個正式的代表，一個由虛構主持人 Sammy 嬸嬸所主持的廣播節目。透過無線廣播，她教授許多的家庭主婦家政學，也對各式各樣的事情提供了許多意見，但是最受到聽眾歡迎的是烹飪食譜。這個節目提供了交換烹飪意見的管道，且引起了全國食譜交流的風潮。

烹飪節目在 1940 年代轉至在電視節目上播出，且 1950 年代的烹飪節目通常請廚師有調理地講解如何從頭到尾烹調料理。這些節目在白天的時候播出，觀眾群鎖定在一心想為忙碌的家人提供方便食品的中產階級婦女。舉例來說，《開罐器食譜》的名作者 Poppy Cannon。她出現在各個電視節目當中，用罐頭食品來示範如何做出快速又簡單的料理。

在 60 至 70 年代間，一些以主廚導向的節目重新定義烹飪節目，改由知名美食評論家展示高級歐式料理的節目。這種菁英文化的氛圍不敵後來呈現各國烹調風格的節目。1982 年甄文達所主持的「甄能煮」系列就是個轉變的例子，節目中展現中國美食，且有句名言：「當甄能煮，你也能煮！」。到了 1990 年代，這些烹飪節目包括了從高級料理到注重健康的烹調方法的各種內容，同時融合主廚的個人特質和娛樂性質，兩個讓節目受歡迎的關鍵。

在 21 世紀的開始，出現新的烹飪節目，來滿足喜愛收看名人和實境秀的觀眾。在外景節目和主廚比賽的實境秀的新紀元，主廚變成名人，且名聲足以和搖滾明星匹敵。這類節目的觀眾主要為喜歡食物和喜歡看人們烹飪而非真正想自己做菜的人，使得按照食譜來這種老掉牙的論調顯得過時。

(D) 44. 下列何者的意思最接近第三段的「haute」？

(A) 粗糙的。 (B) 平民的。
(C) 不同的。 (D) 高級的。

說明

第三段第一句提及名人美食評論專家 (celebrity gourmet expert)，第二句又指出這種菁英文化的氛圍不敵呈現各國烹調風格的節目 (This elite cultural aura . . .)，由 celebrity gourmet expert 與 elite 可推測，「haute」指的應是「高級的」，因此答案應選(D)。

(B) 45. 下列關於美國烹飪節目觀眾的敘述何者為真？

(A) 30 年代的觀眾喜歡得到家政方面的建議勝於烹飪教學。
(B) 40 與 50 年代的觀眾對為忙碌的家庭準備的食物有興趣。
(C) 60 與 70 年代的觀眾熱衷於彼此交換食譜。
(D) 80 年代的觀眾喜歡真正美國風的美食家烹調法。

說明

❶ 第一段的倒數第二句指 30 年代的廣播節目主持人雖然教授家政學，但聽眾注意的大部分是食譜，(A)為錯誤選項。
❷ 第二段的第一句提到 40 與 50 年代的節目常教授如何準備食物 (. . . how to prepare dishes)，第二句則說觀眾鎖定在一心想為忙碌家人 (busy families) 提供方便食品的婦女，得知(B)為正確選項。
❸ 第三段的前二句指出 60 與 70 年代烹飪節目走的是高級風，並未提及交換食譜，(C)為錯誤選項。
❹ 第三段的第三句例子說明 80 年代流行的是不同的各國美食烹調法，(D)為錯誤選項。

(B) 46. 根據本文，下列關於最近期的烹飪節目何者為真？

(A) 它們通常由搖滾巨星主持。
(B) 它們通常不是在攝影棚錄製。
(C) 它們吸引許多名人觀眾。
(D) 它們邀請飢餓的觀眾擔任評審。

說明

末段的第二句提及 21 世紀的烹飪節目在棚外拍攝 (out-of-studio shows)，由此得知答案應選(B)。

(C) 47. 下列何者最可能是 90 年代很夯的烹飪節目？

(A) 以歐式烹飪與美食為主題的節目。
(B) 由食品公司贊助廣告新產品的節目。
(C) 由幽默主廚主持介紹低卡餐點的節目。
(D) 由職業廚師示範有條理烹調法的節目。

說明

第三段的末句指出，90 年代的節目涵蓋注重健康的 (health-conscious) 烹調法，且主廚的個人特質 (chef's personalities) 與娛樂性質 (entertainment value) 是節目的成功關鍵，可知答案應選(C)。

第 48 至 51 題為題組

尖叫是人類與動物共有的原始本能之一。傳統認為尖叫與其它聲音最大的差異在其大聲與高音。然而，許多大聲且高音的聲響卻不如尖叫聲能讓人起雞皮疙瘩。為了找出人類尖叫聲的特殊之處，神經學家 Luc Arnal 與他的團隊檢視一組聲音含 19 位成人出聲或尖叫的句子。研究結果顯示尖叫聲與尖叫出的句子有個稱作「粗暴」的特質——這指的是大聲時聲音如何快速改變。正常說話的聲音在音量上只有些微差異——約四到五赫茲，尖叫聲卻能快速轉換，在三十到一百五十赫茲間擺盪，因此認定尖叫聲粗暴、令人不舒服。

Arnal 的團隊請二十個受試者評斷尖叫聲是中性或恐懼的，並發現評斷出最恐怖的尖叫聲幾乎總符合「粗暴」。這個團隊接著用功能性磁振造影的腦部掃描來研究人類大腦如何回應「粗暴」。一如預期，聽到尖叫聲之後，腦內處理聲音穿進耳朵的聽覺區域趨於活躍。但掃描也照亮了杏仁核——大腦的恐懼中心。

杏仁核是掌管我們對恐懼的情緒與生理反應的區域。當偵測到威脅，我們的腎上腺素攀升，身體並做好準備回應危險。這項研究發現：尖叫對我們的身體有類似的影響，也發現到當我們自然說話時——不論使用何種語言——聽不到「粗暴」，但它在人造聲音中相當普遍。最惱人的鬧鐘、汽車喇叭聲與火災警報器存有高程度的「粗暴」。

這項研究可能的應用該是在警報聲響中增加「粗暴」，使其更具效力，正如同在天然氣中加入臭味使其容易讓人察覺。警報聲也能置入特別安靜的電動車，以便行人能有效察覺。

(C) 48. 第一段的主旨為何？

(A) 不同種類的尖叫。

(B) 人類聲音和動物的叫聲。

(C) 尖叫的獨特之處。

(D) 聲音改變與雞皮疙瘩。

說明

第一段主要在說明尖叫和一般聲音的不同，可知答案應選(C)。

(B) 49. 根據本文，下列何者不是 Arnal 研究團隊的發現？

(A) 音量的改變讓尖叫有別於其他的聲音。

(B) 只有人類能夠發出多種音量不同的聲音。

(C) 正常的人類說話聲音量介於 4 到 5 赫茲。

(D) 說話聲中激烈的音量變化會有效地激活杏仁核。

說明

❶ 第一段的倒數第二句指出音量改變的速度是尖叫的特質，(A)為真。

❷ 第一段的第一句即指出人類與動物都會尖叫，此為錯誤選項，故答案為(B)。

❸ 第一段的末句提及正常的人類說話聲音量只有些微差別，介於 4 到 5 赫茲，(C)為真。

❹ 第二段的倒數二句提及聽到尖叫會激活杏仁核 (after hearing a scream . . . But the scans also lit up in the amygdala . . .)，(D)為真。

(C) 50. 第三段的「it」指的是什麼？

(A) 研究。 (B) 語言。

(C) 粗暴。 (D) 杏仁核。

說明

第三段的第四句表示，研究發現當我們自然說話時，不會夾雜粗暴，但是在人造聲響中卻很普遍，可知「it」指的是「粗暴」，選(C)。

(A) 51. 下列何項設備最可能因為研究發現而改進？

(A) 煙霧偵測器。 (B) 監視器。

(C) 電子殺蟲器。 (D) 滅火器。

說明

由最後一段的第一句「One potential application for this research might be to add roughness to alarm sounds to make them more effective . . .」得知未來可將研究發現應用於警報聲以達到最佳效果，故答案選(A)。

◆ 第貳部分：非選擇題

一、中譯英

1. Once mosquitoes bite certain patients with infectious diseases, they may transmit the viruses to others.

說明

❶ 參考句型：Conj. + S + V + O, S + V + O

❷ 時態：談論事實用現在簡單式

❸ 傳染病 infectious diseases

❹ 將 A 傳給 B transmit A to B

2. They spread diseases rapidly among humans, which causes/causing far/a lot more deaths than we can imagine.

說明

❶ 參考句型：S + V + O, which + V/V-ing + O

❷ 時態：談論事實用現在簡單式

❸ 散播疾病 spread diseases

❹ 造成死亡 cause deaths

❺ 想像 imagine

二、英文作文

作文範例

The recent story about 50 people with a master's degree competing for a few waste collection job vacancies has hit the headlines. Not only has it become a much discussed topic in talk shows, it has also generated overwhelming public concern. While feeling sorry for these applicants who are apparently overqualified, people cannot help wondering what has gone wrong. In my opinion, the fundamental problem for this phenomenon is the surplus of labor in our society. With so many graduates with a master's degree entering the labor market each year, the demand for labor has lagged far behind supply. Therefore, despite their degree, people may have difficulty getting hired, especially when they can't distinguish themselves from others. Like these applicants in the news story, although undervalued and underpaid, they have no choice but to take the position. This is a waste of our education resources as well as a waste of their time spent on studying.

To avoid such an awkward situation, I will have to prepare myself for future opportunities by making the most of my college life. First and foremost, I will stay hungry to absorb the knowledge taught in class, and at the same time, take courses in multiple fields, as I believe solid knowledge is necessary for a good job. Then, I am convinced that language proficiency and an open mind are essential in our modern society. Hence, I will sharpen my language skills and develop a global perspective by taking language courses and associating with people from different backgrounds. This will also equip me with good communication and interpersonal skills. Lastly, I believe having some work experience before graduation will be of help for my future career, so finding some internships is my plan as well. With all these skills and knowledge equipped, I am positive that I will get the job I deserve and all my efforts will pay off.

說明

第一段：下筆前先就「碩士清潔隊員滿街跑」的報導發表看法，並分析這個現象的成因。

Topic sentence: 先說明「碩士清潔隊員滿街跑」的報導引起各界熱議。

The recent story about 50 people with a master's degree competing for few waste collection job vacancies has hit the headlines.

Supporting idea: 接著發表看法，並分析這個現象的成因。

第二段：說明你如何因應上述現象，具體 (舉例) 說明你對大學生涯的學習規劃。

Topic sentence: To avoid such an awkward situation, I will have to prepare myself for future opportunities by making the most of my college life.

Supporting idea: 說明如何規劃大學生涯並提出具體做法。

Conclusion: 以做好規劃的生涯能夠讓自己利用所學謀得理想職業的信念作結論。

104 學年度　指考英文試題詳解

◆ 第壹部分：單選題

一、詞彙題

(C) 1. John 和家人的關係非常緊密。每當他感到沮喪時，他會重回家中溫暖、安全及舒適的氛圍。

(A) 極重要的　(B) 馬虎的
(C) 安全的　(D) 謹慎的

解析

由 John 和家人關係親密，每當感到沮喪都想回到家人的懷抱，可知其家庭必定是充滿溫暖、安全及舒適的環境，故答案選(C) secure。

(A) 2. Tom 在離開教室前咕噥了幾句，但我完全不明白他在說什麼。

(A) 咕噥　(B) 認為
(C) 傳喚　(D) 踐踏

解析

❶ 由第二句「我聽不懂他到底說什麼」的關鍵字 said，可回推 Tom 必定含糊不清、咕噥地說，故答案選(A) mumbled。

❷ 其他與「低聲含糊地說」相關的字有：murmur 與 mutter。

(C) 3. 這本書的內容十分具技術性及專業性；對於一位門外漢來說太過於困難。

(A) 愛國者　(B) 駭客
(C) 門外漢　(D) 房客

解析

由內容涉及專門技術 (technical) 與專業 (specialized)，可推論此書對門外漢而言很難理解，故答案選(C) layman。

(C) 4. 糧食短缺是造成開發中國家孩童營養不足的主要原因之一。

(A) 特別的　(B) 精力充沛的
(C) 不足的　(D) 充足的

解析

❶ 開發中國家 (developing countries) 有糧食短缺 (food shortages) 問題，可得知許多孩童有營養不足的狀況，故選(C) inadequate。

❷ in- 為表示否定的字首，亦可由此推論出答案。

❸ malnutrition 營養失調

(A) 5. 優秀的作家總是不會寫得很明確；相反地，他們時常會用一種間接的手法來表達他們想傳達的意思。

(A) 明確地　(B) 諷刺地
(C) 持續地　(D) 有選擇性地

解析

由本題的關鍵字 on the contrary 可知前後句為相反意思。後句說優秀的作家總是以間接的手法表達意思，可回推前半句應是說他們常不明確表意，故答案選(A) explicitly。

(D) 6. 根據氣象報導，今天會下一些小雨或毛毛雨。你出門時可能會需要帶把傘。

(A) 冰雹　(B) 微風
(C) 龍捲風　(D) 毛毛雨

解析

由 or 得知前後兩個名詞有相關性。後句得知說話者提醒要帶傘，可推論氣象報告預測今日有雨，由 light rain 與 or 確定答案選(D) drizzle。

(B) 7. 這部電影相當賣座，以致於很多人都直接下了「該片必定好看」這樣輕信的結論；然而，許多專業的影評認為實則不然。

(A) 嚴重的　(B) 輕信的
(C) 機密的　(D) 懷疑的

解析

❶ 由本題的關鍵字 however 可知前後句意思相反。後句說明許多影評的看法與觀眾相左，可回推觀眾因為電影賣座即輕信該片必定好看，故答案選(B) naive。

❷ come to a conclusion 下結論
naive 天真的；輕信的

(A) 8. 古時候，人們在戶外的典禮中會使用大貝殼來放大聲音，如此一來四面八方的部落居民們便可以聽到所說的內容。

(A) 放大　(B) 動員
(C) 穿透　(D) 逐漸削弱

解析

❶ 由文意可知古代人以大貝殼來讓四面八方的部落居民在戶外典禮中聽到內容，可猜測是利用大貝殼來放大聲音，故答案選(A) amplify。

❷ near and far = far and near 四面八方；到處

(D) 9. 戲院中的觀眾們屏息，一動也不動地坐著看著歷史悲劇在他們眼前呈現。

(A) 登上　(B) 闡述
(C) 說明　(D) 呈現、發展

解析

由屏息 (held their breath) 與一動也不動地坐著 (sat motionless)，可推論觀眾屏氣凝神地在戲院中看著歷史悲劇在眼前呈現，故答案選(D) unfolding。

(B) 10. 根據政府規定，如果員工因重病而無法上班，他們有權利請延長病假。

(A) 適應　(B) 給予…權利
(C) 以…為目標　(D) 威嚇

解析

❶ 由文意可知，根據政府規定，罹患重病的員工有權利請延長病假，故答案選(B) entitled。be entitled to N/V 有權…。

❷ take a sick leave 請病假
take an extended sick leave 請延長病假
adapt to + V-ing/N 適應於…

二、綜合測驗

第 11 至 15 題為題組

厄尼斯特・海明威 (1899–1961) 是一名美國作家兼新聞記者，他以簡潔、含蓄為特色的寫作風格影響了現代的小說，正如同他的冒險生活所 11.做的。

海明威 17 歲開始從事記者工作。1920 年代，身為報社特派記者的他被派往歐洲，12.報導希臘革命等事件。在此期間，他創作了包含《妾似朝陽又照君》在內的早期重要作品。在他後期的著作中，最傑出的當屬《老人與海》(1952)，這可能是他最著名的作品，也在最終為他贏得了長久以來都 13.未能贏得的普立茲獎。

海明威喜歡描繪士兵、獵人、鬥牛士這類堅韌，有時帶有純樸氣質的人物，他們用勇氣和正直與現代社會的殘酷相抗衡，並在這樣的 14.對抗中失去希望和信念。他直白的散文體在短篇故事中尤其顯得有張力，15.其中一些故事有收錄在《沒有女人的男人》一書中。1954 年，海明威獲頒諾貝爾文學獎；1961 年，他逝世於愛達荷州。

(C) 11. (A) 是 (過去式)
(B) 是 (進行式)
(C) 助動詞 do 的過去式
(D) 做 (進行式)

解析

❶ 本句指出海明威的寫作風格與他冒險的人生影響了現代小說，本格接在 as (解為「如同」) 之後，使用倒裝句型。本句主要動詞為 influenced，因此倒裝句中的使用過去式助動詞 did，答案選(C) did。

❷ 在正式寫作中，常會使用「as + 倒裝句」表示「如同」，用法類似 and so + 倒裝句，倒裝句的動詞時態需與主要子句相符，人稱與單複數則視倒裝句中的主詞決定。
例：Samantha is hospitable, as are her parents.
The patient's family advised, as did his doctor, that he receive the surgery.

(A) 12. (A) 報導 (B) 贊成
(C) 預測 (D) 逃脫

解析

本句指出海名威為被派至歐洲擔任報社特派記者，可知他的任務是報導當地的重要事件，故答案選(A) cover。

(D) 13. (A) 計畫 (B) 達到
(C) 檢視 (D) 拒決給予

解析

由 finally 可知海明威寫作多年卻最終至創作出《老人與海》才受肯定，推測他多年來一直未獲獎，故答案選(D) denied。

(C) 14. (A) 限制 (B) 分類
(C) 對抗 (D) 修改

解析

本句前半部指出海明威偏好描寫軍人、獵人等的勇氣與正直在現代社會中受到考驗，最終失去了希望與信念；由 primitive 與 modern，courage and honesty 與 brutal 均是相對與衝突的關係，故答案選(C) confrontation。

(B) 15. (A) 什麼 (B) 這些
(C) 他們 (D) 這些

解析

本句指出海明威直接的寫作風格尤其多見於他的短篇故事中，有些收錄在《沒有女人的男人》一書。本題的前後二句無連接詞，可得知本格必須選擇具有連接詞功能的字以連接二句，故答案選兼具連接詞與代名詞功用的關係代名詞(B) which。若用(C) them，則句子須加入連接詞，改為 ... in his short stories, and some of them are collected ...。

第 16 至 20 題為題組

路跑可說是世界上最受歡迎，也最平易近人的體育活動之一。它指的是一種在人工鋪設的道路或小徑上奔跑的運動，有別於一般在跑道、運動場上的跑步活動，也與越野賽跑不同。最常見的三種路跑賽事依 16.距離分為 10 公里賽事、半馬拉松賽事 (21.1 公里) 以及馬拉松賽事 (42.2 公里)。

路跑在各種運動賽事中可說是獨一無二的，因為不管年齡大小、能力強弱，都能 17.參與其中。在許多賽事中，初次參賽的業餘跑者也能跟長跑協會的會員，甚至當前世界一流的 18.冠軍跑者同場競爭，有時還可能出現坐在輪椅上的參賽者。

路跑賽通常會提供 19.有參與的跑者各種不同的挑戰，例如小山、急彎、惡劣天候等等。一般建議跑者能在參賽前先接受訓練，而另外一個能使跑者邁向成功的重要因素，就是一雙合適的跑鞋。

路跑賽事通常以社區為範圍，目的則在突顯某議題、方案，或為其募款。20.例如，「為治療而跑」就是為提昇大眾乳癌防治意識，而在全美各地舉辦的賽事。同樣的賽事在德國、義大利以及波多黎各也都有舉辦。

(B) 16. (A) 旅程 (B) 距離
(C) 目的地 (D) 尺碼

解析

本句後半提及三種距離的路跑，可知本格指的應是跑程，答案應選(B) distances。

(A) 17. (A) 迎合 (B) 取決於某物
(C) 追求 (D) 認同

解析

本句前半部指出路跑在各項運動中是獨一無二的，後文舉例首次參賽的業餘跑者會與專業的跑者們或身障跑者共同競爭，由此得知路跑的特性迎合所有年齡層與能力的人，故答案選(A) caters to。

(D) 18. (A) 比賽　(B) 平民　(C) 協會　(D) 冠軍

解析

由前後文意得知，業餘跑者甚至可能與世界冠軍競賽，故答案選(D) champions。

(B) 19. (A) 參與　(B) 參與　(C) 參與　(D) 參與

解析

本題測驗分詞片語的用法。原句為 Road running often offers those who are involved a range of challenges . . .，表示路跑提供參賽者各種挑戰；those 指的是參賽者，省略關係代名詞 who 後，亦刪除 be 動詞，保留過去分詞 involved，因此本格應選(B) involved。

(B) 20. (A) 最重要的　(B) 例如　(C) 一如所見　(D) 達到某種程度

解析

前一句說明路跑常常是為了突顯某議題、方案，或為其募款而舉辦；空格後接著提及在美國舉辦的「為治療而跑」的活動是為了提高大眾乳癌防治意識，可知本句是作為舉例之用，故答案選(B) For example。

三、文意選填

第 21 至 30 題為題組

發生於一次大戰期間的 1918 年流感大流行是 20 世紀中最具毀滅性的健康危機之一。從 1918 年九月到 1919 年的六月，60 多萬名美國人死於流感及肺炎，這使得流行病比戰爭更為 21.致命。流感重創美國兩次。第一波襲擊軍營，且比第二波較不致命。1918 年九月，第二波流感隨著軍備機械與補給品運輸的 22.貨物到達波士頓的港口城市。其他戰爭時期的大小事件使得該疾病迅速地 23.橫掃國內。當全國男子為了效忠國家而投身 24.軍旅時，他們往來各地也將病毒四處散播。光是 1918 年的十月，該病毒就奪走了幾近 20 萬人的性命。次月，一戰的結束反而導致該病 25.更為廣泛的散播。從公共衛生的觀點來看，慶祝戰爭結束的遊行與派對為十足的禍害。這 26.加速了該病在某些城市裡的傳播。那年冬天，該流感的破壞力超乎想像，數百萬人 27.被感染，數千人因而喪命。事實上，該流感的致死人數比 28.先前發生的任何流行病都要來得多。

醫學家 29.警告將來還會有其他流行病侵襲人類。現今，全球運輸使得流行病 30.更加難以控制。因此醫生建議我們每年持續施打流感疫苗以常保健康。

(A) 軍隊 *n. pl.*	(B) 危機 *n.* [C]
(C) 更困難的 *adj.*	(D) 更廣泛的 *adj.*
(E) 致命的 *adj.*	(F) 偶然碰見 *phr. v.*
(G) 裝載的貨物 *n.* [C]	(H) 使感染，傳染 *vt.*
(I) 先於 *vt.*	(J) 警告 *vt.*
(K) 加速 *vt.*	(L) 橫掃 *phr. v.*

解析

(E) 21. making the epidemic far more ______ than the war itself，本空格在比較級 more 之後，應填形容詞，由前半句 1918 年的流感造成 60 萬人死亡，判斷這流感比戰爭奪去更多生命，故答案選(E) deadly。

(G) 22. with war ______ of machinery and supplies，本空格前有 with 後有 of，可知應填名詞成為 with N of N 的結構。由文意可知第二波流感跟隨著軍備機械與補給品運送散播至波士頓，故答案選(G) shipments。

(L) 23. Other wartime events enabled the disease to ______ the country quickly，本空格在不定詞 to 之後，應填原形動詞或片語，前文說明流感如何傳播，本句亦承接文意指出其他的戰爭事件也造成疾病橫掃美國，故答案為(L) sweep through。

(A) 24. As men across the nation were joining the ______ to serve the country，本空格在定冠詞 the 之後，應填名詞，由文意可知因為全國男子都投身軍旅，他們往來於各地時也將病毒到處散播，故答案選(A) military。join the military 表示「從軍」。

(D) 25. the end of World War I resulted in an even ______ spread of the disease，本空格後有名詞 spread，應填形容詞，又因前有 even 修飾，判斷應為比較級形容詞。後句指出戰後的慶祝是場大災難，回推本句應說明戰爭結束導致流感更廣泛的散播，故答案應選(D) wider。

(K) 26. This ______ the spread of the disease in some cities.，本空格在主詞 This 之後，應填動詞，承續前句意思，戰後的慶祝加速了疾病的散佈，故答案選(K) accelerated。

(H) 27. as millions were ______ and thousands died，本空格在 be 動詞 were 之後，可填形容詞或分詞，前半句說明那年冬天的流感超乎想像地具毀滅性，推測數百萬人被感染以及數千人因而死亡，本句應為被動語態，故答案選過去分詞(H) infected。

(I) 28. any of the other epidemics which had ______ it，本空格在 had 之後，受詞 it 之前，應填入由及物動詞變化的過去分詞，由 more . . . than 與 any of the other 的結構可知有比較含意，從文意可推測那年冬天流感造成的死亡人數較先前的流行病更多，故選(I) preceded。

(J) 29. Medical scientists ______ that another epidemic will attack people，本空格在主詞 medical scientists 之後與 that 引導的名詞子句之前，應填及物動詞，由文意可知醫學家警告未來仍有其他流行病會侵襲人類，故答案選(J) warn。

(C) 30. makes it even ______ to control an epidemic，本空格前有 make + O 的結構，判斷本空格應填入可當 OC 的名詞或形容詞，由 even 可知本空格應填入比較級形容詞，前一句指出醫學家警告未來仍有流行病發生，後一句提及醫生建議每年持續接受預防注射，推測本句應是說明現今全球運輸會讓流行病控制更加困難，故答案應選(C) harder。

四、篇章結構

第 31 至 35 題為題組

自 1990 年代初期以來，鋰離子電池就是最適合可攜式電子裝置的電池。現在，它們被廣泛運用在手機、電腦、平板、數位相機及其他設備上。

鋰離子電池的能量密度幾乎是傳統鎳鎘電池的兩倍。31.也就是說，它們能在較小的單位中貯存更多能量，有助於縮減整體的重量與大小。這個特性對手機及電腦有重要影響，因為這使它們變得更加易於消費者攜帶。這個特性也使得電動工具的操作更加簡單，且讓工人能更長時間操作。

32.鋰離子電池也是種不太需要保養維護的電池。它們不會儲存上回充電的電容記憶，也就不需定期循環充電，且每次充電都能達到最大蓄電量。相反地，其他種類的充電電池則會儲存上回充電的電容記憶而因此損失珍貴的充電容量。長時間下來，其所能存蓄的電量會愈來愈少。

33.儘管擁有上述所有優點，鋰離子電池也有不足之處。其因相當脆弱而需保護電路以維持安全運作。負載過高時，將使整組電池過熱而危害安全。34.另一個缺點則是其內部電阻會隨著充電次數及使用時間增加。用了兩、三年後，整組電池將會因為高內阻所導致的高壓降而失去作用。

然而值得注意的是，電池製造商現正對鋰離子電池不斷做出改良。35.每半年左右就會推陳出新，引進經過改善的化合物。隨著如此迅速的進展，鋰離子電池勢必會有更廣泛的應用。

解析

(E) 31. 本格前一句指出，鋰離子電池比傳統鎳鎘電池的能量密度高出幾乎兩倍，後一句指出這種特性讓手機與電腦更加便於攜帶，推測本格應提及和便於攜帶相關的內容。選項(E)提到的 smaller 以及 reduce overall weight and size 皆與此呼應，故答案為(E)「也就是說，它們能在較小的單位中貯存更多能量，有助於縮減整體的重量與大小」。

(A) 32. 本格後一句指出鋰離子電池無記憶效應的問題，因此每次充電都能達到最大蓄電量，由此推測鋰離子電池的損耗低，不須經常維護，與(A)「鋰離子電池也是種不太需要保養維護的電池」相呼應，故答案為(A)。

(B) 33. 第二、三段均談論鋰離子電池的優點，本格後一句卻是在談它們很脆弱，需保護電路以維持安全運作，由此可知本段轉為討論鋰離子電池的缺點，故答案選(B)「儘管擁有上述所有優點，鋰離子電池也有不足之處」。

(F) 34. 本格前一句指出鋰離子電池負載過高時會有安全疑慮的缺點，後一句說明使用二、三年後，鋰離子電池會因為高內阻引起的高壓降而失去作用，可見是在敘述另一項缺點，與選項(F)提及的 Another downside 以及 internal resistance 相呼應，所以答案為(F)「另一個缺點則是其內部電阻會隨著充電次數及使用時間增加」。

(C) 35. 本格前一句提到製造商正持續改善鋰離子電池，後一句指出有了如此快速的進展，鋰離子電池的使用將更為廣泛。由句意與 improvements、progress 可看出與選項(C)的 new and enhanced 相呼應，故答案選(C)「每半年左右就會推陳出新，引進經過改善的化合物」。

五、閱讀測驗

第 36 至 39 題為題組

法貝熱彩蛋是 1885 至 1917 年間知名俄國珠寶商法貝熱家族創作的珠寶彩蛋。這些彩蛋主要由貴重金屬及漆鍍繽紛色彩的礦石組成，並以珍稀珠寶點綴。

第一顆法貝熱彩蛋專為俄國沙皇亞歷山大三世而做，他將這顆復活節彩蛋獻給他的妻子，瑪麗亞・費奧多蘿芙娜皇后，以慶祝他們結婚二十週年。他向年輕的珠寶商彼得・卡爾・法貝熱訂購彩蛋。這位珠寶商美麗的作品早在先前便吸引了瑪麗亞皇后的目光。1885 年復活節的早晨，一顆看似平凡的釉蛋被送進宮殿。讓皇后驚喜的是，釉蛋裏頭有個金蛋黃，蛋黃中有隻金色的母雞，母雞裡還藏著鑽石製成的迷你皇冠和袖珍紅寶石蛋。可惜的是，後面兩者現今已不復存在。

瑪麗亞皇后相當高興，沙皇亞歷山大三世因此任命法貝熱為御用金匠。這位沙皇還另外要求法貝熱每年為他製作一顆復活節彩蛋。其需求直截了當：每顆彩蛋必須獨一無二且涵藏驚喜。法貝熱和他的繼任者發揮絕佳的工藝及創作家的靈魂，屢屢通過挑戰。一直到 1917 年俄國大革命爆發之前，法貝熱家族已為亞歷山大三世及他的兒子尼古拉二世製作了約 50 顆的皇室彩蛋。

今日，法貝熱彩蛋這個詞彙已和奢華劃上等號，而這些彩蛋也被認為是珠寶藝術的上乘之作。又或許更重要的是，它們會持續喚醒人們對於俄國末代皇室的記憶。

(B) 36. 沙皇亞歷山大三世為何選擇彼得・法貝熱製作第一顆復活節彩蛋？
(A) 彼得・法貝熱是御用金匠。
(B) 瑪麗亞皇后對彼得・法貝熱的作品印象深刻。
(C) 沙皇亞歷山大三世收到瑪麗亞皇后的命令。
(D) 彼得・法貝熱擁有俄國最知名的珠寶店。

說明
由第二段第二句可以得知，彼得・法貝熱的作品早在先前便吸引了瑪麗亞皇后的目光，因此答案應選(B)。

(C) 37. 第一顆法貝熱彩蛋中的什麼東西遺失了？
(A) 金雞與紅寶石蛋。
(B) 金雞與金蛋黃。
(C) 紅寶石蛋與鑽石皇冠。
(D) 金蛋黃與鑽石皇冠。

說明
由第二段倒數二句可知，迷你皇冠和袖珍紅寶石蛋已佚失，故答案選(C)。

(B) 38. 第三段的 「法貝熱和他的繼任者屢屢通過挑戰。」意思為何？
(A) 他們的設計一再重複。
(B) 他們每次都能滿足沙皇的要求。
(C) 他們每年都對沙皇的期望提出質疑。
(D) 他們屢次面臨意外的困難。

說明
meet the challenge 意為「通過挑戰，成功解決難題」，且本句前半部提及他們發揮絕佳的工藝及創作家的靈魂，因此答案為(B)。

(D) 39. 根據本文，下列何者正確描述法貝熱彩蛋？
(A) 它們都是珠寶商彼得・法貝熱的原創作品。
(B) 它們被造來代表俄羅斯皇帝及其朝代。
(C) 它們是為了每年俄羅斯宮廷的復活節宴會而製。
(D) 它們和俄羅斯末代兩位皇帝與其家族有關。

說明
第三段最後一句指出，直到 1917 年俄國大革命爆發之前，法貝熱家族已為亞歷山大三世及他的兒子尼古拉二世製作了約 50 顆的皇室彩蛋，故答案為(D)。

第 40 至 43 題為題組

六標準差是一套相當嚴謹的程序，它能幫助公司專注於開發和生產幾近完美的產品與服務。「標準差」為一統計學名詞，用以衡量特定程序與預訂理想間的差距。六標準差的核心概念為，一間公司若能計算出某商業生產程序中的失誤次數，其便能有系統地找出解決問題的方法，並盡可能達成「零失誤」的目標。

在六標準差這套方法中，培訓和團隊合作是不可或缺的要素。換言之，一間公司必須為其團隊領導及成員提供訓練，以實施六標準差這套程序。他們需了解如何使用測量及改善工具。他們也必須學習溝通技巧，因為要想凝聚顧客與供應商，並滿足他們的需求，擁有溝通能力是必要的。

六標準差為美國電信公司摩托羅拉於 1986 年所制定。摩托羅拉的工程師用六標準差作為某計畫的非正式名稱，而這項計畫的目的就是要降低製程中的失誤率。幾年後，摩托羅拉將「六標準差」的意義延伸為，改善整體表現的一套方法，而不只是在生產過程中「減少失誤」。1995 年，通用電氣 (奇異) 的執行長傑克・威爾許決定採用六標準差；到了 1998 年，通用電氣宣稱六標準差已為他們創下超過七億五千萬美元的成本節省。

2000 年，六標準差已自成一業，其中囊括培訓、諮詢和六標準差這套方法在全球不同機構的實施。現在，各類機構如地方政府、監獄、醫院、軍隊、銀行及跨國企業，都紛紛採用六標準差以改善品質與組織程序。

(D) 40. 根據本文，何謂「六標準差」？
(A) 一種加速製程的數位裝置。
(B) 一個在商業溝通中幾近完美的程序。
(C) 一個衡量公司預算與獲利的統計學名詞。
(D) 一套偵測問題以改善產品與服務的品質衡量方式。

說明
由第一段第一句可知，六標準差是用來幫助公司專注於開發和生產幾近完美的產品與服務的。故答案選(D)。

(C) 41. 為了成功應用六標準差，下列何者為最關鍵的因素？
(A) 顧客與供應商的需求。
(B) 統計與行銷工具。
(C) 堅強的團隊合作與適當的訓練。
(D) 優秀的領導與充足的預算。

說明
第二段的第一句明確提到，培訓和團隊合作是不可或缺的要素，接著說明公司必須為其團隊領導及成員提供訓練，以便實施六標準差這套程序。故答案選(C)。

(C) 42. 在最後二段，作者以何種方式鋪陳他的內容？
(A) 按照定義。 (B) 用對照的方式。
(C) 按時間順序。 (D) 按空間順序。

說明
第三段先提及六標準差是在 1986 年由摩托羅拉公司制定，接著指出數年後該公司將此名稱的意義延伸為，改善整體表現的一套方法。之後接續談論 1995、1998 與第四段描述的 2000 年的情形，可知是按時間順序鋪陳，故選(C)。

(D) 43. 根據本文，下列關於六標準差的敘述何者為真？
(A) 它幫助摩托羅拉與通用汽車公司促進銷售。
(B) 它需要跨國的努力才能產生令人滿意的結果。
(C) 它主要是受到大型電信公司的歡迎。
(D) 它已成為一套商業模式，其提供的服務遍及全球各種機構。

說明

❶ 本文未提及通用汽車公司，(A)錯誤。
❷ 第二段說明六標準差的關鍵因素是訓練與團隊合作，並未提及需要跨國共同努力，(B)錯誤。
❸ 第四段第一句後半段指出，六標準差已在世上不同機構實施，可知並非侷限於電信公司，(C)錯誤。
❹ 第四段最後一句指出各種機構，從政府、監獄、醫院、軍隊、銀行到跨國企業，均採用六標準差以改善品質與組織程序，故答案選(D)。

第 44 至 47 題為題組

想像兩隻瓶鼻海豚在墨西哥灣悠游。你聽到牠們發出一聲聲尖鳴、哨聲及長嘶，好像對話一般。我們無法確定牠們在談論什麼，但科學家相信海豚們能呼喚彼此的「名字」。

最近的研究指出，海洋哺乳類不僅能夠發出自己獨特的「招牌哨音」，還能辨識並模仿其他牠們親近或想再見面的海豚的哨音。這些海豚似乎能夠透過模仿哨音來呼喚熟識的海豚。此研究的其中一位作者 Randall Wells 表示：「這些哨音是牠們抽象的名字」。

為了做研究，研究人員聆聽 1984 至 2009 年間佛羅里達薩拉索塔海灣約 250 隻及其鄰近水族館所豢養的 4 隻瓶鼻海豚的錄音檔。一些野生海豚被研究團隊暫時捕捉起來並安置在不同網中，讓牠們聽得見卻看不見彼此。研究人員發現這群海豚被分開來時，會模仿熟識海豚的哨音。這主要發生在母子或熟識的公海豚之間，顯示這是一種表示友好而非侵略性的行為——有點像在呼喚失蹤的孩子或朋友一般。這種模仿哨音的行為未曾在野外偶然相遇的海豚群之間發現過。

此哨音模仿行為與人類語言的功用相似，其維繫社交關係的作用顯然比立即的資源保衛更加重要。這有助於區分海豚與鳥類聲音學習的差別，因為鳥類學舌通常是在傳達較具侵略性的訊息。

如果這項假定獲得證實，這便會成為自然間罕見的溝通方式。如果海豚能藉由幾聲尖鳴來表明自己的身分或對朋友說話，那麼便不難想像牠們其他的說話內容了。然而，正如研究作者指出，我們現在所能做的仍然只有想像而已。

(D) 44. 本文的主旨為何？
(A) 瓶鼻海豚和家人有緊密的關係。
(B) 瓶鼻海豚在野外能辨識出朋友的聲音。
(C) 瓶鼻海豚會發出自己特有的哨音。
(D) 瓶鼻海豚展現出獨特的動物溝通法。

說明

由全文得知本文在說明瓶鼻海豚以模仿哨音與同伴溝通的獨特方式，因此答案應選(D)。

(A) 45. 下列關於 Wells 研究團隊的敘述何者為真？
(A) 他們的資料以超過二十年的時間收集。
(B) 他們錄製了海豚與鳥類的叫聲。
(C) 他們的主要研究基地在墨西哥。
(D) 他們訓練了 250 隻海豚作為觀察用。

說明

❶ 第三段的第一句指出為了做研究，團隊聆聽在 1984 到 2009 年間錄製的海豚叫聲，得知資料收集耗費超過二十年，故(A)為正確答案。
❷ 本文並未提及團隊自行錄製海豚與鳥類的叫聲，(B)錯誤。
❸ 本文未提及團隊的基地在何處，(C)錯誤。
❹ 第三段的第一句說明團隊聆聽 250 隻海豚叫聲的錄音檔，但未提及訓練海豚之事，(D)錯誤。

(D) 46. 第三段的「this」指的是什麼？
(A) 錄製訊息。 (B) 執行研究。
(C) 行為學習。 (D) 哨音模仿。

說明

前一句指出研究人員發現彼此相識的海豚在被分開時會模仿對方的哨音，本句接著表示「這」情形大部分發生在母子或關係密切的公海豚之間，由此得知「這」指的是「模仿對方的哨音」，故選(D)。

(A) 47. 由本文可推論出下列何者？
(A) 鳥類會用叫聲來宣示地盤。
(B) 公海豚為了求偶而戰鬥時會發出哨音。
(C) 在獵捕食物時，海豚會發出刺耳的尖鳴。
(D) 海豚和鳥類都會模仿敵人的哨音。

說明

第四段指出，海豚模仿哨音類似於人類的語言，著重的是社會關係的維繫，而非立即防衛，這有別於鳥類通常發出的侵略性叫聲；由此可知，鳥類叫聲比較著重立即防衛，可推測是為了宣示地盤，故答案選(A)。

第 48 至 51 題為題組

有著高聳岩石景觀、獨特波浪地景及神秘地底城市，土耳其中部的格雷梅國家公園是一令人驚豔的觀光勝地。

幾千年前，古老的火山群在此噴發出層層灰燼及熔岩，形成了卡帕多奇亞地區，今日格雷梅國家公園的所在地。數百年來，風雨在這塊土地上展現鬼斧神工之能，鑿出壯麗的峽谷，並留下由高達 40 公尺石柱群所組成雄偉的岩塔景觀。這些令人嘖嘖稱奇的自然結構被稱為「仙女煙囪」。它們有著各異其趣不同的形狀和大小，但絕大多數都高聳入雲，恰似頂上戴著個帽子的杏鮑菇。頂岩是其結構最堅硬的部分，保護下方較柔軟的岩石不被侵蝕。然而，等最後這些「帽子」斷落後，風雨便開始在下方的錐體上切削，直到其倒塌為止。格雷梅峽谷的特殊地表造就了月球表面般的地貌，也稱作「月球景觀」。

然而，格雷梅國家公園從不只有壯麗的自然景觀。人類也在這個地區留下獨特的足跡。四世紀時，拜占庭的基督徒曾居住此地。他們將岩石刻鑿成數千座洞穴教堂、禮拜堂及修道院。許多教堂裡頭飾有美麗壁畫，其色彩至今仍保持原有的豔澤。為了躲避羅馬人及後來的穆斯林們，這群拜占庭基督徒甚至挖鑿出一座座完整的地下村莊。許多地下村莊至今尚有人居，裡面許多石鑿的貯藏室中仍堆滿了過冬用的葡萄、檸檬、馬鈴薯及麵餅。

(A) 48. 格雷梅國家公園的地景是如何形成的？
(A) 它是風雨侵蝕火山熔岩的結果。
(B) 它是火山灰與熔岩堆積的結果。
(C) 它是來自月亮的神秘力量的傑作。
(D) 它是拜占庭基督徒切割岩石的結果。

說明

第二段前二句指出火山噴發出的灰燼與熔岩形成格雷梅國家公園所位於的卡帕多奇亞地區，而經由風雨的侵蝕，切割出獨特的峽谷景觀，可知答案應選(A)。

(C) 49. 下列關於「仙女煙囪」的描述何者正確？
(A) 它們的大小與形狀幾乎相同。
(B) 它們的頂部有菇類生長。
(C) 它們由不同硬度的岩石所組成。
(D) 它們有堅硬的底部以支撐 40 公尺的高度。

說明

❶ 第二段的第四句指出仙女煙囪有各種不同的大小與形狀，(A)為錯誤選項。
❷ 第二段的第四句說明仙女煙囪頂部為帽狀，貌似杏鮑菇，並非其頂部長出菇類，(B)為錯誤選項。
❸ 第二段的第五句說明仙女煙囪的頂部是硬度最高的部分，保護底下較軟的岩石不受侵蝕，可知仙女煙囪由不同硬度的岩石組成，因此選(C)。
❹ 第二段的第二句提及這些塔狀石柱有 40 公尺高，而由第五句得知最硬的部分在頂端而非底部，故(D)為錯誤選項。

(B) 50. 下列何者不是格雷梅國家公園裡鑿石的用途？
(A) 避難所。 (B) 畫廊。
(C) 住所。 (D) 敬神之地。

說明

由第三段可知拜占庭基督徒曾在四世紀時居住於此地，並將岩石鑿成教堂等敬神處所，後來為了躲避羅馬人與穆斯林，甚至鑿出地下村莊，故這些石鑿的洞穴曾被當作住所、敬神之地及避難所，不包括畫廊，選(B)。

(A) 51. 下列敘述何者最能描述本文主旨？
(A) 格雷梅是大自然與人類文明交融的奇景。
(B) 格雷梅是古土耳其生活的代表。
(C) 格雷梅是大自然力量的現例。
(D) 格雷梅是新舊事物交織的景點。

說明

本文除了介紹格雷梅國家公園獨特的火山地質景觀，也介紹了洞穴教堂及地下村莊等歷史文化遺產，可知此地是自然及人文共同創造出的奇景，故答案選(A)。

◆ 第貳部分：非選擇題

一、中譯英

1. The density of convenience stores in Taiwan is the highest around the world, with one store for every two thousand people on average.

說明

❶ 參考句型：S + be + SC, with + O + OC
❷ 時態：談論事實用現在簡單式
❸ 密集度 density
❹ 便利商店 convenience stores
❺ 平均 on average (*adv.*)

2. Besides/In addition to/Apart from/Aside from buying/purchasing daily necessities, in these stores, customers can also pay their bills and even pick up/collect the items/goods/what they ordered online.

說明

❶ 參考句型：Adv., S + can + V + and + V
❷ 時態：談論事實用現在簡單式
❸ 除了 besides/in addition to/apart from/aside from
❹ 生活必需品 daily necessities
❺ 繳費 pay one's bills
❻ 領取 pick up/collect

二、英文作文

作文範例

In my neighborhood lived an old lady. Every evening, I would see her and her husband walking hand in hand in the park, with happy smiles on their wrinkled faces. However, recently, only one solitary hunched figure could be seen in the park. I hesitated but finally asked her why she came without her husband's company, and was saddened to learn that he had passed away. Seeing the loneliness in her eyes, I decided to do something. It occurred to me that I had a spare camera and that I could show her how the sun still shone through the camera lens. To help her fully explore the wonderful world, I tried to teach her different steps and functions of using a camera. She nearly dozed off when I was enthusiastically explaining. At last, I finished showing her the basic functions. I handed the camera to her, and in return, she thanked me, with a warm smile I had not seen for quite a while.

Lying in bed that night, I kept thinking about this interesting experience. It was the first time I had plucked up the courage to start a conversation with a stranger and listen to her story. It was also my first time to teach someone older than me. Although I had a hard time teaching and she had trouble remembering what I taught, we had a good time talking. Furthermore, to my delight, the more I demonstrated, the more interested she became! I felt contented and delighted. That night, I fell asleep with warmth in my heart and had very sweet dreams.

說明

第一段：下筆前先決定欲描述的是指導別人學習讓他學會一件事物，或是得到別人的指導而自己學會一件事物。

Topic sentence: 先鋪陳交代此經驗的背景與緣由。

In my neighborhood lived an old lady. Every evening, in the park nearby, I would see her and her husband walking hand in hand, with happy smiles on their wrinkled faces.

Supporting idea: 接著描述內容和過程。

第二段：說明你對該次經驗的感想。

Topic sentence: Lying in bed that night, I kept thinking about this interesting experience.

Supporting idea: 說明該次經驗的獨特處。

Conclusion: 以別人受益而自己也從此經驗得到的收穫做為結尾。

103 學年度　指考英文試題詳解

◆ 第壹部分：單選題

一、詞彙題

(D) 1. 在餐廳用餐時，我們必須體貼其他顧客，保持適當的音量談話。
(A) 獨特的　(B) 防禦的
(C) 顯著的　(D) 體貼的

解析

❶ 由後半句 keep our conversations at an appropriate noise level，推測保持適當音量的目的應是為了體貼其他顧客，故答案選(D) considerate。

❷ be considerate of sb 體貼某人
be peculiar to sb/sth 為…獨有的

(A) 2. John 對他的同學漠不關心。他不參加任何班級活動，甚至懶得和班上其他學生講話。
(A) 漠不關心　(B) 同情
(C) 模稜兩可　(D) 絕望

解析

❶ 由第二句不參加班級活動，不和同學講話這兩件事，顯示 John 對同學漠不關心，故答案選(A) indifference。

❷ show indifference to/toward . . . 對…漠不關心
show sympathy for sb 同情某人

(C) 3. 為符合年長者獨特的需求，這家公司專門為老年人設計一款有大按鍵、大彩色螢幕的手機。
(A) 必然地　(B) 相對地
(C) 專門地　(D) 自願地

解析

❶ 由前半句 unique (獨特的)，可推論後面的手機是 specifically (專門地) 為老年人設計的，故答案選(C) specifically。

❷ meet one's needs 符合某人的需求

(D) 4. 結構良好的建築物較有機會能抵擋颱風、龍捲風、地震等天然災害。
(A) 從事　(B) 構想
(C) 實行　(D) 抵擋

解析

❶ 由 well-constructed (結構良好)，可推論此建築物應可抵擋天然災害的襲擊，故答案選(D) withstanding。

❷ have a better chance of . . . 較有機會…
natural disaster 天然災害

(A) 5. 我們的家庭醫師一再警告我說辣的食物可能會傷胃，所以我最好還是離它遠一點。
(A) 使疼痛　(B) 解放
(C) 綁架　(D) 推翻

解析

❶ 由上下文中的 warned (警告)、stay away (遠離)，可推論辣的食物必定對胃不好，故答案選(A) irritate。

❷ irritate stomach 引起胃痛

(D) 6. 因為新校長既年輕又缺乏經驗，所以老師們懷疑他是否能將學校管理好。
(A) 熱情的　(B) 令人印象深刻的
(C) 傲慢的　(D) 懷疑的

解析

❶ 由前半句的原因：新校長 young and inexperienced，得知老師們很有可能會懷疑他的能力，故答案選(D) skeptical。

❷ be passionate about sth 熱愛…
be skeptical about/of . . . 懷疑…

(B) 7. 許多大學提供大量的獎學金作為誘因來吸引優秀學生到該校就讀。
(A) 裝飾品　(B) 誘因
(C) 強調　(D) 應用、申請

解析

❶ 由 scholarships (獎學金) 與 attract students (吸引學生)，可推論獎學金是作為吸引學生的誘因，故答案選(B) incentive。

❷ a large number of = many 大量的
enroll 註冊

(C) 8. 由於 Diana 是一位辯才無礙的演講者，她已經為她的學校贏得數面全國演講比賽的獎牌。
(A) 真實的　(B) 必要的
(C) 辯才無礙的　(D) 非必要的

解析

❶ 由後半句的結果：she has won several medals (贏得數面獎牌)，可推論 Diana 必定具有演講的才能，故答案選(C) eloquent。

❷ win medals 贏得獎牌

(B) 9. 此候選人以節約能源作為他競選的主軸，呼籲更進一步減少石油的消耗量。
(A) 演化　(B) 節約
(C) 捐贈　(D) 反對

解析

❶ 由後半句 reduction in oil consumption (減少石油消耗)，可推論前半句應與 energy conservation (節約能源) 有關，故答案選(B) conservation。

❷ call for 公開要求，呼籲

❸ 本句句型為 make + O + OC，受詞為 energy conservation，受詞補語為 the central theme of his campaign。

(A) 10. 擔心土石流，當地政府在颱風襲擊山區前，迅速將村民撤離家園。
(A) 撤離　(B) 使窒息
(C) 使蒙羞　(D) 容納

解析

❶ 由 mudslides (土石流)、typhoon (颱風)、mountain area (山區) 聯想，可推論政府應將村民撤離，故答案選(A) evacuated。

❷ be concerned for/about ... 擔心…
evacuate A from B 將 A 撤離 B

二、綜合測驗

第 11 至 15 題為題組

規律刷牙有助於保持健康的笑容。但如果沒有適當保養牙刷並時常換新，笑容恐怕無法持久。根據美國牙醫學會 (ADA)，牙刷會藏匿細菌。這些細菌來自於口腔，而且會長期 11.累積在牙刷上。

許多美國人一年只更換一次或兩次牙刷。然而，ADA 建議每三到四個月就要 12.使用新牙刷。兒童牙刷必須更 13.頻繁更換。

在三到四個月的使用期間，有幾個方法可以保持牙刷清潔。14.例如每次用完後，徹底用自來水洗滌牙刷，確認清除掉任何牙膏及殘渣。以直立的方式存放牙刷，並使 15.其自然風乾。最重要的是，不要共用牙刷。

(A) 11. (A) 累積　(B) 瓦解；使粉碎　(C) 設立　(D) 情感流露；散發光熱

解析
本格必須推測出一段時間後這些細菌在牙刷中會有怎樣的變化，線索在前一句指出牙刷會藏匿細菌，而本句前半說明這些細菌來自口腔，故由上下文線索合理推測出這些細菌一段時間後會累積在牙刷中，因此答案選(A) accumulate。

(C) 12. (A) use　(B) to use　(C) using　(D) used

解析
本格為 recommend + V-ing，recommend (建議) 後面接動詞時需用動名詞作為受詞，故答案選(C) using。

(B) 13. (A) 根本地　(B) 頻繁地　(C) 典型地　(D) 客觀地

解析
本格前一句指出美國牙醫學會建議每三到四個月更換牙刷一次，合併上一段牙刷會藏匿細菌的概念，推測孩子更換牙刷的頻率應該更高，故答案選(B) frequently。

(D) 14. (A) 簡言之　(B) 否則　(C) 然而　(D) 例如

解析
本段第一句，亦為本段主題句指出有好幾種保持牙刷清潔的方式，而本句「使用後徹底用自來水清洗」為方法之一，因此本句為舉例說明方法，故答案選(D) For example。

(A) 15. (A) 它 (代名詞)　(B) 一個 (不定代名詞)　(C) 這個 (定冠詞)　(D) 這個 (關係代名詞)

解析
本句指出「牙刷要直放，並讓它風乾」，因此本格要風乾的是前面的 your toothbrush，代替前面已出現過的特定名詞要用 it，故答案選(A) it。

第 16 至 20 題為題組

Elizabeth Lonsdorf 把自己藏身於接近黑猩猩棲息地的樹叢裡，用著相機探索學習的奧妙。她所紀錄的那隻黑猩猩拿起一片細而扁的草，將小昆蟲從洞中掏出。晚餐 16.上桌了！但這隻黑猩猩如何發展出使用工具的精妙的技巧？小黑猩猩學父母親使用工具嗎？在非洲，Londsdorf 正在進行世界上最長期的野生動物研究之一，試著探索學習如何 17.跨世代傳遞。

Lonsdorf 一直都對動物的學習及使用工具感興趣，18.尤其是對幼獸如何成長與學習生存之道。她的黑猩猩研究展現出人類與動物界其他動物的關聯。黑猩猩製造與使用工具，而且母子間的親情和人類的十分 19.類似。藉由觀察黑猩猩的學習過程，研究者希望能更深入瞭解人類祖先的發展 20.可能是什麼樣的情形。

Londsdorf 希望藉由瞭解動物行為的奧妙，我們可以更瞭解、保護地球上的生物多樣性。

(D) 16. (A) 提議　(B) 命令；點 (餐)　(C) 消化　(D) 端上 (飯菜)

解析
前一句指出黑猩猩以葉片作為工具，挖洞裡的昆蟲來吃，以昆蟲為食物，因此本格答案應選(D) served，表示晚餐上桌了。

(A) 17. (A) 跨越　(B) 在…旁邊　(C) 在…之上　(D) 在…之內

解析
上一句問擅長使用工具的黑猩猩媽媽是否將此技巧傳給下一代，由此得知 Lonsdorf 做此研究是要找出學習是否能跨越世代，故答案選(A) across。

(A) 18. (A) 尤其是　(B) 原本　(C) 因此　(D) 幸運地

解析
本句前半提到 Lonsdorf 對動物學習及工具使用感興趣，而後半動物長大學習適應世界的方法也是她感興趣的，要選擇前後句意義有相關的副詞，故答案選(A) especially。

(B) 19. (A) 隨便的　(B) 類似的　(C) 直接的　(D) 感激的

解析
前一句已說明 Lonsdorf 的研究顯示人類與其他動物界有明顯的相關性，原句可寫為 ... relationships (that are) similar to those ...，因此本格應選(B) similar，表示黑猩猩在母子關係上與人類相似。

(C) 20. (A) 將　(B) 過去將

(C) 過去可能　　　　　　(D) 將已經

解析

本格考的是時態，因主詞為遠古的祖先，故應選過去式，助動詞 might 與完成式連用表「對過去的推測」；選項中(B)雖為過去式，但指的是「過去預定…」，不正確，所以只能選(C) might have been。

三、文意選填

第 21 至 30 題為題組

中國社會裡，在喪禮時焚燒紙錢或是紙模型祭品的習俗可以追溯至唐朝時期 (西元 618 到 907 年)。中國人相信當一個人過世時，肉體雖已死亡，但 21.靈魂仍持續活在「死後的世界」當中。這個「死後的世界」是現實世界的一面鏡子，裡頭的「住民」需要居所、金錢、日常用品、以及娛樂活動，就如同他們還 22.活著時一樣。這之中的一些日用品會隨著逝者一同埋葬，而其它的物品則藉由焚燒紙模型的方式「運送」給他們。當燃燒的灰燼高飛至天際時，這些祭品就可以被死後世界的住民們 23.收到。

逝者的親屬們都希望見到他們摯愛的家人能在死後的世界過著舒適的生活，因此他們所燒的房屋紙模型都相當大間，車子的模型也都十分 24.豪華，一般都為賓士居多。一套完整的紙模型祭品可能包含幾位僕從、現金、以及信用卡，以滿足逝者 25.所需。

這些傳統的紙模型祭品過去只在專門店販售，風格及樣式都是 26.有限的。例如紙房屋模型都大同小異，且均是以印有門窗和屋頂的 27.圖案黏貼在用竹子製成的框架上，完全沒有現代流行的用品可供選擇。如今，這些商品可以在網路上 28.購買到，並且隨著新的材料與設計相結合，紙模型祭品有了相當多樣的變化。老式一體適用的紙房屋模型已由配備裝潢、家俱、以及家用電器的新式房屋模型所 29.取代。其它像是數位相機、iPhone、甚至是護膚產品的模型也都 30.可以買到。中國傳統文化在滑鼠輕點之間似乎便煥然一新。

(A) 被取代 *vt.*	(B) 會死的 *adj.*
(C) 靈魂 *n.* [C]	(D) 可買到的 *adj.*
(E) 旅程 *n.* [C]	(F) 豪華的 *adj.*
(G) 被領取 *vt.*	(H) 購買 *n.* [U]
(I) 活著的 *adj.*	(J) 需求 *n.* [C]
(K) 有限的 *adj.*	(L) 圖案 *n.* [C]

解析

(C) 21. the ______ continues to live in the next world，在 the 定冠詞之後應填名詞或形容詞，由前文中國人相信人過世，身體死亡，判斷應是靈魂繼續存活在死後的世界，故選(C) spirit。

(I) 22. just like when they were ______，本空格在 be 動詞 were 之後，應填形容詞，前半句指出在死後的世界中，住民仍需要居所、金錢、日常用品等，判斷應與他們還在世的時候相同，故答案選(I) alive。

(G) 23. the offerings are ______ by the residents in the next world，本空格在 by 之前為被動語態，應填過去分詞，因紙模型是拿來當供品，所以火化後灰燼高飛，代表這些供品有被死後世界的住民們收到，故答案為(G) collected。

(F) 24. the paper houses are big and the cars are very ______，本空格在 be 動詞 are 之後，應填形容詞，前半句指出由於親友希望逝者在死後的世界能過得舒適，所以焚燒大間的紙房子及豪華的紙汽車模型，尤其後面還有賓士這個品牌作為線索，故答案選(F) luxurious。

(J) 25. the deceased will have all their ______ satisfied，本空格在所有格 their 之後，應填名詞，前半句指出完整的紙供品包括的項目，加上 so that 為了來引導後面的目的，由此判斷這些供品的目的是為了滿足逝者所需；且 satisfy needs 為常見搭配用法，故答案應選(J) needs。

(K) 26. The style and the variety of the products were ______，本空格在 be 動詞 were 之後，應填形容詞，本段主旨在描述過去的紙模型，後一句為例子，說明以前的紙房屋模型都長得一樣，推測以前的風格與樣式有限，故答案選(K) limited。

(L) 27. with ______ of a door, windows, and a roof printed on it，本空格在介系詞 with 之後，應填名詞，本句說明以前的紙房屋模型都是將紙黏貼在竹子做的框架上，上面有門窗及屋頂的圖案，另有線索表明這些是印在上面的，故答案選(L) images。

(H) 28. the ______ can be made on the Internet，定冠詞 the 之後應填名詞或形容詞，可填入的字應可與 make 連用，故選(H) purchase，而 make purchase「購買」是可在網路上完成的動作。

(A) 29. The old one-style-fits-all houses have been ______，本空格在 by 之前為被動語態，應填過去分詞，老式一體適用的紙房子與配備各種裝潢、家俱、家電的房子之間的關係，應該是前者被後者取代，故答案選(A) replaced。

(D) 30. Digital cameras, iPhones, and even skin care products are also ______，本空格在 be 動詞 are 之後，應填形容詞，前一句指出新式紙房子配備齊全，所以本句接續連數位相機等模型也買得到，故答案應選(D) available。

四、篇章結構

第 31 至 35 題為題組

怪咖指的是有著奇特且古怪個性、想法或是行為模式的人。他們可能或無法理解他們所處文化中的正常行為標準；對於社會不認同他們的習慣或是理念，他們絲毫不在乎。

雖然這些被視為怪咖的人們曾經為社會所不容，但他們已被發現具備一些正向的特質。31.根據英國最近一項研究指出，怪咖們較有創意。他們經常對世界抱持著較旺盛的好奇心，且在許多情況下會滿足地著迷於自身的嗜好及興趣。32.心理學家也發現到怪咖們不太遵循常規。他們活在自己的世界裡，不在乎別人怎麼看他們，因此通常較不會受到拘束，而可以無所顧忌的產生許多新想法。

33.怪咖們也被發現到比較健康。數據顯示他們較少看醫生，約八至九年一次，比一般人平均的次數少二十倍。這可能是部分由於他們的內在特質，像是幽默、開心所致。34.此些特質被發現在增強免疫系統方面扮演著重要的角色。這可以解釋為什麼怪咖們大體上來說都比較健康。

心理學家因此建議我們多注意那些不遵從常規的人。我們那位把蜥蜴當寵物養的阿姨可能是其中之一，35.又或著是我們好麻吉那位穿著短褲去正式舞會的哥哥。他們瘋狂的嗜好以及奇特的幽默感是他們活的久的原因。怪咖們或許有些怪裡怪氣的，但他們會因為享受自己所做的事而能活得更快樂、更健康。事實上，歷史上許多相當傑出的人們都有展現一些與眾不同的舉動和習慣。

解析

(B) 31. 本格前一句指出怪咖也有正向的特質，後一句亦為正向性格的例子，怪咖也有好奇心，因此應選擇能表示其好性格的答案，故答案為(B)「根據英國最近一項研究，怪咖們較有創意」。

(E) 32. 本格後一句舉例說明怪咖活在自己的世界，並不在乎別人對他們的想法，由此線索推測要選表示怪咖與常人不同的答案，因此選(E)「心理學家也發現怪咖們不遵循常規」。

(A) 33. 本格後一句表示怪咖較少看醫生，由此推測他們比較健康，故答案選(A)，本格有可能誤選(F)，如將句中 such personal traits 用來代表第二段對怪咖的性格描述，似乎也說得通，但因一句僅能用一次的原則，將(F)用在更適合的 34 格。

(F) 34. 本格線索明顯，前一句有 traits 這個字，與(F)中的 such personal trails 呼應，因為怪咖的內在特質如幽默、快樂，這樣的特性能增強他們的免疫力使其更健康，所以答案為(F)。

(C) 35. 本段第一句作者提醒我們注意周遭與我們不同的人，接下來舉例，那可能是我們的阿姨，以 It could be our ... 開頭，因此選有類似句型的(C)，而且此二句中都有這些人做出一些與眾不同的舉動的例子。

五、閱讀測驗

第 36 至 39 題為題組

於 1883 年開放，布魯克林橋是第一座長墩距的懸索橋以承載交通，很快成為下一世紀懸索橋的典範。布魯克林橋橫跨紐約東河，提供了往返布魯克林和曼哈頓的首要主幹線。在此之前，渡輪是唯一的交通方式，這個方式既緩慢且在冬季可能是危險的。

自從 19 世紀早期，建造橫跨東河橋樑的構想已被討論，但是 1861 年南北戰爭的爆發阻礙了所有關於這個計畫的考量。當戰爭於 1865 年結束，這座橋樑再度成為重要議題。1867 年，紐約州立法院通過法案編納紐約橋樑公司以建造及維護橫跨曼哈頓島與布魯克林之間的橋樑。

Roebling 獲選擔任橋樑設計。於德國 1806 年出生，他當學生時有激進的觀點，被德國警察列為危險的自由主義者。為了躲避政治歧視，他在 1830 年移民到美國。

Roebling 提議了一座 1,500 英呎 (465 公尺) 還有兩座石造塔樓作為主要橋墩的懸索橋。完工後，橋的實體較長——1,597 英呎 (486 公尺)，為當時最長的懸索橋。

(D) 36. 建造布魯克林橋的目的為何？
(A) 為取代舊橋。
(B) 為樹立造橋典範。
(C) 為南北戰爭建一座吊橋。
(D) 為提供比船隻更快更安全的交通方式。

說明

由第一段最後一句得知布魯克林橋建造前僅能靠渡船往返曼哈頓與布魯克林，既緩慢又危險，而建造此橋可改善這種狀況，因此答案應選(D)。

(A) 37. 下面哪一字與第二段的「deflected」意思最接近？
(A) 被阻擋。　(B) 被察覺。
(C) 忙於。　(D) 指出。

說明

由第二段第一句得知建造布魯克林橋的想法始於十九世紀，但因南北戰爭而未繼續，於戰後才繼續，故應選與停止、暫緩等相關意思的字，故答案選(A)。

(D) 38. 以下何項關於布魯克林橋是正確的？
(A) 建於 1865 年。
(B) 較原計劃短。
(C) 南北戰爭後才第一次提出。
(D) 由紐約橋樑公司建造。

說明

❶ 由第二段得知 1867 年才通過法案由紐約橋樑公司建造，因此 1865 年尚未興建，(A)錯誤。
❷ 由最後一段得知完工後，橋有 1,597 呎，較原計劃 1,500 呎長，(B)錯誤。
❸ 第二段指出南北戰爭前，十九世紀初即已提出此構

想，(C)錯誤。

❹ 第二段指出 1867 年通過法案由紐約橋樑公司建造，因此答案為(D)。

(D) 39. 根據本文，下面何者正確描述 John Augustus Roebling？

(A) 他參加南北戰爭並受重傷。

(B) 他因其激進的觀點而獲選設計此橋。

(C) 他是第一位建議建造此橋的人。

(D) 他因在其祖國受到歧視而搬到美國。

說明

❶ 文中並未提到他有參加南北戰爭，(A)錯誤。

❷ 第三段指出他當學生時有激進的觀點，他並非因此而獲選設計此橋，(B)錯誤。

❸ 他 1830 年才移居美國，因此並非第一個建議蓋此橋的人，(C)錯誤。

❹ 第三段最後一句明確指出他因政治歧視而搬離德國，故答案為(D)。

第 40 至 43 題為題組

日本人長期以來困惑著公共衛生研究員，因為他們有一個很明顯自相矛盾的狀況：日本人患有心臟病的比例為全球最低，且他們擁有全球最多數活到 100 歲或超過 100 歲的人民，儘管大多數的日本男人都有吸菸——而吸菸被視為心臟病最強烈的危險因子之一。所以，究竟是什麼在保護日本男人？

兩位任教於加州大學柏克萊分校的教授想要找出答案。他們調查 12,000 位日本男人，這些人被平均區分為三組：一組是一直居住在日本，另外兩組分別為移民到夏威夷以及到北加州的日本人。研究發現移民到加州的日本人得心臟病的比率較在日本的日本人增加五倍，而在夏威夷的日本人則增加其一半。

平常心臟疾病的危險因子例如吸菸、高血壓、膽固醇數量不能解釋這個差異現象。飲食由壽司轉變為漢堡薯條也和心臟病的增加無關。然而，這和他們在新家鄉為自己所營造出什麼樣的社會群體有關。最傳統的一群日裔美國人，他們維持了緊密連結且互相支持的社會群體，他們患有心臟疾病的比例和在日本的日本人一樣低。但是那些採取較孤立的西化的社會生活方式的人，心臟病的發生率增加三到五倍。

這個研究顯示和一個社交群體連結的需求對人們是如此重要，它仍是我們是否保持健康或生病，甚至是我們活著或死亡的重要決定因子。我們必須感受是較大的群體的一部分以茁壯成長。我們需要歸屬感、真實世界中的擁抱、握手、拍肩，而不是線上世界。

(B) 40. 本文最適切的標題為何？

(A) 心臟病與其成因　(B) 社會聯繫的力量

(C) 日裔美國人的差異　(D) 歸屬感相對於隔離感

說明

由最後一段結論段第一句，此研究結果顯示與社會緊密連結的需求是人類維持健康的基本要素，由此本文的最佳標題應為(B) The Power of Social Connection。

(D) 41. 下列哪一項是此二位美國教授研究的發現？

(A) 許多活到一百歲的日本男人吸菸。

(B) 經常吃漢堡薯條的人較容易生病。

(C) 日本移民到美國的人通常形成緊密的社區。

(D) 西化的社會生活與日裔美國人的心臟病比率有關。

說明

❶ 雖然在第一段有提到，但這並非這兩位教授的研究發現，而是觀察，因此(A)非答案。

❷ 第三段第二句提到飲食由壽司轉變為漢堡薯條並不會增加得心臟病的危險，(B)錯誤。

❸ 第三段最後兩句提到日本人移民到美國後，傳統的人形成緊密及互相支持的社區，但有些則過著隔離的西化生活，(C)錯誤。

❹ 第三段第三句 **. . .** the kind of society they had created for themselves in their new home country was. 說明在移民的新國家創造怎樣的社會群體，影響他們心臟病的發生率，所以選(D)。

(A) 42. 下列哪一項是最後一段「something bigger」的例子？

(A) 家庭。　(B) 體育館。

(C) 宇宙。　(D) 數位世界。

說明

前一句提到我們健康與否和是否有與社會緊密連結有關，表示人類要有歸屬感，要感覺屬於較大的群體 (something bigger) 的一部分，這裡的 family 是大於個人的群體，因此選(A)。

(A) 43. 住在日本的日本人與住在夏威夷的日本人得心臟病的比率為何？

(A) 1 比 2.5　(B) 1 比 5

(C) 3 比 5　(D) 1.5 比 5

說明

第二段最後一句提到研究發現移民到加州的日本人得心臟病的比率較在日本的日本人增加五倍，而在夏威夷的日本人則增加其一半，即 2.5 倍，因此答案選(A)。

第 44 至 47 題為題組

比特幣是實驗性、去中心化的數位貨幣，能即時付款給世界各地任何人。比特幣藉由點對點網路科技而且沒有中央當局運作；也就是說，處理交易、發行貨幣全由網路集體執行。

比特幣的交易無法撤銷，它只能由收款人退還。這意味著你必須跟認識、信賴或聲望佳的人與進行交易。比特幣能偵測打字錯誤，通常並不會讓你誤匯錢至無效位址。

比特幣交易皆公開並永久儲存於網路，這表示所有人都能看見任何比特幣位址的餘額與交易。然而位址的使用者身份保持匿名直到買賣中揭露資訊或者其他情況。

因其新興經濟體、全新本質、有時無流動資金的市場，比特幣幣值會短時間出乎意料地升值或貶值。因此，此時不建議存比特幣。應視比特幣為高風險資產，你也絕不要投資不能虧損的錢在比特幣上。如果你收到比特幣的付款，許多服務提供者能轉換它為你的當地貨幣。

比特幣是實驗性的新貨幣，目前活躍發展。儘管當使用增多已變得較不具實驗性，你應謹記比特幣是項新發明，它探索空前未有的想法，因此無人能預測它的未來。

(A) 44. 本文的目的為何？
(A) 介紹一種新的貨幣。
(B) 證實一種新興經濟的價值。
(C) 探索線上交易的方式。
(D) 解釋如何設立商業網絡。

說明
由全文得知本文在介紹比特幣是什麼，其交易方式及價格波動情形，由此可見全文在介紹比特幣這種新貨幣，因此答案應選(A)。

(C) 45. 比特幣的價值為何不穩定？
(A) 因為使用它是非法的。
(B) 因為它並非有效投資。
(C) 因為它仍在發展中。
(D) 因為它僅限在年輕人之間流通。

說明
第四段第一句說明比特幣暴漲暴跌的原因在於，比特幣是一種剛出現的經濟、性質全新與舊有貨幣完全不同，而且市場上現金短缺，由此可見比特幣仍在發展中，因此選(C)。

(D) 46. 下列何者關於比特幣是正確的？
(A) 比特幣的位址只有擁有者知道。
(B) 一旦交易完成，比特幣無法退款。
(C) 比特幣使用者的身份永遠公開。
(D) 收到付款時，比特幣可換成當地的貨幣。

說明
❶ 第三段第一句說明所有比特幣的交易均公開存在網路上，因此所有人都看得到，(A)錯誤。
❷ 第二段第一句提到所有比特幣交易是無法撤銷，但第二句指出惟有收款人可退回款項，因此還是可以退款的，(B)錯誤。
❸ 第三段第二句指出比特幣使用者的身份一般是隱匿的，只有在交易中或其他情形才公開，(C)錯誤。
❹ 第四段最後一句提到收到比特幣是可以兌換成當地貨幣的，因此答案選(D)。

(B) 47. 作者會給對將金錢換成比特幣有興趣的人怎樣的忠告？
(A) 亡羊補牢，未為晚也。
(B) 三思而後行。
(C) 把握時機。
(D) 不勞則無獲。

說明
由作者於本文最後一句提到比特幣的未來是無法預期的，可得知作者希望投資者三思而後行，故答案選(B)。

第 48 至 51 題為題組

科學家正嘗試基因改造我們居住的世界。他們甚至試著藉基因改造消滅疾病。例如，研究員基因改造蚊子來殺害瘧原蟲。瘧原蟲經由雌瘧蚊傳播。人體一經感染，瘧原蟲由肝臟蔓延至血液，並在血液中繁殖、摧毀紅血球。每年估計二億五千萬人感染瘧疾，一百萬人死亡——其中多為孩童。現今尚無有效或者通過檢驗的瘧疾疫苗。

為「殺死」瘧疾，科學家正基因改造蚊子內的細菌，讓它釋放有毒物質。這些物質對人體或蚊子本身無害，但它們滅除瘧原蟲，讓瘧蚊無法感染人類。

儘管有這項成就，科學家仍面臨挑戰，他們無法賦予基因改造過的蚊子競爭優勢，使其最終能取代野生蚊子的龐大數量。完全封鎖瘧原蟲非常重要。如果部分瘧原蟲逃脫此機制，他們下一代將可能有抵抗力。如果這成真了，科學家須重頭來過。

科學家面臨另一項挑戰是獲得大眾對蚊子與瘧疾控制上基因改造的認同。不清楚基因改造生物對生態系統與人體健康的長期影響而釋放之讓環保人士憂心。基因改造技術應用於疾病管制前仍長路迢迢。

(D) 48. 本文主旨為何？
(A) 科學家已發現有效阻止由昆蟲傳播的疾病在全世界擴散的方法。
(B) 許多人擔心基因改造生物對環境的影響。
(C) 將基因改造應用於疾病控制需要時間才能獲得大眾的支持。
(D) 基因工程在減少瘧疾方面相當有前景，雖然可能有未知的後果。

說明
本文前兩段在說明基因改造能有效減少瘧疾，而後兩段則在說明基改面臨的挑戰，因此答案應選(D)，(A)為第一、二段的主旨，(B)和(C)為第四段的內容，因此不能算原文的主旨。

(B) 49. 下列何者最能顯示本文的架構？
(A) 介紹 → 比較相似之處 → 必較相異之處
(B) 問題 → 解決方法 → 潛在的困難
(C) 提議 → 論點 → 反駁的論點
(D) 定義 → 舉例 → 暫時的結論

說明
本文前兩段先提出以基因工程處理瘧疾散佈的問題，後兩段再說明這麼做可能面臨的困難，因此選(B)。

(C) 50. 根據本文，下列關於瘧原蟲何者正確？

(A) 它們能對抗基改及疫苗。
(B) 它們在人的肝臟中繁殖茁壯。
(C) 它們只被發現於一種蚊子的單一性別中。
(D) 它們每年傳染給一百萬的孩童。

說明

❶ 根據第二段有一種基改的細菌能消滅瘧原蟲，因此它們無法對抗基改，(A)錯誤。
❷ 根據第一段第五句當瘧疾傳染給人後，瘧原蟲由肝臟蔓延至血液，並在血液中繁殖，(B)錯誤。
❸ 根據第一段第四句，瘧疾的帶原者為雌的 *Anopheles* 蚊子，因此(C)是正確的。
❹ 根據第一段倒數第二句，瘧疾每年造成一百萬人死亡，多數是孩童，而感染的人數高達二億五千萬人，(D)錯誤。

(B) 51. 第三段中的 that 指的是什麼？
(A) 一些由生態系統中逃走的瘧原蟲。
(B) 瘧原蟲對基改細菌免疫。
(C) 基改蚊子較野生蚊子有競爭力。
(D) 瘧疾被阻止由蚊子傳給人類。

說明

that 指的是前一句指出若基改無法完全滅絕瘧疾寄生蟲，則下一代將對蚊子體內的基改細菌有抵抗力，因此答案選(B)。

◆ 第貳部分：非選擇題

一、中譯英

1. Excessive consumption of/Eating too many fried foods may lead to/bring about obesity in/among school children or even more serious health problems.

說明

❶ 參考句型：N + may V + O_1 or O_2 (以名詞當主詞)
V-ing + may V + O_1 or O_2 (以動名詞當主詞)
❷ 時態：談論事實用現在簡單式，但需要助動詞 may
❸ 食用過多 excessive consumption/eating too much
❹ 導致 lead to/result in/bring about/cause
❺ 體重過重 obesity

2. Therefore, parents and teachers should work together to find effective measures to deal with the troublesome issue.

說明

❶ 參考句型：Adv., S + should V + to V
❷ 時態：給予建議用現在簡單式，但須用助動詞 should
❸ 因此 therefore/thus/hence
❹ 共同合作 work together/cooperate
❺ 有效措施 effective measures
❻ 處理 deal with/handle/tackle
❼ 棘手議題 troublesome/difficult issue

二、英文作文

作文範例

The bar chart shows how the students of a high school in the U.S. manage their time. To begin with, learning and studying does not govern most of their lives. Roughly speaking, they only spend one-fourth of a day doing academic activities. Besides, they can sleep to their hearts' content every day and have sufficient time to hang out with friends. Doing part-time and voluntary jobs takes them about two hours a day. What surprises me most is that they even have extra time to deal with other things, such as preparing a friend's birthday gift or doing household chores, etc.

In contrast with their daily schedule, mine is completely dominated by studying. All I have to do every day is study because being admitted to a good college is my only goal in high school. As a result, I spend more than eight hours a day at school on lectures that do not engage me in active learning. Though I do not need to do housework, I don't have time for cultivating a new hobby, meeting friends, doing recreational activities, either. Worst yet, having enough sleep becomes a luxury to me, for the heavy schoolwork deprives me of sleep. How I wish someday I could manage my own time like the high school students in the U.S. instead of being burdened with studying.

說明

第一段：描述該圖所呈現之特別現象。
Topic sentence: 先說明此長條圖所代表的意義為何，並加以分析。
The bar chart shows how the students of a high school in the U.S. manage their time.
Supporting idea: 接著將美國高中生的時間運用整理分類，按類別描述其時間分配的方式。

第二段：說明整體而言，你一天的時間分配與該高中全體學生的異同，說明其理由。
Topic sentence: 對照上一段，直接點出我的時間分配與美國高中生完全不同。
In contrast with their daily schedule, mine is completely dominated by studying.
Supporting idea: 說明理由及與美國高中生時間分配的不同之處。
Conclusion: 以表達希望能和他們一樣有更多自行掌控的時間做結尾，以呼應第一段表達羨慕的主題句。

Notes

102 學年度　指考英文試題詳解

◆ 第壹部分：單選題

一、詞彙題

(A) 1. 工業廢料必須小心處理，否則會污染公共用水的供應。
(A) 污染　(B) 促進
(C) 使合法　(D) 操弄

解析

❶ 第一句的 industrial waste 為關鍵線索，由 or (否則) 得知若前句沒發生，就會產生後句的結果，可推測廢料沒處理好會污染公共用水，故答案選(A) contaminate。

❷ waste 與 contaminate 為正面相關詞，亦可由關係推論出答案。

(D) 2. John 的洞察力非常直接、實在而樸實，他忠實地記錄每天發生的事情。
(A) 普遍地　(B) 幾乎不
(C) 被動地　(D) 忠實地

解析

❶ 由文意得知 John 以直接而樸實的方式觀察事情，可推論 John 詳實地記錄每日生活中的事件，故選(D) faithfully。

❷ record faithfully 為常見的詞組。

(C) 3. 政府無法找到好理由解釋其在武器上的高額花費，尤其是當許多人生活艱困時。
(A) 廢止　(B) 護送
(C) 為…辯護　(D) 混合

解析

❶ 由文意可知，當許多人生活困頓的同時，政府若還在國防部分投注大量金額，這樣的行為難有好理由解釋，故答案應選(C) justify。

❷ find a reason 與 justify 為相關字詞，亦可由此推論出答案。

❸ live in poverty 生活貧困

(A) 4. 這名作文老師發現閱讀奇幻文學，像是 J.K. 羅琳的哈利波特，可以激發她的學生創意思考和寫作。
(A) 創意　(B) 慷慨
(C) 迷信　(D) 基礎

解析

❶ 由 fantasy、inspire 二字與哈利波特的例子，可聯想到奇幻文學能激發學生思考與創造力，故選(A) creativity。

❷ with creativity 有創意地，with + N 可轉變成副詞。

(B) 5. 因為好幾宗虐童案被電視新聞報導，社會大眾更加意識到家暴的議題。
(A) 大錯　(B) 虐待
(C) 本質　(D) 缺陷

解析

❶ 虐童案屬家暴行為之一，由句末的 domestic violence 可向前推論是虐童案的報導引起社會對家暴的關注，故選(B) abuse。

❷ child abuse 一詞可見於新聞中。abuse 除了表示虐待，也有「濫用」之意，如 drug abuse (藥物濫用)、alcohol abuse (酗酒)。

(C) 6. Helen 的醫生建議她接受心臟手術。但是她決定要尋求另一位醫生的意見。
(A) 目的　(B) 陳述
(C) 意見　(D) 藉口

解析

❶ 從表語氣轉折的 But 可知 Helen 不願接受原先醫生的建議接受手術治療，由 another 與 second 可推論她想尋求另一位醫生的看法，故選(C) opinion。

❷ suggest 與 opinion 為相關詞，亦可由此推論出答案；且 second opinion 為常見的搭配詞。

❸ undergo a surgery 接受手術

(A) 7. 在初步篩選後，所有入選的候選人將會進一步被邀請參加面談，在此之後將會做出最終的錄用決定。
(A) 初步的　(B) 充滿深情的
(C) 有爭議的　(D) 過度的

解析

❶ further 與 after 指出甄選的順序，為答題線索。由敘述可知，順序為初步篩選 (preliminary screening) → 面談 (interview) → 最終決定 (final decision)，因此答案選(A) preliminary。

❷ which 指的是 interview。

(D) 8. 為了避免恐怖攻擊，機場的維安人員仔細檢查所有行李，以便確認是否有任何爆裂性物品或是其他危險物件。
(A) 有活力的　(B) 相同的
(C) 永久的　(D) 爆炸性的

解析

由多起恐怖攻擊案例得知大部分為引發爆炸物造成死傷，加上後面的 dangerous objects，可聯想此處應選一個有危險性的形容詞，故選(D) explosive。

(C) 9. 在沙漠中，將會興建設有藝廊、戲院與博物館的商城，使旅客免於外面的酷熱之苦。
(A) 轉變　(B) 防禦
(C) 保護　(D) 以吸塵器打掃

解析

❶ 由常識判斷，沙漠非常炎熱，一間多功能的商城不但可提供旅客娛樂，更可保護他們免受酷熱之苦，故選(C) shelter。

❷ shelter . . . from 為搭配詞，而且有「遮蔭」的意思，

配合文意，也可由此選出答案。

(D) 10. Harris 法官總是能提出好論點。她的論點很有說服力，因為它們以邏輯與正確的推理為基礎。
(A) 強調的　(B) 冷漠的
(C) 支配的　(D) 有說服力的

解析
❶ 由後半部的 based on logic and sound reasoning 可推論 Harris 的論點符合邏輯、很有道理，必能令人信服，因此答案選(D) persuasive。
❷ sound 此處意思是「明智的、正確的」，sound reasoning 意為正確的推理。sound 另有「健全的」之意，如 sound mind (心靈健康) 與 safe and sound (平安)。

二、綜合測驗

第 11 至 15 題為題組

根據一名紐西蘭研究員的說法，海底世界並不像我們所想的那麼安靜。魚彼此間可以互相「交談」，並藉由振動牠們的魚鰾——一種充滿氣體的內部器官，可做為製造及接收聲音的共鳴室——發出一系列的 11.聲音。

魚據信是為了某些理由而互相交談，像是吸引配偶、嚇退捕食性動物，或是為其它魚指引方向。以小型熱帶魚雀鯛為例，牠們就曾被發現會發出聲音來嚇退 12.造成威脅的魚類或甚至潛水客。而另一項與「魚音」相關的發現，則是並非所有魚類都 13.同樣「多話」。有些魚類很健談，有些則否。像魴鮄種類的發聲技巧就相當全面，而且牠們也一直都很喋喋不休；14.但另一方面，鱈魚除了在產卵期外，通常都會保持安靜。而熱愛金魚，希望能跟他們的寵物金魚展開對話的人 15.無法如願。金魚有極度優異的聽力，但牠們可不會發出過任何一點聲音。牠們優異的聽力與發聲並不相關。

(D) 11. (A) 選擇　(B) 物體
(C) 腔調　(D) 聲響

解析
首句點出主旨海底世界並不似我們想像地安靜，本句前半部指出魚能夠彼此交談，本格後面寫出「藉由振動魚鰾」，由此可知，推測魚以振動魚鰾的方式來發出許多聲響，符合「海底並非無聲世界」的主旨，因此本題應選(D) noises。

(C) 12. (A) 被威脅的　(B) 被威脅
(C) 威脅的　(D) 正在威脅

解析
本格在名詞之前，應為形容詞，四個選項中只有分詞(A) threatened 與(C) threatening 可轉化成形容詞置於名詞前，而 threatened 為表被動的過去分詞，threatening 是有主動含意的現在分詞，依據文意，小熱帶魚會發出聲音嚇跑具有威脅性的魚，因此答案應選表主動意義的(C) threatening。

(B) 13. (A) 僅僅　(B) 同樣地
(C) 官方地　(D) 讚賞地

解析
本段前半部描述會發出聲音的魚，後半段說明有些魚非常安靜，並非所有的魚都同樣「愛說話」，因此答案選(B) equally。

(D) 14. (A) 盡一切辦法　(B) 例如
(C) 因此　(D) 另一方面

解析
前句說明魴魚會不停出聲，本句指出鱈魚常保持安靜，二句呈現對比，故選(D) on the other hand。

(A) 15. (A) 不幸運、無法如願　(B) 全然不知道
(C) 非正式的　(D) 上升中

解析
由後一句可知，金魚雖有絕佳的聽力卻從不發出聲音，故可向前推論作者認為想與寵物魚交談的金魚飼主就沒這種可聽到魚兒出聲的運氣，因此選(A) out of luck。

第 16 至 20 題為題組

美國郵政署陷入財政困境已有相當長一段時間。它計畫從今年的 8 月 1 日 16.開始停止禮拜六的郵件遞送服務。這項決定在未經國會同意下，於週三宣佈。17.除非遭到國會禁止，該署將會有史以來第一次只在週一到週五遞送郵件，這項 18.措施預計一年將可省下約 20 億美金的經費。19.隨著近幾年網路及電子商務系統漸受歡迎，郵政服務的虧損額已高達數百億美金。郵政署計畫要持續週六的包裹遞送服務，因為這在貨運業中仍屬獲利且成長的部分。郵局在週六也會持續營業，20.以便顧客投遞郵件及包裹、購買郵票，或使用他們的郵政專用信箱，但在數千個規模較小的鄉鎮中，營業時間很可能會縮短。

(C) 16. (A) starts　(B) started
(C) starting　(D) to start

解析
本題測驗省略關係代名詞後改為分詞構句的觀念。原句為 It plans to stop . . . on Saturdays, which starts Aug. 1 this year.。非限定關係代名詞 which 用於代替前面整句 It plans to stop . . . on Saturdays，省略關代 which 後，將動詞改為分詞，因表示主動意義，故答案選(C) starting。

(B) 17. (A) 當　(B) 除非
(C) 一旦　(D) 唯恐

解析
由上下文意得知郵局週六停止送信的決定雖尚未得到國會的認可，但迫於財政壓力，這項決議有其必要性，故可推論除非受到國會禁止，郵局的新策勢在必行；此外兩個子句主詞相同，故省略掉第一個子句的 the agency，並將其動詞改成過去分詞的形式，原句應為

Unless the agency is forbidden . . . , it for the first time will deliver mail . . . ，因此選(B) Unless。

(A) 18. (A) 措施 (B) 回合 (C) 機會 (D) 事實

解析

由文意可知為節省支出，週六不送件是郵政署的一項措施，故選(A) move。

(B) 19. (A) 在 (B) 隨著 (C) 在…下 (D) 在…之間

解析

本句的前半部分指出近幾年的郵政署遭受許多財政損失，本格後為網路與電子商務的日漸普及，可知二者伴隨著發生，故選(B) with。

(A) 20. (A) 以便 (B) 一…就… (C) 以防萬一 (D) 自從

解析

本題測驗連接詞的用法。本句的前半部表示郵局仍會在星期六營業，後半部說明顧客仍可投遞郵件、購買郵票或使用郵政信箱，可得知前句的動作是為了達成後句的目的，故此題應選(A) so that。

三、文意選填

第 21 至 30 題為題組

想體驗在極地酷寒中過夜的人可以試試冰旅館——一種以冰蓋成的建築。儘管在攝氏零下 15 度的房間裡睡覺聽起來好像不怎麼吸引人，每年還是有近 4,000 人在加拿大一個小鎮中的冰旅館 21.登記入住。

冰旅館中唯一溫暖的東西就是床邊桌上的蠟燭。空氣冷到讓你能看到自己的 22.呼吸，它會變成液體，在睡袋開口形成小小的水滴。你的鼻尖會變得麻木——感覺幾乎就像是它已經 23.結凍。而起床一下下——去喝杯水或者上個廁所——似乎都 24.不可能不冒生命危險。

由於單靠冒險精神還不足以讓人在冰雕旅館中 25.撐過兩個小時，所以旅館員工會告知住客該穿什麼、該做什麼。一般的冬靴及冬裝 26.提供的禦寒效果不大，住客還得學會如何在他們的極地睡袋裡迅速 27.暖身，以及如何防止眼鏡結凍。

對於必須暫時逃離酷寒的人，旅館庭院裡會有戶外的熱水澡盆，但你得確定自己在上床前已經停止流汗，因為任何 28.水分都會在瞬間結凍。不夠 29.小心的住客可能很快就會覺得腳冰並開始鼻塞。

不過，舒適可不是在冰旅館裡過夜的 30.目的，住客想要的是體驗一下極地探險家的感覺。對他們而言，探險後的第一杯熱咖啡是最棒的了。

(A) 氣息 *n.* [U]	(B) 小心的 *adj.*
(C) 投宿登記 *phr. v.*	(D) 存款 *n.* [C]
(E) 結凍的 *adj.*	(F) 不可能的 *adj.*
(G) 濕氣 *n.* [U]	(H) 提供 *vt.*
(I) 目的 *n.* [C]	(J) 足夠的 *adj.*
(K) 暖身 *phr. v.*	(L) 禁得起 *vt.*

解析

(C) 21. 本空格在主詞 people 後，且其後有 to，可知應填入不及物動詞或動詞片語，由後文「在加拿大小鎮的冰旅館」，判斷應選與旅館有關的字詞，故選片語(C) check in。

(A) 22. 本格在所有格 your 後，應填入名詞，由 breath、moisture 與 deposit、purpose 中選擇。由後文的關係子句 which turns to liquid and appears as droplets 可判斷要選可能變成小水滴的 breath，故本題選(A) breath。

(E) 23. 此格在 be 動詞 were 後，應填入形容詞。依本句文意「你的鼻尖感覺麻木」可推測鼻尖彷彿結凍了，故選(E) frozen。

(F) 24. 本格在連綴動詞 seem 之後，應填入形容詞，由 careful、impossible 與 sufficient 中選擇。由上下文可知作者不斷形容住冰旅館的寒冷，而本句中更用了誇飾法：「起床一會兒去喝杯水或去洗手間可說是冒著生命危險才能做到的事」。本格後有 without risking death，帶有否定意義，從「雙重否定表示肯定」的定義判斷，本格應為亦表否定意義的字，故選(F) impossible。

(L) 25. 此空格應填入不及物動詞。由 since (因為) 可知前後句有因果關係，從後句判斷「旅館人員說明如何穿著及怎麼做」是為了讓旅客能忍受在冰旅館的酷寒，所以選(L) withstand。

(H) 26. 本格在主詞 boots and outfits 後、受詞 protection 前，應填入及物動詞。由文意可知冬靴和冬衣是用以提供保暖效果，故選(H) offer。

(K) 27. 此處應填不及物動詞或動詞片語。由於本段皆在說明旅館人員教導旅客如何保暖，故本題應選(K) warm up。

(G) 28. 應填入當主詞用的單數或不可數名詞。由前一句的「你應該確定上床前已經停止流汗」可推測是因水分會立刻結凍，故選(G) moisture。

(B) 29. 此格在關係子句中的 be 動詞 are 之後，應填入形容詞，由本句後半部「腳會很冷與鼻塞」可推知是沒小心依照注意事項的後果，故選(B) careful。此外，get cold feet 另有「膽小；退縮」之意。

(I) 30. 此格在 the 之後，應填入名詞。由上下文意可知，住宿在冰旅館一點也不舒適，旅客是為了體驗當探險家的感覺而來，可推斷舒適並非旅客的目的，應選(I) purpose。

四、篇章結構

第 31 至 35 題為題組

在紐約一個後來被稱為阿爾巴尼的荷蘭殖民小鎮裡，住著一個麵包師凡阿姆斯特丹，他非常地誠實。他會煞費苦心，確切地給顧客他們所購買的麵包——既不會多，也不會少。

在某個聖尼古拉日的清晨，當麵包師正準備要開始營業，他的店門突然被打開，31.走進來一位披著黑色長披巾的老婦人。她要麵包師給她一打聖尼古拉日甜餅。凡阿姆斯特丹數了 12 個給她，但婦人卻堅持一打應該是 13 個。凡阿姆斯特丹不是個可以忍受愚蠢的人，所以他拒絕了。婦人轉身就走，連餅也沒拿，但走到門邊時突然停下來，說：「凡阿姆斯特丹，無論你有多誠實，你的心還是太小，拳頭也握得太緊。」接著她便離開了。

32.從那天起，凡阿姆斯特丹的麵包店裡每件事都不對勁。他的麵包不是發酵過頭就是完全不發酵，餡餅不是酸掉就是太甜，而甜餅若沒燒焦，就是會軟趴趴的。他的顧客很快就注意到這些差異，而且從此不再光顧。

一年過去，麵包師越來越窮。最後，在聖尼古拉日的前一天，他店裡一個客人都沒有。33.盯著賣不出去的聖尼古拉日甜餅，他祈禱著聖尼古拉能幫幫他。

那天晚上，麵包師做了一個夢。夢見聖尼古拉從他的籃子裡掏出禮物來送給一群快樂的孩子。無論尼古拉拿出了多少禮物，籃子裡總是還有更多可拿。接著不知怎麼的，聖尼古拉突然變成了那個包著黑色長披巾的老婦人。

34.凡阿姆斯特丹驚醒過來。他驚覺自己總是將顧客購買的麵包確切地給他們，「但為何不多給一點呢?」

隔天——也就是聖尼古拉日——一早，麵包師特別早起做他的甜餅。令他驚訝的是，甜餅就跟它們以往一樣品質優良。而他才剛做完，那名老婦人就再次出現在他的店門口，並向凡阿姆斯特丹要了一打聖尼古拉日甜餅。35.在極度興奮下，凡阿姆斯特丹數了 12 個甜餅，然後再加上 1 個給她。

在人們聽到他會把 13 個算成一打後，他的顧客變得比以往任何時候都還要多，他也逐漸變得有錢起來。而這樣的做法 (將 13 個算成一打) 後來也傳到其它鄉鎮，變成了一種習俗。

解析

(B) 31. ❶ 本格前句提到麵包店的門被打開，後一句說「她要求一打餅乾」，可見她走進店裡買餅乾，而由主詞代名詞 She 可回推本格應是以女性名詞當主詞。(B)選項中句意 (In walked . . .) 與主詞 (an old woman) 均符合文意與用法，故答案為(B)。

❷ (B)選項中使用的句型為副詞片語在句首的倒裝句 (Adv. + V + S)。

(D) 32. 本段描寫麵包發酵過度或不足、派太酸或太甜、餅乾燒焦或沒熟，都是說明麵包店的產品出了問題，根據文意可知(D)選項中的 everything went wrong 與本段麵包產品出錯的描述有銜接，因此可確定答案為(D)。

(F) 33. 依據空格前一句 no customer came to his shop 可知沒人來麵包店光顧，推測餅乾都銷售不出去，由此線索可知(F)選項中的 unsold cookies 以及「麵包師傅祈禱聖尼古拉幫忙」符合文意，故選(F)。

(A) 34. 空格後的句子 He suddenly realized that . . . 由代名詞 He 開頭，可推論本格句子應是以男性名詞當主詞，且由空格後的文意「他突然理解到為什麼不給顧客多一些？」可回推 Van Amsterdam 突然覺醒 (awoke with a start)，故應選(A)。

(E) 35. 本段描述 Van Amsterdam 在覺醒後製作的產品回復美味，而當初的老婦人又出現來買一打餅乾，可想而知 Van Amsterdam 必定很興奮地開始做生意，與(E)選項的 In great excitement 呼應；而末段提及人們聽到 Van Amsterdam 將 13 個視為一打，又與(E)選項的 counted out twelve cookies—and one more 呼應，因此確定答案為(E)。

五、閱讀測驗

第 36 至 39 題為題組

所有的藝人都喜歡說他們的成功全歸功於他們的粉絲。而就英國樂團 SVM 而言，事實也的確就是如此。該樂團目前之所以在錄製歌曲，就是因為有 358 名粉絲捐出了他們企劃案所需的 10 萬英鎊。這項捐獻活動是由一家網路唱片公司 MMC 所安排，其利用網路及社交網絡來發動群眾集資，籌措演出所需的資金。

以下就是它的運作方式。MMC 會先在它的網站上張貼 10 位藝人的試聽歌曲及影片，接著用戶會被請求在他們最喜歡，或他們認為最有可能流行的藝人身上投資 10 到 1,000 英鎊不等的金額。金額一旦達到 10 萬英鎊，集資程序就算完成。而這筆錢會被用來錄製唱片，也可能被用來開巡迴演唱會。從音樂、演唱會及銷售其它商品所獲得的利潤會被分成三份：投資者分到 40%，MMC 唱片公司也分到 40%，藝人則是可以拿到 20%。投資者的收益可能非常龐大。在法國就有一名捐出 4,250 英鎊的粉絲最後拿回的金額超過 22 倍之多。

利用群眾集資為音樂演出籌措資金不算新作法，但 MMC 將此概念提升到另一個層次。首先，所有的投資者都能得到現金，而不只是拿到免費下載或演唱會門票這類東西。其次，MMC 是一家唱片公司，它有辦法讓它的音樂行銷世界各地，也能有效地行銷藝人。「藝人需要專業的支持，」MMC 國際部門的執行長如此表示。

雖然數位科技和網路讓自產自銷類的音樂藝人激增，但成功的機會仍屬渺茫。2009 年在美國發行的 2 萬張唱片中，能進入前 200 強的自製類唱片只有 14 張。此外，由於唱片的收益減少，音樂公司也變得較不願意冒風險，而這導致能獲得金援的藝人數量更為有限。然而，群眾集資模式藉由將風險分攤到數百名支援者身上，讓更多唱片得以製成。而網站的社群網絡部份則有助於拓展粉絲群；也就是說，投資者全成了促銷軍團的一分子。

(D) 36. 下列哪個標題最能表達本文的主旨？

(A) 網路音樂製作
(B) 音樂公司的募款
(C) 自投資中獲利的音樂迷
(D) 音樂界的群眾集資

說明

第一段末句的「**. . .** uses Web-based, social-network-style ‘crowd-funding’ to finance its acts.」點出本文主旨，說明樂迷如何以網路籌款的方式投資與贊助歌手，故選(D)。

(D) 37. 樂團必須透過 MMC 籌募多少錢才能錄製專輯？

(A) 10 英鎊。 (B) 1,000 英鎊。
(C) 4,250 英鎊。 (D) 100,000 英鎊。

說明

由第二段第二句提到「Once an act reaches £100,000, the financing process is completed, and the money is used to pay for recording **. . .**」，可知一旦募款達到 100,000 英鎊就可以用來支付錄音的費用，故選(D)。

(C) 38. 下列關於 MMC 的敘述何者為真？

(A) 它已經幫助許多素人音樂家登上前二百名的排行榜。
(B) 它的網站一次公布 14 位藝人的作品。
(C) 它讓粉絲贊助他們喜歡的音樂人。
(D) 它將來自群眾集資所獲利的最大股份給音樂人。

說明

❶ 由末段的第二句「only 14 DIY acts made it to the Top 200」可知只有 14 首曲子進入前二百名排行榜，故(A)不為答案。

❷ 第二段的第一句「MMC posts demos and videos of 10 artists on its website」指出 MMC 一次在網站上公布 10 位藝人的作品，故(B)非正確答案。

❸ 由第二段的第一句後半部「users are invited to invest from £10 to £1,000 in the ones they most enjoy or think are most likely to become popular」可確定 MMC 讓使用者投資贊助他們喜歡的對象，故正確答案為(C)。

❹ 由第二段的倒數第三句可知，投資贊助者與 MMC 各獲得 40% 的獲利，藝人僅得 20%，故不選(D)。

(B) 39. 作者在第四段表示「成功的機會仍屬渺茫」的意思為何？

(A) 成功實際上是永久的。
(B) 成功不容易達成。
(C) 成功通常從大人物開始。
(D) 成功應該是每位音樂人的長期目標。

說明

❶ 由末段描述，在 2009 年於美國發行的 20,000 張唱片中，僅有 14 張自製唱片進入前二百名排行榜，而音樂公司不願承擔風險亦讓越少音樂家受到資助，可推知情況並不樂觀，因此作者表示「success is still a long shot」，故正確答案為(B)。

❷ be a long shot 意為某事不太可能發生；也可由此片語的意思直接推論出答案。

第 40 至 43 題為題組

在《星艦迷航記》這類的科幻電視影集中，牽引光束被用來拖曳太空船及移動物體。多年來，科學家們為了實現這種技術而勞心勞力，而在 2013 年，他們終於成功了。一個由英國及捷克科學家組成，湯馬斯・西斯馬博士所領軍的團隊表示，他們創造出一種真實的「牽引光束」，就像《星艦迷航記》裡的那種一樣，能利用光束吸引物體，至少在物體微小的狀況下是如此。

光束操控的技術從 1970 年代便已經存在，但將光束用來拖曳物體至光源處可被認為是頭一遭。通常，當極微小物質遭到光束撞擊時，會被迫沿著光束照射的方向前進。而在多年的研究後，西斯馬博士的團隊發現一種技術，能讓光束的輻射力反轉，並利用這種負力拉出某些粒子。

西斯馬博士表示，雖然距離實際應用大概還要幾年，但這項技術在醫療研究上有極大潛力。特別是這種牽引光束在能吸引的粒子上有極大的選擇性，所以它能從混合物中挑出具有特定屬性——像是特定大小或成份——的粒子。「最終，這可能會被用來分離，比方說，白血球細胞。」西斯馬博士對英國廣播公司新聞如此表示。

在科幻電視影集和科幻電影中，讓太空船之類的物體被困在光束之中已可說是基本的情節。但西斯馬博士表示，這種特殊技術不至於會造成那樣的結果。在其過程中會發生能量的轉移，所以如果規模極微小還可行，但如果是大型物體可能就會產生很大的問題。因為要拖曳大型物體需要極大的能量，而這股巨大能量帶來的高溫可能會對該物體造成破壞。

(B) 40. 本文主旨為何？

(A) 現代社會中照明科技的應用。
(B) 一個研究團隊所開發出的科學發明之應用

與限制。

(C) 光束操控科技在醫學治療中的採用。

(D) 科技發展對科幻小說的影響。

說明

由文章的第二段談論光束可操控來拖引物品，第三段敘述光束操控在醫學上可以如何應用，末段談到光束科技的限制，可知答案應選(B)。

(C) 41. 下列關於西斯馬博士的牽引光束之敘述何者正確？

(A) 它可以像星艦迷航記中的牽引光束那樣搬移巨大物體。

(B) 它是第一項可以推動物品的光束儀器。

(C) 它依賴負力拉出特定種類的粒子。

(D) 它目前正在醫學研究中被用來隔離血球。

說明

❶ 末段的第一句表示在電視、電影中可見以光束拖曳困住太空船的物體，第二句「But Dr. Cizmar said this particular technique would not eventually lead to that.」指出西斯馬博士表示這種光束技術不可能辦到前述事項，故(A)不為答案。

❷ 第二段的第一句「Light manipulation techniques have existed since the 1970s」指出光束操控技術在1970年就已經存在，故(B)非答案。

❸ 由第二段的末句「use the negative force to draw out certain particles.」可知這種光束是利用負力來拉出某些粒子，故正確答案為(C)。

❹ 由第三段的末句「Eventually, this could be used to separate white blood cells」可知光束用在隔離白血球仍然是未來的展望，並非目前的技術，故不選(D)。

(D) 42. 最後一段的 that 指的是什麼？

(A) 轉換大量能源。

(B) 製作科幻節目與電影。

(C) 將一個巨大物體燃燒成灰燼。

(D) 以光束困住太空船。

說明

末段第一句提及以光束困住太空船的場景出現在電視、電影裡，第二句西斯馬博士表示目前的光束科技無法辦到那樣的結果，可知 that 指的是前述的「以光束困住太空船」，因此答案應選(D)。

(A) 43. 本文的語調為何？

(A) 客觀的。 (B) 猜疑的。

(C) 讚美的。 (D)悲觀的。

說明

本文不但說明光束操控科技的應用，也提及其限制，正反兩面均有敘述，可算客觀的描述，故選(A)。

第 44 至 47 題為題組

葛蕾絲・萬布依是一位住在奈洛比的 14 歲小學生，她從未接觸過平板電腦，但當這儀器送達卡旺威——肯亞首都內一個貧民窟——的阿瑪夫國小時，她大概只花了 1 分鐘便弄清楚其中的操作方法。傳統教學大多是一面黑板及為數不多的破舊教科書，但如今孩子們能 5 人一組，輪流滑動平板電腦上的觸控螢幕，並且這些平板電腦皆已載入了多媒體版的肯亞教學大綱。

阿瑪夫國小所使用的平板電腦是新創科技公司 eLimu 試驗計畫的一部分。若 eLimu 與其它公司推斷無誤，平板電腦和其它數位設備可能快速進駐非洲校園。許多人確信數位化教學將在肯亞和其它地區蓬勃成長。部份公司執行長甚至看好它如同肯亞空前成功的行動支配服務 M-Pesa 一般勢不可擋。

此種數位教學的成長將帶來即時幫助。大量新學童已湧入公立學校，而這些學校早已人手不足、資金短缺且缺乏管理。非洲 3 億學童數位化學習的展望已引起了全球科技大廠的注意。亞馬遜 (Amazon) 去年非洲 Kindle 電子閱讀器的銷量成長了 10 倍之多。英特爾 (Intel) 正協助非洲政府收購初階電腦，並在奈及利亞結合一間出版商和一家電信業者，於手機中提供應試準備工具，而這項服務也獲得極大迴響。

比較大的問題是：數位化工具能否提昇教學品質？初期的測試結果令人振奮。在迦納，350 名獲贈 Kindle 電子閱讀器的孩子在閱讀技巧上有了明顯進步；在衣索比亞，沒有教師的情況下，孩子們獨自學會使用平板電腦，進而習得英文字母。在阿瑪夫國小，當學期自然科學的平均分數竟由 58 分躍升至 73 分。

(C) 44. 下列何者最適合當本文標題？

(A) 非洲的暢銷書。

(B) 戕害非洲教育的問題。

(C) 非洲學校逐漸數位化。

(D) 平板電腦在肯亞有大量需求。

說明

第二段談論平板電腦進入非洲學校，第三段說明數位化教育的成長，第四段描述數位化工具對非洲教育的提升，故可知本文主要論述非洲學校的數位化教育，因此答案選(C)。

(B) 45. 作者以 Grace Wambui 舉例為表達什麼？

(A) Grace 是電腦技術的天才。

(B) 平板電腦很容易上手。

(C) 肯亞的投遞系統非常糟糕。

(D) 平板電腦在 Kawangware 很常見。

說明

❶ 第一段前二句表示從未接觸過平板電腦的 Grace 只花了一分鐘就瞭解如何使用這種儀器，由此可知平板電腦很容易學會使用，故選(B)。

❷ (D) 為誘答選項，第一段僅敘述平板電腦送至 Kawangware 的 Amaf 學校，並未提及平板電腦在此地很常見，故不為答案。

(A) 46. 根據本文，eLimu 為何？
(A) 一家公司。 (B) 一種電腦程式。
(C) 一本電子書。 (D) 一個教育計畫。

說明
在第二段第一句「eLimu, a technology start-up」中，a technology start-up 是 eLimu 的同位語，start-up 的意思為「剛起步的小公司公司」，故答案選(A)；或者亦可由後一句的「If it and other firms are right . . .」得知，eLimu 是一家公司 (firm)。

(D) 47. 根據本文，下列關於非洲教育的敘述何者為真？
(A) 近幾年學生的人數持續下降。
(B) 有相當足夠的老師進行傳統教法。
(C) 學生已經收到 Amazon 捐贈的 Kindle 電子閱讀機以增進閱讀。
(D) 使用數位工具教學的初期效果在某些國家是相當受到肯定的。

說明
❶ 本文未提及，故不選(A)。
❷ 本文未提及，故不選(B)。
❸ 由第三段的第四句「Amazon has seen sales of its Kindle e-readers in Africa increase tenfold in the past year.」得知 Amazon 銷售 Kindle e-readers 給非洲，並非捐贈，可知(C)不是答案。
❹ 由最後一段的第二句，「Early results are encouraging.」可知數位化教學在非洲教育的初期確實有良好效果，故(D)為正確選項。

第 48 至 51 題為題組

斯巴達松，世上難度最高的超級馬拉松之一，跑者必須 36 小時內跑完 245 公里，全程約是 6 場馬拉松賽的距離。跑者由雅典出發，一路跑至歷史古城斯巴達。

斯巴達松的傳統可追溯至西元前 490 年，一位名為菲迪皮德斯的雅典人跑至斯巴達城，尋求斯巴達協助對抗入侵的波斯人。根據紀錄，他在離開雅典的隔天抵達斯巴達城。1982 年，這個故事引起了一位英國空軍軍官暨長跑選手的興趣——約翰‧佛登懷疑是否真有可能從雅典隔天跑抵斯巴達。隨同 4 名軍官，佛登決定親自驗證。經歷 36 小時長途跋涉後，他們抵達了斯巴堤——舊斯巴達城目前的名稱。這項壯舉並於一年後促使舉辦了第一場斯巴達馬拉松賽。

斯巴達松有兩處吸引人的地方。其一是完成的難度。斯巴達松並非難度最高的馬拉松賽，它卻結合了多項考驗：希臘白天的酷熱、入夜後氣溫驟降、許多攀登處例如賽徑中一系列上坡路段，其中包含深夜時分橫跨 1,200 公尺長的山口；更重要的是，時間上的無情壓力。原因二則是追隨菲迪皮德斯從前腳步的想法仍盤踞眾多參賽者心中：感覺如同奔跑於歷史中，途經歷史的開端。

當抵達終點的參賽者從女學生手中接過桂冠和水時，許多人情緒激昂、欣喜若狂。然而，興奮之情稍縱即逝。不出幾分鐘，參賽者的關節與肌肉會開始酸痛：比賽過後，斯巴提有如殭屍電影中的場景，皆因參賽者拖著無法彎曲的雙腿四處蹣跚而行。不過，從頭再來一次的慾望又將很快燃起。

(C) 48. 第二段的大意為何？
(A) John Foden 的背景。
(B) 超級馬拉松的路線。
(C) 斯巴達松的起源。
(D) 古雅典 Pheidippides 的故事。

說明
第二段描述 Pheidippides 只用一天的時間便自雅典跑抵斯巴達尋求救兵的故事激發英國空軍軍官兼長跑者的興趣，進而效法之，最終促成斯巴達松的舉行，可知第二段主要說明斯巴達松的起源，故選(C)。

(B) 49. 為什麼超馬跑者會選擇斯巴達松？
(A) 它是世界上最經典的超級馬拉松。
(B) 跑者感覺穿越歷史。
(C) 他們的個人問題會在比賽中得到解決。
(D) 他們必須在一天中完成所有的考驗。

說明
第三段主題句提到斯巴達松對跑者的吸引力有二者，一者為挑戰的難度，二者為追隨 Pheidippides 的腳步，由末句的「It feels like racing in history」可知應選(B)。

(D) 50. 最後一段的「興奮之情稍縱即逝」意思為何？
(A) 勝利的感覺會永遠存在。
(B) 比賽不可思議地很難完成。
(C) 比賽完讓人全身疲憊。
(D) 完成比賽的興奮感很快就消失了。

說明
❶ 末段的第一句提及跑者抵達終點接受桂冠的獎賞後，許多人萬分欣喜，第三句又描述在幾分鐘後，跑者的關節和肌肉就開始酸痛，因此可得知在獲勝感到欣喜後，跑者很快就感受到身體的疲憊，故選(D)。
❷ 本題也可直接從字面意思作答：euphoria 為興奮、狂喜，fleeing 為短暫的。

(A) 51. 根據本文，下列關於斯巴達松的敘述何者正確？
(A) 斯巴達松首次在 1983 年舉行。
(B) 斯巴達松的經過被改編成電影。
(C) 完成比賽後，許多人決定不再嘗試。
(D) 跑者必須忍受日夜的高溫。

說明
❶ 第二段的第四句「In 1982, this story sparked the interest of a British air-force officer and long-distance runner」指出 Pheidippides 的故事在 1982 年引起一位英國軍官與跑者的興趣，末句的「That achievement inspired the organization of the first

Spartathlon a year later」表示，英國人與長跑者的試跑(1982 年)促成一年後舉辦斯巴達松，可知斯巴達松首次在 1983 年舉行，故答案為(A)。

❷ 文中未提及，(B)為錯誤選項。

❸ 由文章的最後一句「But the itch to do it all over again soon appears.」可知，許多嘗試過的跑者會再次挑戰，故(C)為錯誤選項。

❹ 由第三段的第三句「There is the heat of the Greek day, and then the plunge in temperatures when darkness falls.」得知，跑者要忍受的不只白天的炎熱，尚有夜晚的低溫，故(D)為錯誤選項。註：plunge 意為驟降。

◆ 第貳部分：非選擇題

一、中譯英

1. As far as many students nowadays are concerned, it is a great challenge to strike a balance between their studies and extracurricular activities.
   = As far as many students nowadays are concerned, to strike a balance between their studies and extracurricular activities is a great challenge.
   = As far as many students nowadays are concerned, striking a balance between their studies and extracurricular activities is a great challenge.

說明

❶ 參考句型：As far as S + is/are concerned., it is + N + to V (主架構為虛主詞句型)

As far as S + is/are concerned , to V + is + N (以不定詞當主詞)

As far as S + is/are concerned , V-ing + is + N (以動名詞當主詞)

❷ 時態：談論事實用現在簡單式

❸ 表示「對…而言」的句型：as far as sb be concerned

❹ 在…間取得平衡 strike a balance between A and B

❺ 課外活動 extracurricular activities

2. Efficient time management is the most important lesson that every student with a sense of responsibility has to learn.

說明

❶ 參考句型：S + be + SC (N) + relative clause

❷ 時態：給予建議用現在簡單式

❸ 時間管理 time management

❹ 首要課題 the most important lesson

❺ 責任感 a sense of responsibility

二、英文作文

作文範例

If given a chance to be granted one of these two technological products, I would choose the invisibility cloak. First of all, as a Harry Potter fan, I have been fascinated with the invisibility cloak used in the movie, where Harry Potter, with this cloak, protects himself from his enemies. Similarly, I can use this cloak to keep myself from being seen whenever I am faced with the threats of villains and make a successful escape. Moreover, with its invisibility, this cloak can ensure me quietness when I need to concentrate or want to be alone without anyone's disturbance. Second, since this cloak is both water-proof and fire-proof, it makes a perfect tool for saving lives. If I get caught in a flood or fire, it can keep me safe from harm. Certainly, I can also use this cloak to save those who are threatened by natural disasters like tsunamis or fires.

Compared with the invisibility cloak, the smart glasses appear less fascinating to me. Since the function is to see through things, I am worried that, if I wear the glasses, things I don't want to see may come into sight—anytime and anywhere. What if I can see people taking showers or changing clothes? How terrible it is to invade people's privacy! The other function of recording might trouble me as well. What if I witness a car crash or a murder on the street? This kind of experience would be the last thing I would like to recall. As a result, based on these concerns, I would definitely choose the invisibility cloak.

說明

第一段：說明你的選擇及理由，並舉例說明你將如何使用這項產品。

Topic sentence: 先說明在二項產品中的選擇。

If given a chance to be granted one of these two technological products, I would choose ______.

Supporting idea: 接著說明做此選擇的理由。需要注意的是，題目中的產品均提供了二項功能，最好能針對二種功能加以論述以及說明如何使用。

第二段：說明你不選擇另一項產品的理由及其可能衍生的問題。

Topic sentence: 說明不選的另一項產品為何。

Compared with the invisibility cloak, ______ appear less fascinating to me.

Supporting idea: 闡述不選擇的原因以及可能衍生的問題。

Conclusion: 以綜合所述做結尾。

101 學年度 指考英文試題詳解

◆ 第壹部分：單選題

一、詞彙題

(C) 1. 因為已經幾個月沒下雨了，這個國家內有許多地方缺水。

(A) 資源 (B) 存款
(C) 短缺 (D) 公式

解析

❶ 第一句的 hasn't rained for months 為關鍵線索，由 since 可知本句主要子句與從屬子句為「因果關係」，久未下雨導致許多地區缺水，故答案選(C) shortage。

❷ water shortage 為常見的搭配用法；另外，food shortage 也是常被討論的議題。

(C) 2. Larry 的問題是他不知道他的侷限為何，他認為他能做所有的事。

(A) 使相信 (B) 偽裝
(C) 認為 (D) 評估

解析

❶ 由前一句可知，Larry 不知道他能力的侷限，故他必定「以為」自己能做所有的事，可推知正確答案應選(C) assumes。

❷ 此題的(B) disguises 為誘答陷阱，其含意為「假裝、偽裝」，指「改變外貌讓人無法辨識」，不合句義，故非本題答案。

(D) 3. Agnes 似乎有著很有吸引力的個性。幾乎每個人看到她的第一眼就會立刻被她吸引。

(A) 笨拙的 (B) 耐用的
(C) 狂怒的 (D) 富有吸引力的

解析

從第二句的 attract 可推知，Agnes 的個性是有吸引力，每個人一見到她都會被吸引，故答案應選(D) magnetic。

(A) 4. 無論任務有多困難，Jason 總是堅持完成它。他討厭做事半途而廢。

(A) 堅持 (B) 激勵
(C) 著迷 (D) 犧牲

解析

❶ 由第二句 Jason 討厭做事半途而廢，可推知他總是「堅持」完成任務，故選(A) persists。

❷ 另一個線索是介系詞 in，persist in 為常見的搭配詞。

(B) 5. 營養不良已經在只有少量食物的開發中國家造成百萬人死亡。

(A) 名聲 (B) 營養
(C) 建築 (D) 刺激

解析

由 a limited amount of food 可知這些國家人民死亡是因為營養不良，故選(B) nutrition。

(D) 6. 這些直升機在海上盤旋，尋找失蹤已經超過 30 個小時的潛水員。

(A) 處理 (B) 發出沙沙聲
(C) 散步 (D) 盤旋

解析

❶ 由直昇機尋找失蹤潛水員可知，它在空中「停留」，故選(D) hovered。

❷ 另一個解題線索為 over，hover over 為常用的搭配詞。

(A) 7. 日本其中一個觀光景點就是它的溫泉勝地，在那裡旅客可以享受令人放鬆的湯浴與美景。

(A) 旅遊勝地 (B) 隱士
(C) 美術館 (D) 才能

解析

由 tourist attraction 可推知遊客可以在溫泉「勝地」享受輕鬆愉悅的沐浴與美景，故選(A) resorts。

(D) 8. 當年幼的孩子犯罪時，通常應該要為孩子的行為負起責任的是父母。

(A) 有資格的 (B) 不必要的
(C) 可靠的 (D) 負有責任的

解析

當孩子犯罪時，父母應為其行為負起責任，且 hold someone accountable for sth 為常見搭配用法，故選(D) accountable。

(B) 9. 既然你還沒有決定作文的題目，要談論怎麼寫結論還太早了。

(A) 預防性的 (B) 過早的
(C) 有成效的 (D) 進步的

解析

尚未決定作文題目就要談如何寫結論，顯得過早了，故選(B) premature。

(A) 10. 人權是人們與生俱來的基本權利，也就是說，是其生來便擁有的權力。

(A) 固有地 (B) 迫切地
(C) 真正地 (D) 可供替代地

解析

由 fundamental 與 be born with 可知人權是與生俱來的基本權利，故選(A) inherently。

二、綜合測驗

第 11 至 15 題為題組

諾貝爾和平中心座落在一處鄰近奧斯陸市政廳並俯瞰港口的老舊火車站裡。它於 2005 年 6 月 11 日正式開幕，作為一部分 11.慶賀挪威獨立百年的慶祝活動。在這個中心裡，你能諳歷各個諾貝爾和平獎得主的生平軼事 12.和諾貝爾獎創辦人阿爾弗雷德・諾貝爾的非凡歷史。此外，它也可作為一會場，讓一些 13.有關戰爭、和平以及消解衝突的展覽，討論與省思得以獲得聚焦。此中心藉由數位傳播和互動裝置結合展覽及影片，並以其尖端科技的應用獲得關注。訪客可隨意14.自行參觀中心，也能參加導覽行程。自開幕以來，諾貝爾和平中心15.透過展覽、活動、演講與文化盛會持續教育、啟發並娛樂訪客。此中心由私營和公營事業一同資助。

(D) 11. (A) 幫助 (B) 解決 (C) 將…視為 (D) 慶賀

解析

諾貝爾和平中心開幕是挪威建國百年的慶祝活動之一，由線索 celebration 可知本題應選(D) mark。

(B) 12. (A) 甚至於 (B) 和 (C) 儘管 (D) 代表

解析

在諾貝爾和平中心，訪客可以瞭解諾貝爾得主的生平以及諾貝爾獎創辦人的非凡歷史，可知應選(B) as well as。

(A) 13. (A) 與…有關 (B) 限定 (C) 沈溺 (D) 捐獻

解析

❶ 在諾貝爾和平中心也有「有關」戰爭等展覽、討論以及省思，由本句意思與空格後的 to 可知應選(A) related。

❷ be related to 意為「與…有關的」，是常用的搭配詞。

(C) 14. (A) 就這一點而言 (B) 一對一 (C) 獨自、自行 (D) 總的來說

解析

由連接詞「or」可知中心提供訪客二種參觀的方式，參加導覽或自行參觀，故選(C) on their own。

(D) 15. (A) 在…之中 (B) 關於 (C) 包括 (D) 透過

解析

空格後接的是一連串的方法，故可知應選(D) through，表示諾貝爾和平中心「透過」這些方法教育、啟發與娛樂訪客。

第 16 至 20 題為題組

1985 年，布魯塞爾的足球賽發生了一起暴動，許多球迷在其中喪命。這場16.悲劇就發生在歐洲盃決賽開始前的 45 分鐘。英國隊原訂與義大利隊在比賽中17.對決。吵鬧的英國球迷先是點燃一些煙火來為18.他們的球隊加油，之後更衝破鐵絲網開始攻擊義大利球迷。義大利球迷陷入驚慌，19.朝自己區域裡的主要出口前進，而一面六呎高的水泥牆就在此時塌陷了。

截至當晚，共計有 38 名足球迷喪命，437 名掛彩。大多數的死因起於人們20.遭到踩踏或推撞到體育館的屏障。鑒於 1985 年這起足球意外，大型運動比賽的安全措施自此變得更加嚴格，以避免類似事件再度發生。

(C) 16. (A) 情況 (B) 順序 (C) 悲劇 (D) 現象

解析

前句提及暴動和多人喪生，可知是件悲劇，故選(C) tragedy。

(D) 17. (A) 反對… (B) 為…爭吵 (C) 為…搏鬥 (D) 與…競爭

解析

由句意可知，這是場英義對決的足球賽，故選(D) compete against。

(D) 18. (A) 一個 (B) 那個 (C) 每個 (D) 他們的

解析

本句的主詞為 British fans，此處指為「他們的」隊伍加油，故選(D) their。

(A) 19. (A) 前往 (B) 支持 (C) 大聲呼叫 (D) 傳遞

解析

義大利粉絲驚慌地前往主要出口逃生，故選(A) headed for。

(C) 20. (A) be (B) been (C) being (D) to be

解析

本題前方有介系詞 from，後面接名詞或動名詞，故此題應選(C) being。

三、文意選填

第 21 至 30 題為題組

臺灣的布袋戲是臺灣一項卓越的表演藝術。雖然基本上只是掌上玩偶，但這些21.人物皆以擁有雙手雙腳的完整外型，在設計精巧的舞臺上登場。

典型地，這種木偶表演會有一個小型樂隊22.伴奏。幕後的音樂由鼓手所指揮。這位鼓手需要注意戲演到了哪裡，並且跟好角色的節奏。他也用鼓這樣樂器來23.指揮其他的樂手們。通常會有大約四到五位樂手來演奏幕後的音樂。戲裡使用的音樂型式常會被和各式各樣的表演24.技巧聯想在一起，包含了雜技和跳窗、舞臺移動、打鬥這些技巧等。有時候一些少見的動物木偶也會為了額外的25.吸引力而出現在舞臺上，特別是在觀眾群裡有小孩的時候。

一般而言，一場布袋戲需要兩位表演者。主表演者通常是整個布袋戲劇團的團長或26.導演。他是負責整場表演的靈魂人物，包括了操作主角木偶、唱歌，以及旁白。27.副表演者則操作木偶來和主表演者協調配合。他也會換木偶的服裝，並且控制整個舞臺的狀況。主表演者和他夥伴的關係就像是師父和徒弟一般。通常師父最後會訓練他的兒子們來28.繼承他成為木偶大師。

布袋戲劇團常常會在為了榮耀當地神明的遊行和節慶，以及像是婚禮、生日、晉升等快樂的 29.場合上被雇用來表演。布袋戲的主要目的就是要 30.敬神以及感謝祂們。這種表演也是個非常受到歡迎的民俗娛樂。

(A) 吸引 *vt.*	(B) 吸引力 *n.* [U]
(C) 伴奏 *vt.*	(D) 指揮 *vt.*
(E) 導演 *n.* [C]	(F) 人物 *n.* [C]
(G) 場合 *n.* [C]	(H) 繼承 *vi.*
(I) 透明的 *adj.*	(J) 配角的 *adj.*
(K) 技巧 *n.* [C]	(L) 崇敬 *vt.*

解析

(F) 21. 由題目 the ______ appear as complete forms 可知空格中應填入複數名詞，且從前後文可知此處指的是布袋戲的「人物」，故選(F) figures。

(C) 22. 由 is 和 by 可推論此處考的是被動語態，空格應填過去分詞，而從前後文可看出，布袋戲表演有小型樂隊伴奏，故本題選(C) accompanied。

(D) 23. 此空格在不定詞 to 之後，應填入原形動詞，由文意可知鼓手用鼓「指揮」其他樂手，故選(D) conduct。

(K) 24. 由 various 可知本空格應填入複數名詞，並從文意上推斷，此格答案為(K) techniques。

(B) 25. 此空格應填入名詞，從文意推斷可知動物木偶是用來增加對孩童的「吸引力」，所以選(B) appeal。

(E) 26. 由 or 可知前後兩個名詞有相關的特質，此空格應填入名詞，從前文可推斷此處指的是團長或「導演」，故應選(E) director。

(J) 27. 此處應填形容詞，從線索 coordinate 與 main performer 可知是「配角」(supporting performer) 與主角合作，故本題應選(J) supporting。

(H) 28. 此空格在不定詞 to 之後，應填入原形動詞，從前後文推斷，此處文意指布袋戲大師訓練兒子「繼承」其衣缽，故選(H) succeed。

(G) 29. 此處應填名詞，由 such as 後所接的一連串名詞可知布袋戲團常在是喜慶「場合」表演，故選(G) occasions。

(L) 30. 此處在不定詞 to 之後，應填原形動詞，並根據文意，應選(L) worship。

四、篇章結構

第 31 至 35 題為題組

所有廣告都含有說服的企圖。31.也就是說，廣告是設計來讓某人去做某件事情的訊息。即使一支廣告宣稱是單純告知資訊，其主要目的仍然是說服顧客。廣告告知消費者訊息只有一個目的——就是要讓消費者喜歡這個品牌，且在此基礎上，最後會購買這個品牌。如果沒有說服的意圖，關於產品的訊息可能就是新聞，而不是廣告了。

廣告是有關產品說服性質的訊息，也可以是代表想法或人。32.政治廣告就是一個例子。雖然政治廣告應該關乎大眾福祉，但這是付費廣告而且有說服意圖。33.不同於商業廣告，政治廣告「銷售」候選人而不是商品。舉例來說，布希的競選廣告沒有要求任何人買東西，但卻試圖說服美國市民偏好喬治布希。34.除了競選廣告之外，政治廣告也被用來說服大眾支持或反對提議。柯林頓總統的健保計畫的批評者用廣告來影響立法者，使政府的計畫無效。

35.除了政黨之外，環保團體和人權組織也購買廣告來說服大眾接受他們的想法。舉例來說，國際組織——綠色和平 (Greenpeace)——用廣告來傳遞他們的訊息。在廣告裡，他們警告人們污染問題的嚴重性以及保護環境的急迫性。同樣地，他們也在進行銷售並試著達到目的。

解析

(B) 31. ❶ 空格前後的句子都提及 persuade 與 persuasion，表示廣告是企圖要「說服」人們做某事，僅(B)選項有此含意，故選(B)。

❷ 在此句中，學生必須看懂 to put it another way = that is to say，才能判斷此句承接上句，是對主題句的闡釋。

(A) 32. 空格前一句提及廣告不只是對產品的促銷，對想法與人物也有此效果，而空格後一句突然談論政治廣告，可見此格有先提到關鍵字 political advertising，故選(A)。

(D) 33. 前一句提到政治廣告以「付費」達成說服的意圖，空格後一句以布希的競選廣告企圖說服美國民眾舉例，可知政治廣告在「銷售」候選人。本句關鍵字是 sell (呼應 paid) 和 candidates (呼應 Bush)，故本題應選(D)。

(E) 34. 空格後的句子提及反對柯林頓健保計畫的人用廣告影響立法者，可回推前一句應是說明政治性廣告也可用來說服人民支持或反對某些提議，依句意選(E)。

(F) 35. 前一段都在討論 political advertising，由關鍵字 in addition to political parties，可知(F)可接在其後段的首句，且由空格後的例子「綠色和平組織亦以廣告來宣導環保概念」，更可確定呼應了選項中的 persuade people to accept their way of thinking，故選(F)。

五、閱讀測驗

第 36 至 39 題為題組

幽默感是備受重視的。有幽默感的人通常被認為是快樂且有社交自信心的人。然而，幽默感是一把利弊參半的雙刃劍，它可以建立良好的關係並幫助你處理生活中的事，但是有時候，它也可以損害自尊心和激怒別人。

運用建立關係型幽默 (bonding humor) 的人愛說笑話，而且普遍來說會使人心情變好。他們被認為擅長在不自在的狀態下減輕緊張的情緒。他們通常會以他們共同的經驗開玩笑，有時候甚至會對他們自身的不幸一笑置之。他們所要傳達的基本訊息是：我們都是一樣的，我們對相同事物感到有趣，且我們是一體的。

取笑別人型幽默 (put-down humor)，反之，是一種激烈的幽默種類，透過取笑來批評且操弄他人。它的目標通常是政治人物，而這時的幽默通常也是滑稽可笑、大多無傷大雅的。但是在現實生活中，它可能還是會帶來傷害。舉例來說，把某個朋友的糗事告訴其他友人。當說這番難堪話語的人被質疑是在揶揄他人時，可能會聲稱他們只是在開玩笑，以此來迴避責任。雖然一些人認為這種幽默在社會上可以被接受，然而它可能會傷害被取笑者的感受，因而在人際關係上產生不好的影響。

最後，在自我嘲笑式幽默 (hate-me humor) 中，開玩笑的人會開自己的玩笑，以取悅其他人。這種幽默被喜劇演員 John Belushi 和 Chris Farley 所使用，他們兩位都為了演藝事業的成功而受過這種苦。些許的這種幽默是很吸引人的，但是慣常地犧牲自己來被他人羞辱會損害自尊心，且助長憂鬱和焦慮。

所以這樣看來，有趣並不必然是良好社交手腕和健康安樂的指標。在某些狀況下，它其實很有可能會對人際關係有不好的影響。

(C) 36. 根據本文，哪一個團體常被作為取笑別人型幽默的目標？

(A) 喜劇演員。 (B) 說笑話者。
(C) 政治人物。 (D) 對他人友善的人。

說明

第三段第二句提到「When it's aimed against politicians, as it often is, **. . .**」，由「as it often is」可知政治人物常被開這種玩笑，故選(C)。

(B) 37. 人們如何透過建立關係型幽默創造出令人放鬆的氣氛？

(A) 藉由嘲笑他人的不幸。
(B) 藉由以他們共同的經驗開玩笑。
(C) 藉由揭露他們自己的人際關係。
(D) 藉由取笑他們友人的特殊經驗。

說明

第二段第三句提到「They often make fun of their common experiences, **. . .**」，可知這類型的幽默通常都是拿他們自己的共同經驗開玩笑，故選(B)。

(C) 38. 根據本文，下列關於 John Belushi 與 Chris Farley 的敘述何者為真？

(A) 他們有抗焦慮劑用藥過量的問題。
(B) 他們通常在舞臺上羞辱別人。
(C) 他們在擔任喜劇演員的事業上大獲成功。
(D) 他們從表演中成功重建起自尊心。

說明

第四段第二句提到「**. . .** both of whom suffered for their success in show business」，可知他們的喜劇表演大受歡迎，故選(C)。

(B) 39. 作者試著要傳達何種訊息？

(A) 幽默值得仔細研究。
(B) 幽默兼有光明與黑暗面。
(C) 幽默是受到高度重視的人格特質。
(D) 幽默可以由許多不同的方式習得。

說明

❶ 本文未提及，故(A)不為答案。

❷ 由第一段「A person who has a great sense of humor is often considered to be happy and socially confident.」可知作者認為有幽默感的人通常被賦予正面評價。但是下一句「However, humor is a double-edged sword.」作者即指出幽默有正反兩面，加上最後一段「In certain cases, it may actually have a negative impact on interpersonal relationships.」可知，作者認為幽默也有負面影響，故正確答案為(B)。

❸ 此選項為誘答陷阱，本文第一句雖然有提到幽默感是重要的，但並沒有說幽默感是人格特質中的要項，故不選(C)。

❹ 本文未提及，故不選(D)。

第 40 至 43 題為題組

2010 年 6 月 23 日，Sunny 航空公司一名擁有 32 年飛航經歷的駕駛阻止他的班機起飛。他十分擔心某個不聽使喚的電源組件可能斷絕他這架橫越太平洋的班機的所有電力。即便他的擔憂有理，Sunny 航空公司的管理階層向他施壓，要他在晚上駕駛飛機跨越汪洋。當他拒絕危害乘客的安全時，Sunny 航空公司的航警護送他離開機場，並威脅他的機組員若不合作要將他們逮捕。

除此之外，另有五名 Sunny 航空的駕駛也拒絕執行飛行任務，並提出他們自身對於飛機安全的疑慮。結果這些駕駛是正確的：電源組件有問題，飛機因而暫停服務，最後送修完成。終於在數小時後，由第三組機組員駕駛這架班機。在整個過程中，Sunny 航空逼迫他們經驗豐富的駕駛，要他們忽略安全隱憂，用一架需要維修的飛機載送乘客在深夜時分飛越太平洋。令所有人慶幸的是，這些駕駛堅守立場、無所畏懼。

對這件事的發生經過，別只聽我們說。請自己搜尋以追求真相。你可以從這開始：www.SunnyAirlinePilot.org。一旦你重新檢視這則驚人的訊息，請銘記雖然他們將駕駛以公司的警力驅離機場是個新舉動，然而 Sunny 航空內部對於飛航人員的脅迫卻不是件新鮮事，因為紀錄中每週都可以看到類似事件發生。

搭機民眾應享有最高層級的安全保障。沒有航空公司可以為了獲取他們的最大營收而對員工施壓，要求他們不顧潛在的人命損失駕駛飛機。Sunny 航空的駕駛堅決反對任何為了營利而犧牲個人安全的作法。我們不斷試圖解決這些檯面下的問題已經好一段時間了，現在我們需要你的幫助。到 www.SunnyAirlinePilot.org 以獲得更多資訊，看看你可以幫上什麼忙。

(B) 40. 根據本文，機長拒絕駕駛飛機後，發生了什麼事情？
(A) 他被要求找另一位機長取代他的位置。
(B) 他被 Sunny 航空公司的安全人員逼迫離開機場。
(C) 他被迫幫忙航空公司找出飛機的問題。
(D) 他因為拒絕駕駛飛機且拒載乘客而被解聘。

說明
由文章第一段的「When he refused to jeopardize the safety of his passengers, Sunny Airlines' security escorted him out of the airport . . .」，可知他因為拒開飛機而被迫離開機場，故選(B)。

(D) 41. 本文目的為何？
(A) 為了使 Sunny 航空公司的獲取最高的營收。
(B) 為了介紹 Sunny 航空公司的機長訓練計畫。
(C) 為了重新檢視 Sunny 航空公司服務精進的計畫。
(D) 為了揭露 Sunny 航空公司的安全問題。

說明
由第二段「Sunny Airlines . . . ignore their safety concerns」與第三段「the intimidation of flight crews is becoming commonplace at Sunny Airlines」可知本文是要披露 Sunny 航空公司的安全問題，故選(D)。

(B) 42. 在機長拒絕執行飛行任務後，飛機發生了什麼事？
(A) 它被發現太老舊而無法再執行飛行任務。
(B) 它的機器問題被偵測出來，最終被修好了。
(C) 它被移離機場做一週的檢查。
(D) 它的電力零件問題仍舊無解，而且沒有機組員願意駕駛飛機。

說明
根據第二段第二句的「the power component was faulty . . . finally, fixed」可知電力問題最終被修復了，故選(B)。

(C) 43. 本文最可能是誰寫的？
(A) Sunny 航空公司的安全警衛。
(B) Sunny 航空公司的人事經理。
(C) Sunny 航空公司機長組織的成員。
(D) Sunny 航空公司航班的一名乘客。

說明
由最後一段的第四句「We've been trying to fix these problems behind the scenes」可知這些是 behind the scenes (幕後秘辛)，應是由內部人員所揭露，故選(C)。

第 44 至 47 題為題組

憤怒鳥是一款由芬蘭電腦遊戲研發公司 Rovio Mobile 所開發出來的電玩遊戲。這款遊戲起初由一幅非寫實的無翼鳥素描啟發而來，而後於 2009 年十二月第一次在蘋果手機的操作系統上發行。從那時候開始，這款遊戲已經在蘋果的手機軟體商店裡被採購了超過一千兩百萬份。

隨著它在全世界快速地受到歡迎，這款遊戲和其中的角色——憤怒鳥和他們的敵人豬——已經在全世界的電視節目上被廣為介紹。以色列國內最受歡迎的節目之一，喜劇 *A Wonderful Country*，藉由以憤怒鳥和豬的和平談判，來諷刺最近以巴意圖達成和平的失敗。這部分的片段變得像病毒一般，得到了全世界觀眾的目光。美國的電視主持人 Conan O'Brien、Jon Stewart 和 Daniel Tosh 已經在他們各自的系列歡笑短劇，包含 *Conan*、*The Daily Show* 和 *Tosh.0* 中提到這個遊戲。一些這個遊戲的著名粉絲還包括了玩這個遊戲的 iPad 版本的英國首相 David Cameron，以及據信是「憤怒鳥大師」的作家 Salman Rushdie。

憤怒鳥和它其中的角色也在廣告中以不同形式被當作特色。2011 年三月時，這些角色開始出現在一系列推廣微軟 Bing 搜尋引擎的廣告中。同年，諾基亞在德州的奧斯丁市中心的建築物上投射了一則推廣自家手機的新廣告，其中包含了這款遊戲的角色們。之後，一則在西班牙拍攝的 T-Mobile 廣告中，也置入了在市區廣場上的一個遊戲中真人大小的模型。諾基亞也在馬來西亞用這款遊戲來刺激要創下最多人玩的單機版手機遊戲這項世界紀錄的意圖。

憤怒鳥甚至已經激勵了哲學類比的作品。有一篇由巴西的 Giridhari Dasar 所寫的五段論文《憤怒鳥瑜伽－如何消除你生活中的綠豬》利用這些角色和遊戲方式來詮釋瑜伽哲學的多種觀念。這篇作品因為其哲學發表的獨特方法吸引了許多的媒體關注。

(D) 44. 本文的目的為何？
(A) 解釋憤怒鳥電玩如何被設計出來。
(B) 調查為何憤怒鳥迅速走紅。
(C) 介紹出現在電視節目與廣告中的憤怒鳥角色。
(D) 描述憤怒鳥在世界上不同媒體中的流行。

說明
第二段提及憤怒鳥出現於多國的電視節目，第三段描述憤怒鳥被採用於不同形式的廣告中，由此可知本文在說明憤怒鳥在時下的流行，故選(D)。

(D) 45. 下列何者與第二段的「viral」意思最相近？
(A) 明顯的　(B) 諷刺的
(C) 令人興奮的　(D) 受歡迎的

說明
由上下文可知，本句在形容憤怒鳥的短片大受歡迎，來自世界各地的人都在觀看，故選(D)。

(C) 46. 根據本文，下列何人擅長玩憤怒鳥遊戲？
(A) Giridhari Dasar.　(B) Conan O'Brien.
(C) Salman Rushdie.　(D) Daniel Tosh.

說明
由第二段的最後一句「**...** author Salman Rushdie, who is believed to be "something of a master at *Angry Birds*."」可知 Salman Rushdie 擅於玩憤怒鳥遊戲，故選(C)。

(C) 47. 根據本文，下列關於使用憤怒鳥的敘述何者為真？
(A) 它曾被英國首相引用來描述政治議題。
(B) 它的角色主要被用在蘋果產品的廣告。
(C) 它的真人大小模型出現在手機的廣告中。
(D) 它被用來拍攝有關巴西瑜珈大師生平的影片。

說明
❶ 根據第二段最後一句 Some of the game's more notable fans include Prime Minister David Cameron of the United Kingdom **...**，可知本文中提及英國首相是因他是憤怒鳥的粉絲，而非引用憤怒鳥來描述政治議題，故(A)為錯誤選項。
❷ 根據第一段第二句 **...** the game was first released for Apple's mobile operating system **...**，可知文中提及憤怒鳥與蘋果公司並非因它主要出現在蘋果的廣告，故(B)為錯誤選項。
❸ 由第三段的倒數第二句 **...** a T-Mobile advertisement filmed in Spain included a real-life mock-up of the game in a city plaza.，可知(C)為正確答案。
❹ 由最後一段的第二句，巴西的瑜珈大師使用憤怒鳥來解釋瑜珈的哲學概念，而非被用來拍攝關於其生平的影片，故(D)為錯誤選項。

第 48 至 51 題為題組

拆除指的是拆毀房屋和其他建築。你可以使用挖土機和破壞大鐵球輕易地將一棟五層樓的建物夷為平地，但當你要拆除二十層樓高的摩天大樓時，為了安全地拆毀這個巨大的建物，爆破拆除就是比較好的方法了。

要安全地拆除一棟建物，爆破建築工人必須事前精心規劃。第一步就是要檢視建築物的建築藍圖，確認這棟建築物是如何建成的。接著，爆破團隊會巡視這棟建築，快速記下每一樓層的支撐點。一旦他們蒐集好所需的一切資料，爆破工人就會制定爆破計畫。他們要決定使用哪種炸藥、在建物中安置這些炸藥的地點，並安排爆炸的時間。

一般而言，爆破工人會先引爆低樓層的主要支柱，然後是高一點的樓層。在一棟二十層樓高的建物裡，爆破工人也許會爆破一、二樓以及十二與十五樓的柱子。大多數情況下，炸毀低樓層的支柱就可以使建物倒塌，但在高樓層設置炸藥有助於讓建物倒塌時，建材能夠碎成小片。而這樣讓爆破之後的清掃工作變得比較簡單。在拆毀建物的過程中，最大的挑戰在於控制建物倒落的方向。如果要讓建物朝北方倒，那爆破工人就得先引爆建築物北面的炸藥。藉由控制建物倒塌的方式，爆破團隊就能夠讓建物倒向某一面，可能是一片停車場或其它空地。這種爆破執行起來最為簡單，而且大致而言是最安全的方式。

(A) 48. 根據這篇短文，爆破工人在準備炸毀建物時需要做些什麼？
(A) 研究建物的結構。
(B) 聘請有經驗的導遊。
(C) 製作該建物的模型。
(D) 請教原建築師。

說明
由第二段第一句「In order to demolish a building safely, blasters must map out a careful plan ahead of time.」可知在準備拆除前，爆破工人必須先研究建築物的結構以做好規劃，故選(A)。

(C) 49. 在大多數情況下，在拆毀建物的過程中，要先引爆建物的哪個地方？
(A) 最頂層。　(B) 較高的樓層。
(C) 較低的樓層。　(D) 地下室。

說明
第二段第一句提到「blasters will explode the major support columns on the lower floors first」，可得知會先從較低的樓層開始爆破，故選(C)。

(C) 50. 根據以下圖表，如果爆破團隊要安全地拆毀目標建物，那他們應該先引爆哪個部分？
(A) 東側。　(B) 西側。
(C) 南側。　(D) 北側。

說明
最後一段的第六句中提到「To topple the building towards the north, the blasters set off explosives on the north side of the building first.」，可知為了安全拆除建物，希望它往哪側倒塌就將炸藥裝置在哪側，由圖看來只有南側是清除的安全區域，要讓建物往南側傾倒，應將炸藥放置在南側，故選(C)。

(B) 51. 這篇短文的主旨大意是什麼？
(A) 如何在適當的時間執行拆除行動。
(B) 如何使用炸藥拆毀建物。
(C) 如何因不同的目的使用炸藥。

(D) 如何以最少的人力拆毀建物。

說明

❶ 本文未特別提及在何時拆除建物，故(A)為錯誤選項。

❷ 本文第二段談論在爆破前的準備，第三段如何執行拆除，故(B)為正確解答。

❸ 文中未提及，(C)為錯誤選項。

❹ 文中未提及以人力拆除，故(D)為錯誤選項。

◆ 第貳部分：非選擇題

一、中譯英

1. Some packaged food (which) we think/consider safe may contain the ingredients (that are) harmful to human bodies.

說明

❶ 時態：談論事實用現在簡單式

❷ 表示「認為」的句型：think/consider + O + adj.

❸ 包裝食品 packaged food

❹ 對…有害的 be harmful to/do harm to

2. For our own health, we should carefully read the descriptions on the packages before we buy/buying (the) food.

說明

❶ 參考句型：For N, S + V + O before S + V/V-ing . . .

❷ 時態：給予建議用現在簡單式

❸ 表示「應該」，可用助動詞 should

❹ 某人自身的 one's own + N

❺ 包裝上的說明 the descriptions on the packages

二、英文作文

作文範例

As a senior faced with college entrance exam, I make it a rule to exercise to release my pressure from studies. What I do is go cycling, which is my favorite sport. Being an enjoyable sport, cycling is suitable for people from different age groups, young and old alike. To do this sport, apart from the indispensable bicycle, a rider, to ensure a joyride, may need some gear, such as a helmet to prevent his or her head from harm, gloves to make his or her hands comfortable while cycling, and sunglasses to protect his or her eyes from the sun. Just like its few required items, cycling is never a sport that demands a lot. Whoever feels like stretching his or her muscles and getting energized can go cycling at any time and any place—whether in the park or even in the downtown areas. What's more, it can be done alone or with others.

There are some reasons why I am interested in cycling. First, it is cheap and healthy. Not only does it allow me to improve my health and fitness, but it also allows me to have an intake of fresh air while I ride, which helps refresh my mind and relieve my tension. Second, I can always appreciate the beautiful views during the ride, particularly when it is done in the mountains. Last, I am fond of it because I can do it with my good friends. As seniors, we study together and get energized together. It is through this process of fighting and having fun together that we consolidate our friendship. Thanks to cycling, I have earned both a healthy body and precious friendship.

說明

第一段：描述你最常從事的運動，並說明地點、活動方式、及可能需要的相關用品，動詞時態應用現在式為宜。

Introductory sentence: As a senior faced with college entrance exam, I make it a rule to exercise to release my pressure from studies.

Topic sentence: What I do is ______, which is my favorite sport.

Supporting idea: 接著說明可在何地點從事這活動的、其進行方式、及可能需要的相關用品。

第二段：說明你從事這項運動的原因及這項運動對你生活的影響，動詞時態應用現在式為宜。

Topic sentence: There are some reasons for me to get highly interested in ______.

Supporting idea: 說明從事這項活動的原因。

Conclusion: 以說明這項運動對你生活的影響為結尾。

Notes

100 學年度　指考英文試題詳解

◆ 第壹部分：單選題

一、詞彙題

(A) 1. 許多人認為棉織品是炎炎夏日中穿起來最舒適的布料。

(A) 布料　(B)新聞報導
(C) 軟體　(D) 衣櫥

解析
cotton 屬於一種布料，故可知答案選(A) fabric。

(A) 2. 由於新廂型車的引擎問題，這家汽車公司決定要將它們從市場上召回。

(A) 召回　(B) 澄清
(C) 使轉變　(D) 擦亮

解析
從汽車有引擎問題可知，汽車公司必須將問題車輛召回，以對消費者負責，故可知答案應選(A) recall。

(C) 3. 在一天的疲憊工作之後，Peter 疲倦地走回他家，感到又餓又昏昏欲睡。

(A) 壯麗地　(B) 徹底地
(C) 疲倦地　(D) 不清晰地

解析
由 a day's tiring work 可得知，Peter 在回家的路上一定感到很疲憊，故答案應選(C) wearily。

(C) 4. 在團隊運動中，隊員們如何團結合作比他們個人如何表現更重要。

(A) 頻繁地　(B) 典型地
(C) 個別地　(D) 完全地

解析
由比較級結構 more . . . than 可知本句在比較兩件事，而從 work as a group 可推知應與其相反情況「個別地表現」在做比較，故選(C) individually。

(D) 5. 儘管她有身體的缺陷，這位年輕的盲人鋼琴家設法克服了所有的阻礙贏得國際賽的冠軍。

(A) 隱私　(B) 抱負
(C) 財富　(D) 阻礙

解析
❶ 由於這位盲人鋼琴家贏得了國際賽冠軍，她勢必克服了身體殘缺所造成的阻礙，故選(D) obstacles。
❷ overcome obstacles 是常用的搭配詞。

(C) 6. 太陽系裡的每個行星循自己的軌道環繞太陽，這點使他們不至互相碰撞。

(A) 入口　(B) 急忙
(C) 軌道　(D) 範圍

解析
由 this prevents them from colliding each other 可推知，行星必然依循自己的軌道環繞太陽運行才不會互相撞擊，故選(C) orbit。

(A) 7. 王教授以對經濟領域的貢獻而聞名。他被雇用來協助政府進行財政改革計畫。

(A) 雇用　(B) 與…矛盾
(C) 調停　(D) 產生

解析
依句意可知，因王教授的專長，政府雇用他來推行改革計畫，故選(A) recruited。

(B) 8. 大部分的地震太小而不會被注意到；它們只能被靈敏的儀器偵測到。

(A) 用手操作的　(B) 靈敏的
(C) 手提式的　(D) 支配的

解析
❶ 由前一句 too small to be noticed 可知，只能由靈敏的儀器偵測到，故選(B) sensitive。
❷ 本題也測驗 too . . . to 的用法：太…而不能…。

(B) 9. 由於維基解密揭發全世界政府的秘密，許多國家擔憂他們的國家安全資訊可能會被揭露。

(A) 減輕　(B) 揭露；公開
(C) 濃縮　(D) 激起

解析
❶ 維基解密專解各國的機密資料，故各國擔心國家安全資料會被洩漏，故選(B) disclosed。
❷ disclose secrets 是常用的搭配詞。

(B) 10. 恐怕我們無法相信你的話，因為我們目前已收集到的證據與你所言不相符。

(A) 熟悉的　(B) 與…符合的
(C) 耐用的　(D) 同情的

解析
❶ 對方的所言與證據不相符，無法令人信服，故選(B) consistent。
❷ consistent with 是常用的搭配詞。

二、綜合測驗

第 11 至 15 題為題組

處理客訴對大部分的公司而言是常見的任務。這些訴求包括更換商品的要求，退貨的要求，工作 11.被修正的要求，以及其他理賠的要求。大部分的訴求都會被允許，因為它們很合理。然而，有些理賠的要求必須被 12.拒絕，而且拒絕理賠的訊息也須傳達給客戶。對客戶而言，拒絕理賠是負面的訊息。當客戶 13.有過錯時或賣主已經做了所有合理或合法預期的處理時，這些訊息有其必要性。

拒絕理賠的訊息需要最佳的溝通技巧 14.因為對客戶而言，這是壞消息。你必須回絕客訴而 15.同時又挽留住這個顧客。你可能會拒絕理賠的要求而甚至又試著銷售更多商品或服務給客戶。這一切都發生在客戶可能生氣，失望或感到不便時。

(D) 11. (A)～(D) 修正

解析
本題測驗 request 的用法。表示「建議、要求、命令、堅持等字」後面若是接子句，動詞必須使用原形，句型為：suggest/request/demand/insist + that + S + (should) VR。故選(D)。

(B) 12. (A) 零售 (B) 拒絕給予 (C) 感激 (D) 詳盡闡述

解析
依轉折語 however 可知，本句是與前面 most of these claims are approved 是相反的。並且，根據後面的句子 and an adjustment refusal message must be sent，deny 與 refusal 有高度相關，可知整句是討論拒絕理賠一事，故選(B) denied。

(A) 13. (A) 有過錯 (B) 隨叫隨到 (C) 流淚 (D) 不提防

解析
依句意可知當客戶的訴求有過錯時，賣主是可以拒絕要求的，故選(A) at fault。

(C) 14. (A) 直到 (B) 除非 (C) 因為 (D) 因此

解析
由前句「拒絕客訴需要最佳的溝通技巧」與後句「對客戶來說是壞消息」可知，二句為因果關係；且上下句並無連接詞，故選擇連接詞 because 而不選副詞 therefore，答案為(C) because。

(C) 15. (A) 總的說來 (B) 一再地 (C) 同時 (D) 為了同樣原因

解析
後一句為對本句的詳細說明，解釋你可能拒絕客戶要求而又嘗試銷售更多商品，故可推論出「拒絕客訴」與「保有客戶」是會同時發生，所以選(C) at the same time。

第 16 至 20 題為題組

人們在不同場合可能會以不同方式表達感受。在這方面，文化有時候會大相逕庭。16.舉例來說，在日本有一組研究人員研究了學生在觀賞恐怖片時的臉部反應。這些日本學生在17.有老師在現場一起觀看電影時，他們的表情只露出最微小的反應。但是當他們以為是自己獨自觀賞時(雖然他們18.正在被隱藏式攝影機錄影)，他們的面部因為強烈的極度痛苦、恐懼與厭惡而扭曲。

這研究也顯示出一些關於在不同場合中應該如何19.適當地表達感覺的潛規則。最常見的規則之一是使情緒的表現減到最低。這是日本人在權威人士20.面前對於悲痛感受的規範，這說明了為何學生在實驗中會以毫無表情的撲克臉偽裝他們的不適。

(D) 16. (A) 一如往常 (B) 在某些情況下 (C) 坦白說 (D) 舉例來說

解析
由本文結構來看，在主題句「People may express their feelings differently on different occasions.」之後即以例子當支持句承接主題，故選(D) for example。

(D) 17. (A) of (B) as (C) from (D) with

解析
❶ with 可表示「附帶」的意思，故應選(D) with。
❷ 本句使用了 with + O + OC 的句型。

(A) 18. (A) were being taped (B) had taped (C) are taping (D) have been taped

解析
本句以進行被動式表示「正在被…」之意，故選(A) were being taped (正在被錄影)。

(C) 19. (A) 很少 (B) 同樣地 (C) 適當地 (D) 批判性地

解析
本句在講潛規則，故選(C) properly 來表示怎麼做才適當。

(B) 20. (A) 藉由…的幫助 (B) 在…的面前 (C) 在…之上 (D) 代替

解析
本句在講有權威人士在場時，日本人會隱藏自己的情緒，故選(B) in the presence of。

三、文意選填

第 21 至 30 題為題組

文字的歷史追溯回六千年前。文字可以表達感情，開啟大門深入探索21.未知事物，描繪虛擬世界的圖像，並且允許從未敢嘗試的冒險。因此，文字最早的22.使用者，例如說故事者、詩人、以及歌手在過去於各文化中都受到尊敬。

但是現在這樣使用文字的浪漫情調正在23.式微。想像力正被立即成像的圖片所超越。以勝利遊行之姿，電影、電視、影片與光碟正24.取代了說故事者和書本。一種視覺文化正在接管全世界——以書寫文字做為25.代價。我們的讀寫能力以及言語和溝通技巧都在26.急速衰退。

在我們日益視覺化的世界中，唯一27.成功進展的小說分類是圖像小說。越來越多的成人與年輕人在閱讀圖像小說，教育學家也開始理解到這種28.媒介的力量。圖像小說看起來像是漫畫書，但是篇幅較長，更加精緻，且可能是以黑白或多種29.顏色與尺寸出現。事實上，一些目前創造出來最有趣、大膽且最令人心碎的藝術正被以圖像小說的方式出版。在探索嚴肅的社會及文學主題的同時，圖像小說也30.提供機會檢視現今日益視覺化的信息世界。圖像小說可以用來發展視覺素養能力，以近似於學生學習藝術鑑賞的方式。

(A) 代價 *n.* [U]	(B) 變微弱；式微 *vi.*
(C) 顏色 *n.* [C]	(D) 研究 *n.*[C]
(E) 代替 *vt.*	(F) 提供 *vt.*
(G) 使用者 *n.*[C]	(H) 急速的 *adj.*
(I) ... ground 取得進展 *phr. v.*	
(J) 媒介 *n.* [C]	
(K) 圓形的 *adj*	
(L) 未知的 *adj.*	

解析

(L) 21. 此格測驗 the + 形容詞 = 複數名詞，the unknown = the unknown things，又由 create pictures of worlds never seen, and allow adventures never dared 可知文字可讓人探索未見與未知，故選(L) unknown。

(G) 22. 此格應填名詞。從後文舉例 such as storytellers, poets, and singers 可知都是文字的「使用者」，且舉例的名詞均為複數，所以選(G) users。

(B) 23. 此格可填形容詞、名詞或動詞的變化。由 But 可知語氣有轉折，要選與第一段文意相反的句子，就句意看，可知應選 the romance is fading，指過去這樣文字的使用盛況正在衰退，故選(B) fading。

(E) 24. 此格在 be 動詞 are 之後，名詞之前，所以可填動詞進行式或修飾後面名詞的形容詞。但前一句有提及 Imagination is being surpassed by the instant picture. 故可知本句要表達電視與影片等正在取代書寫的文字，故此格答案為(E) replacing。

(A) 25. 此格應填入名詞，從文意推斷可知應選(A) expense，以文字做為代價，因為在圖像影片等出現後，文字的使用就式微了，且 at the expense of N 是常用搭配，為以…為代價之意思。

(H) 26. 此格應填入形容詞，從前文可推斷此處要指我們的讀寫能力快速下降，故應選(H) rapid。另，rapid decline 為常用的搭配詞。

(I) 27. 此處可填形容詞、名詞或動詞的變化，從後句的文意上推斷，越來越多人閱讀圖像小說，因此可知此種小說體材正逐漸發展，故應選(I) gaining。gain ground 為片語，意為「取得進展」。

(J) 28. 此格應填入名詞，從前後文推斷，此處文意應指這類小說，故選(J) medium。

(C) 29. 此處應填名詞，由前面 black and white 可知是指顏色，故選(C) colors。

(F) 30. 此處應填動詞，根據文意，應選(F) offer。

四、篇章結構

第 31 至 35 題為題組

霸凌的影響可能會很嚴重且甚至會導致悲劇。不幸的是，它大部分仍然是未受研究的領域。

31.霸凌與校園暴力之間的關聯自從 1999 年在科羅拉多一所高中所發生的悲劇開始就引起越來越多的注意。那一年，二個持槍揮舞的學生，被認定有天分但遭受好幾年的霸凌，在殺死了 13 個人與殺傷了 24 人後，接著便自我了斷。一年後，由美國政府進行的分析發現，霸凌在超過三分之二的校園暴力中扮演著主要的角色。

32.研究指出霸凌可能形成一種連鎖反應，而受害者通常變成加害者。許多歷史上的獨裁者與侵略者都藉由聲稱他們也曾被霸凌來試著辯解他們的霸凌行為。33.例如，希特勒被認為在童年時期是霸凌的受害者。雖然這不足以成為霸凌的理由，但許多人類歷史上最邪惡的壞人的確曾是惡霸也是霸凌的受害者。

因為霸凌大部分都被忽略，它或許可為群體行為與路人行為提供重要的線索。34.心理學家感到困惑不能理解，在擁擠的地方發生犯罪時，市中心的人群及旁觀者為何會覺得事不關己。他們許多人將霸凌歸因成情緒敏感度與暴力接受度下降的原因之一。當有人被霸凌了，不只是施暴者還有受害者也變得對暴力較不敏感。35.惡霸的同學和朋友以及受害者可能會視暴力為常態。從這個角度來看，霸凌影響的不只是被霸凌者，還有他的朋友和同學，以及整個社會。

解析

(F) 31. 空格後的句子提到 that year，可知本格應與年份或時間點有關，而接下來的二句出現 students 與 campus，可知本格也應有提及校園，故答案選(F)。

(D) 32. 空格後一句指出獨裁者與侵略者都曾被霸凌過，與(D)選項的意思相符，受害者通常變成霸凌者，故空格應選(D)。

(A) 33. 本題前一句提到歷史中的獨裁者與侵略者，後一句提及 worst humans in history，可聯想至(A)句裡的 Hitler，依上下文意可確定應選(A)。

(E) 34. 本格後一句的主詞為 Many of them，可推知本格的主詞應為複數。此外，前一句的 crowd behavior 與 passer-by behavior 可與(E)的 crowds and bystanders 相呼應，而且後一句中的「情緒敏感度下降」和「認為暴力為常態」也與(E)的 inactivity 相符，故可確定選(E)。

(C) 35. 本格前一句提及霸凌者與受害者都變得對暴力較不敏銳，與(C)選項的 may accept the violence as normal 相符，故選(C)。

五、閱讀測驗

第 36 至 39 題為題組

自從希臘羅馬時代開始，松露在歐洲就一直被用來當作佳餚，甚至是藥物。它們名列世界最貴的天然食品，通常一磅售價高達美金 250 至 450 元。松露事實上是蕈類，但卻是罕見的種類。它們與特定樹種的根有緊密的依賴性，而它們的結果的實體生長於地下。這就是它們很難找到的原因。

松露產於歐洲，藉由母豬或松露犬的協助，牠們能夠偵測出在地表下的成熟松露所散發出的強烈氣味。母豬對於松露的氣味特別敏銳，因為它與公豬所發散的氣味很相似。但是，利用母豬找松露很冒險，因為牠們天性會吃掉任何可食的東西。基於這個原因，狗被訓練成每當找到這種氣味時就挖掘地底，而且牠們非常願意以松露交換一片麵包或拍頭。有些松露商人在看見松露蒼蠅盤旋於樹的基底時，會自己挖掘這個大獎。一旦一個地點被發現後，在隨後的幾年都能採集到松露。

為了享用被形容為大地珍寶的美味，你必須在它們被採收後，立即吃掉新鮮而未烹煮的松露。它們的強烈氣味會隨著時間而快速減少，在某些松露到達市場之前，大部分的氣味就消失了。為了保存它們，美食專家建議將它們存放在冰箱內的有蓋玻璃罐裡。另一個建議是將它們整個存放在無氣味的油裡。

(B) 36. 為什麼有些人比較喜歡用狗而不是母豬尋找松露？
(A) 狗有比較強壯的爪子挖地。
(B) 狗通常不會吃掉找到的松露。
(C) 狗的嗅覺比豬好。
(D) 狗比豬較不易感到興奮。

說明

第二段第三句提到「The use of pigs is risky, though, because of their natural tendency to eat any remotely edible thing.」，指出豬出於天性會吃掉可食用的松露，所以狗比較可靠，故選(B)。

(C) 37. 下列何項是享用松露的好方法？
(A) 搭配豬肉烹煮食用。
(B) 沾無味道的油生吃。
(C) 在採收後即趁新鮮時食用。
(D) 在冷藏後食用。

說明

第三段第一句提到「To enjoy the wonderful flavor . . . , you must eat fresh, uncooked specimens shortly after they have been harvested.」，指出最好的食用方式是新鮮未烹煮，故選(C)。

(C) 38. 下列選項何者正確？
(A) 松露是老樹的根。
(B) 松露只能靠狗和豬找到。
(C) 松露成熟時會散發強烈的氣味。
(D) 松露無法在同一個地點重複採集。

說明

❶ 文中僅在第一段第三句提到「They live in close association with the roots of specific trees」，並未說它是樹根，(A)錯誤。
❷ 第二段的末二句有提及有些商人會自己挖掘松露，故(B)不正確。
❸ 第二段第一句提到「. . . which are able to detect the strong smell of mature truffles underneath the surface of the ground.」，指出成熟松露會有濃厚的氣味，故選(C)。
❹ 第二段的末句指出「Once a site has been discovered, truffles can be collected in subsequent years.」，可知松露可以重複採集，故(D)不正確。

(D) 39. 下列何者可以從本文推論出來？
(A) 以玻璃罐裝販賣的松露淡然無味。
(B) 當新鮮食用時，松露嚐起來像水果。
(C) 現在松露只被用在烹調。
(D) 松露很貴，因為不易找到。

說明

❶ 從第三段第二句中可知美食專家建議裝松露以玻璃罐裝冷藏，是一種保存方法，並未提及以此方式販賣，也未說這樣保存會索然無味，故(A)為錯誤選項。
❷ 選項(B)無法得知，文中只說要新鮮食用，但為提及味道像什麼。
❸ 第一段第一句提及「. . . truffles have been used in Europe as delicacies and even as medicines.」，故可知松露不只當作美食，也可作為藥用，故(C)為錯誤選項。
❹ 在第一段的第二句指出松露要價不斐，第一段最後一句提出不易找到，可知是因為稀少而昂貴，故(D)為正確選項。

第 40 至 43 題為題組

在理想的世界裡，人們不會在動物身上測試藥物。對動物而言，這樣的實驗帶來很大的壓力，有時是痛苦的，對人們來說，則是又貴又耗時。但是動物實驗仍有需要來幫助彌合醫學知識上的空白。那就是為什麼全世界每年大約有五千萬至一億隻動物被用在研究上。

整體而言，在動物實驗方面，歐洲有最嚴格的法律。即使如此，它的科學家每年仍使用大約一千二百萬隻動物作為醫學研究，大部分是老鼠。官方統計顯示，每年在美國只有一百一十萬隻動物被用在研究上。但那是誤導人的數字。美國當局不認為老鼠值得算數。因為它們是最常見的實驗動物，所以真正的統計數字更高。日本和中國的資訊甚至比美國更不充足。

現在歐洲以限制實驗動物的數量來改革管制動物實驗的規則。其他替代動物測試的方法，例如使用人類組織或電腦模型，都被大力推薦。此外，免費分享研究結果也有助於減少作為科學研究的動物數量。目前，科學家通常只分享成功的研究成果。如果他們的發現不符合測試的假設，這項實驗就永不公開。這樣的方式意味著浪費時間、金錢與動物的生命在無窮盡地重複失敗的實驗。

動物實驗給人類許多啟發且拯救無數的生命。它必須繼續進行，即使那意味著動物有時會受苦。歐洲的新措施應該會減少實驗動物，同時改善科學研究進行的方式。

(C) 40. 本文的主旨為何？

(A) 應該確保動物實驗的成功。

(B) 應該執行禁止實驗動物的使用。

(C) 減少實驗動物的數量尚需要更大的努力。

(D) 應該要求科學家分享研究成果。

說明

由文章第一段開頭的「In an ideal world, people would not test medicines on animals」與最後一段的「It needs to continue . . .」可知動物實驗有其必要性，但理想的世界不會將藥物測試在動物身上，第二、三段介紹歐洲動物實驗的數量控管，故可知作者知其有必要性但需要努力減少實驗動物的數量，選(C)。

(D) 41. 下列關於實驗動物的敘述何者正確？

(A) 美國每年只用了一千一百萬隻動物。

(B) 歐洲完全不使用老鼠作為實驗動物。

(C) 英國不像中國使用那麼多實驗動物。

(D) 日本關於每年動物實驗的數量資料有限。

說明

❶ 由第二段第四句「But that is misleading.」可知美國每年使用一千一百萬隻動物的數據是錯誤的，故(A)不是正確選項。

❷ 第二段第二句指出，歐洲大部分使用老鼠作為實驗動物，故(B)為錯誤選項。

❸ 文中的第二段只說明整個歐洲用在實驗動物的數量，並未明確說明英國的情形，而第二段最後一句也說日本與中國的資料不充分，故本選項不正確。

❹ 由第二段最後一句「Japan and China have even less comprehensive data than America.」可以得知(D)為正確解答。

(B) 42. 下列何項是文中所提及的動物實驗替代方案？

(A) 統計研究。

(B) 電腦模型。

(C) 在動物身上植入 DNA。

(D) 從死去動物身上擷取的組織。

說明

根據第三段第二句的「Alternatives to animal testing, such as using human tissue or computer models, are now strongly recommended.」可知電腦模型是替代方案，故選(B)。

(A) 43. 失敗的動物實驗通常會被如何處置？

(A) 它們不會公諸於世。

(B) 它們被製成教材。

(C) 它們被收集以便未來發行。

(D) 它們不會從研究主題的清單中刪除。

說明

第三段的第五句中提到「. . . the work never sees the light of day」，可知不成功的研究不會被公開，故選(A)。

第 44 至 47 題為題組

蜘蛛網是動物建築中的最佳典範。最美麗、最有結構的是圓形狀的網。蜘蛛網的主要功能是攔截會飛的獵物，例如蒼蠅、蜜蜂和其他昆蟲，並將它們緊黏在網上，讓蜘蛛有足夠的時間獵食。為了黏住它們，蜘蛛網的絲在大部分情況下必須能夠承受體型較大、又重的獵物的衝撞力，以及至少在風雨造成的環境力中撐上一天。

圓形網有二項主要特徵。第一項是它呈現的幾何圖形，中央部分所組成，絲線會從這中央的部分向外呈輻射狀散出。圍在外框裡的是用來捕獲獵物的螺旋狀絲，由網中心一圈圈向外蜿蜒。整個蜘蛛網緊緊繃住，由連接外框至周圍樹木或物體的定位線固定住。第二項是用來編織蜘蛛網的材料，這是最重要的特徵。蜘蛛絲是一種天然的合成物，讓極輕的纖維具有可比擬鋼鐵的伸展力，同時也讓它富有彈力。用來編織蜘蛛網的絲線有兩種。其中一種有高度彈力，在破損之前可以延伸至原長度的二倍長；對大部分種類的蜘蛛而言，它有黏膠覆蓋。這種絲用在編織捕捉獵物的螺狀絲，作為捕捉和黏住獵物。另一種較堅硬且堅固，用來編織輻射狀的絲、外框以及定位絲，讓蜘蛛網得以承受獵物的衝撞，並在各種環境情況下仍保持結構上的堅韌。

(B) 44. 本文的主旨為何？

(A) 自然界的食物網。

(B) 圓形網的建構。

(C) 幾何研究的網絡系統。

(D) 蜘蛛網的環境挑戰。

說明

由文章架構來看，第一段介紹蜘蛛網的功能，第二段整段在討論圓形網的特色與建構，故可知本文主旨為(B)。

(A) 45. 第一段的「so」指的是什麼？

(A) 獵捕與黏住小生物。

(B) 找出適合編織蜘蛛網的材料。

(C) 觀察蜘蛛的行為模式。

(D) 呈現動物建造的驚人建築。

說明

由「. . . so . . .」的前一句可知是指要獵捕與黏住小生物一事，故選(A)。

(C) 46. 蜘蛛網的哪一個部分用來支撐蜘蛛網本身？

(A) 網的中心。
(B) 絲上的黏膠。
(C) 定位線。
(D) 捕獲獵物的螺旋狀線。

說明

由第二段的第四句「The whole web is in tension and held in place by anchor threads . . .」，可知是 anchor threads 將蜘蛛網固定與支撐，故選(C)。

(B) 47. 根據本文，下列關於蜘蛛絲的敘述何者為真？
(A) 它們全又黏又有延展性。
(B) 它們通常夠堅韌可支撐上一天。
(C) 它們從昆蟲身上移除有害物質。
(D) 它們由環境中的稀有植物所製成。

說明

❶ 根據第二段「Two types of silk threads are used in the web. One is highly elastic . . . The other is stiffer and stronger . . .」可知它們的特質並非全都相同，故(A)為錯誤選項。
❷ 根據第一段最後一句「the threads of the web have to withstand . . . for at least a day in most cases」，可知(B)為正確解答。
❸ 文中並未提及，故(C)為錯誤選項。
❹ 文中並未提及，故(D)為錯誤選項。

第 48 至 51 題為題組

博士學位，通常縮寫成 PhD 或 Ph.D.，是一項由大學院校所授予的高等學術學位。第一個博士學位於 1150 年在巴黎頒發，但是這個學位直到十九世紀早期才獲得現今的地位。如現在所存的博士頭銜起源於 Humboldt 大學。這個德國的作法後來被美國和加拿大的大學所採用，最後在二十世紀的世界大部分地區都可見到。

在歷史上，即使大學的學士學位也是少數有錢人的特權，許多大學的職員並未擁有博士頭銜。但是隨著二次大戰後高等教育的擴張，博士的人數也隨之增加。美國大學首先開始：在 1970 年之前，美國頒發出佔世界科學與科技類的博士一半人數的學位。自從那時起，美國每年的博士人數呈倍數成長至六萬四千人。其他國家正緊緊追趕。在墨西哥、葡萄牙、義大利與斯洛伐克的博士產生量呈現戲劇性的增加。即使年輕人銳減的日本也多產生了 46% 的博士。

研究人員警告，博士學位的供應量遠超過需求量。美國在 2005 到 2009 年間產生了超過十萬個博士學位，但卻只有一萬六千個教授職缺。在研究方面也有類似的情形。即使是在大學以外地區工作的畢業生發展也不怎麼好。統計顯示在獲得學位的五年後，斯洛伐克 60% 以上的博士、比利時、捷克、德國與西班牙有超過 45% 的博士仍然只領有暫時的合約。奧地利有大約三分之一的博士畢業生接受與學位無關的工作。

現在，全世界的頂尖大學仍然挑選聰明絕頂的學生，將他們培養成博士生候選人。畢竟，他們並不願意拒絕優秀的學生：越多優秀的學生留在大學裡，就越有助學術發展。但是就博士學位供過於求的情形而論，有些人開始懷疑攻讀博士學生是否是個人的絕佳選擇。

(B) 48. 現今的博士學位頒發作法起源於哪個國家？
(A) 法國。 (B) 德國。
(C) 加拿大。 (D) 美國。

說明

由第一段第三句的「The doctorate of philosophy as it exists today originated at Humboldt University.」，可知這種慣例開始於德國的 Hamboldt University，故選(B)。

(D) 49. 下列何字最接近第二段的「churned out」？
(A) 失敗。 (B) 警告。
(C) 要求。 (D) 生產。

說明

由上下文可知即使在年輕人銳減的日本也大量頒發博士學位，故選(D)。

(D) 50. 下列何者可由第三段推論出來？
(A) 奧地利的博士畢業生不被鼓勵在大學之外的地區工作。
(B) 大部分的德國博士在畢業後就立刻找到固定的工作。
(C) 對美國博士生而言，找到教職比研究工作更加容易。
(D) 在斯洛伐克的博士生畢業五年後比西班牙的博士生更難找到固定工作。

說明

❶ 第三段的最後一句提及奧地利三分之一的博士生接受與學位無關的工作，並未提及他們不被鼓勵在大學之外的地區工作，故(A)為錯誤選項。
❷ 根據第三段第四句「. . . Germany . . . are still on temporary contracts」，可知許多德國博士並未找到固定工作，故(B)為錯誤選項。
❸ 第三段並未提及教職，故(C)為錯誤選項。
❹ 根據第三段第四句可知，斯洛伐克有 60% 的博士生，而西班牙有 45% 的博士生在畢業五年後難找到固定工作，故選(D)。

(A) 51. 下列何者最正確描述作者對於近年來博士生增加所持的態度？
(A) 擔憂。 (B) 支持。
(C) 冷漠。 (D) 樂觀。

說明

由最後一段可知，作者認為博士生供過於求，所以十分擔憂，故選(A)。

◆ **第貳部分：非選擇題**

一、中譯英

1. The explosion at the nuclear power plant in Japan has aroused global doubts and concerns about the safety of nuclear energy.

說明

❶ 參考句型：S + V + O
❷ 時態：已經發生的事情用現在完成式
❸ 核電廠爆炸 nuclear power plant explosion/the explosion at nuclear power plant
❹ 引起 arouse
❺ 全球的疑慮 global doubts and concerns
❻ 核子能源安全 the safety of nuclear energy/power

2. Scientists are seeking safe, clean, and inexpensive green energy so as to fulfill our demand for electricity.

說明

❶ 參考句型：S + V + O + in order to/so as to + V + N
❷ 時態：表「正在」用現在進行式
❸ 「以」用於表示目的，可用 in order to/so as to/in order that S + V
❹ 綠色能源 green energy
❺ 滿足…的需求 meet/fulfill/satisfy one's demand(s)/need(s)/requirement(s) for . . .

二、英文作文

作文範例

A graduation ceremony is an event of great significance. As for me, it symbolizes my having completed the three-year studies. It is also a milestone, which leads me to look back at the past years during which I have spent happy days with my fellow classmates and teachers. At the same time, it enables me to look forward to the future. From this moment on, I will bid farewell to my high school life and proceed to pursue another goal in university. As a result, a graduation ceremony should be joyous—so that we can celebrate with delight the end of our high school life, and touching—so that we can express gratitude to teachers and classmates; the former have dedicated themselves to helping us absorb knowledge and establish our philosophy of life, and the latter have accompanied us through laughers and tears.

Since this ceremony is dedicated to these graduates, it should be made for them. Therefore, a theme can be selected with all the decorations made and costumes chosen accordingly so that graduates would feel deeply involved in this particular ritual that leads them to maturity. Besides, to make this happy yet touching ceremony meaningful, graduates can also invite the principal and teachers to speak and give them blessings before commencing another journey. Next, they can have a slideshow of the photographs taken during their high school years to recall those happy memories. Certainly, playing films is also a good choice, the aim of which is to celebrate and commemorate. In conclusion, graduates should take this ceremony seriously and make it as meaningful as possible.

說明

第一段：說明對你而言畢業典禮有何意義，由於是描述事實，時態可用現在式。

Topic sentence: A graduation ceremony is ______.

Supporting idea: 闡述為何你認為有這樣的意義，可舉例說明。

第二段：承接上一段的意義，詳細說明典禮應如何進行。

Topic sentence: Since this ceremony is ______, it should ______.

Supporting idea: 對於第一段所提的意義，可以各以例子承接與說明。

Conclusion: 畢業生應該正視畢業典禮，並盡可能讓它富有意義。

Notes

99 學年度　指考英文試題詳解

◆ 第壹部分：單選題

一、詞彙題

(C) 1. 中文是一個地區性差異很大的語言。住在不同地區的人常常說不同方言。
(A) 好交際的　(B) 傳奇的
(C) 地區性的　(D) 優越的

解析
第二句的 area 及 dialect 為關鍵線索，由此可推知中文於各地的歧異甚大，造就多元性的方言，故答案選(C) regional。

(C) 2. 菜單是用來告知顧客餐廳提供的各式餐點及其價位。
(A) 籲請　(B) 傳達
(C) 告知　(D) 要求

解析
❶ 菜單的功用無非是告知顧客用，且 inform sb about sth 為固定搭配用法，故從介系詞 about 也可推知正確答案應選(C) inform。
❷ convey sth to sb 傳達某事給某人
inform sb about/of sth 通知某人某事

(C) 3. Mary 與 Jane 常常為了要聽什麼廣播電臺爭吵。兩人對音樂的喜好不同是他們爭執的原因。
(A) 冒險　(B) 同意
(C) 爭執　(D) 誘惑

解析
從第一句的 fight 可推知，Mary 與 Jane 因為喜歡聽的電台節目不同而爭辯不休，故答案應選(C) dispute。

(B) 4. 科學家們密切研究這隻小北極熊。牠的一舉一動都被仔細觀察和記錄。
(A) 昌盛地　(B) 密切地
(C) 光榮地　(D) 起初

解析
由第二句的 every move 及 carefully 可推知北極熊的一舉一動都受到密切的關注，故選(B) intensively。

(B) 5. 在十二歲時，Catherine 已贏得多項國際美術比賽大獎。以她的年齡，其才華及技巧相當出眾。
(A) 可相比的　(B) 出眾的
(C) 冷漠的　(D) 不令人信服的

解析
第一句可推知 Catherine 勢必才華出眾，方能抱回多項國際賽大獎，故選(B) exceptional。

(C) 6. 在精湛的演出後，音樂家從激賞的觀眾贏得滿堂掌聲。
(A) 真空　(B) 溢出
(C) 掌聲　(D) 聚光燈

解析
由 superb 及 appreciative 可推知，觀眾對此精采的演出勢必報以熱烈的掌聲 (a big round of applause)，故選(C) applause。

(B) 7. 自來水公司定期檢修管線和監測供水以確保我們飲水的安全性。
(A) 展現　(B) 監測
(C) 解讀　(D) 轉換

解析
由 inspect 一字可推知水廠為確保供水品質穩定，則須定期監測、檢查，故選(B) monitors。

(A) 8. 今年即將舉行的東亞高峰會將聚焦在幾項重要的議題上：節能、糧食短缺及全球暖化。
(A) 議題　(B) 話語
(C) 行為　(D) 才能

解析
會議的目的即為討論議題，且能源、糧食短缺及暖化都是近年來重要議題，故選(A) issues。

(D) 9. 林老師知道玫琳的學業表現優異，因此他大力推薦她去唸大學。
(A) 向…保證　(B) 推廣 (銷)
(C) 估計　(D) 推薦

解析
老師知道學生程度佳，勢必會推薦她去上大學，故選(D) recommended。

(D) 10. 天氣預報員提醒民眾未來幾天溫差大，建議大家每日查看天氣預報，並因應溫度高低來穿衣服。
(A) 必然地　(B) 顯著地
(C) 特定地　(D) 相應地

解析
衣物應該因應天氣溫度變化而增減，故選(D) accordingly。

二、綜合測驗

第 11 至 15 題為題組

太陽是極佳的能源來源。事實上，地表 11.接收到的太陽能是現已開發利用的兩萬倍之多，若我們使用更多這股光和熱源，太陽能 12.足以供應全世界的能源需求。

太陽，或太陽能，利用的方式很多，太空中許多加裝大型太陽能板的人造衛星即為一例，其內部的太陽能電池能將陽光直接轉化 13.為電；這些太陽能板外覆玻璃、內漆為黑色的設計是為吸收最多的熱能。

太陽能的好處不勝枚舉，首先，它是一潔淨能源。相較之下，石油或煤碳等的石化能源於燃燒過程中會釋放 14.有害物質到空氣中。15.再者，石化能源有耗盡的一天，但太陽能卻會在煤碳、石油開採殆盡之日仍源源不絕。

(B) 11. (A) 重複　(B) 接收
(C) 拒絕　(D) 減少

解析

地球會接收來自太陽的熱及光，故選(B)。

(D) 12. (A)～(D) 供應

解析

本題測驗假設法句型：If + S + 過去式 . . . , S + could + V . . . ，表示與現在事實相反的假設，故選(D) could supply。

(A) 13. (A) (轉) 為　(B) 自…來
(C) 憑藉　(D) 脫離

解析

transform/change/turn A into B 從 A 轉變為 B，故選(A) into。

(B) 14. (A) 勤奮的　(B) 有害的
(C) 有用的　(D)多變的

解析

由 In contrast 此轉折語可知，前後要將兩種能源乾淨程度作對比：太陽能是零污染的潔淨能源，而石化燃料在燃燒時卻會釋放有害物質，故選(B) harmful。

(C) 15. (A) 否則　(B) 因此
(C) 再者　(D) 相形之下

解析

此為承接本段開頭「首先…」，作者要提出太陽能第二項優點，故選(C) What's more。

第 16 至 20 題為題組

巴黎羅浮宮博物館裡處處可見請勿觸碰的標語，但有一個很特別的雕塑品陳列室邀請藝術愛好者用手去 16.觸摸這些作品。羅浮宮的觸覺展覽室針對盲人與視覺 17.受損的人而設，是博物館裡唯一沒有警衛或警鈴來阻止遊客們觸碰雕塑品的地方。其最新展覽作品是獅子、蛇、馬與老鷹的雕刻 18.收藏品，所展出的 15 隻動物，是館內別處知名藝術品「動物——權力的象徵」的複製品，19.以歷代帝王用來代表在位時的豐功偉業的動物為主題。此展覽在 2008 年 12 月開幕，20.預定展覽時間為 3 年左右。週末時段的導覽，小朋友可以蒙上眼睛來探索藝術。

(B) 16. (A) 安排，準備　(B) 在…上移動
(C) 帶走　(D) 撞掉

解析

run 是移動的意思，本句表示訪客的手可以觸摸藝術品。

(C) 17. (A)～(D) 損害

解析

考 adv. + V-en 形式的複合形容詞，所以本格用 the visually impaired 表示「視力受損者」，即視障人士。

(A) 18. (A) 收藏品　(B) 合作
(C) 完成　(D) 貢獻

解析

collection 常用來指稱博物館或美術館內的館藏品，故選(A)。

(D) 19. (A) 檢視　(B) 保護
(C) 代表　(D) 以…為特色

解析

本處使用 feature 來加以說明「動物——權力的象徵」此一展出的特色，故選(D)。

(A) 20. (A) is　(B) being
(C) has　(D) having

解析

主詞是 the exhibit，中間是補述，所以本格應接動詞，且 schedule 做預定之意時，通常以被動語態 be scheduled to V/for N 形式出現，故此題應選(A) is。

三、文意選填

第 21 至 30 題為題組

簡訊文 (又稱為聊天用語、簡訊語言、或簡訊聊天) 指的是時下年輕人經常使用的略語或俗語。簡訊文的 21.流行大多因為手機簡訊往來所需要的簡潔性，然而，這類文字在網路上，包括電子郵件或者即時訊息也都十分常見。

簡訊文沒有 22.標準規範，但通常會用單一字母、圖片或數字來代表整個字，例如 i <3 u 就使用了愛心圖案 23.符號 (<3) 來代表愛，而字母 u 就 24.代替 you。至於那些沒有常見縮寫方式的字，單字裡的母音通常會 25.去掉，讀者只能重新把母音加上去，才看得懂一連串的子音，因此，dictionary 就變成 dctnry，而 keyboard 就成了 kybrd。因為許多字或片語的縮寫形式相同，所以讀者必須依照前後文來理解 26.縮寫字。所以，如果有人說「ttyl, lol」，他的意思可能是指「待會聊，愛你喔」，而不是「待會聊，笑死我了」；如果有人說「omg, lol」，他很 27.可能是說「天哪，笑死我了」而非「天哪，愛你喔」。

簡訊文的出現很明顯是因為我們不想打太多字，也希望溝通能更 28.快速，但是，有人嚴厲 29.批評這類文字是在「戕害我們的語言」。有些學者甚至認為使用簡訊文令人光火，而且根本就是懶惰的行為，他們擔心這種使用簡訊文而得到的「打馬虎眼」習慣會導致學生越來越 30.不知道正確的拚字、文法與標點符號的使用方法。

(A) 迅速地 *adv.*	(B) 批評 *vt.*
(C) 可能地 *adv.*	(D) 縮寫的 *adj.*
(E) 代替 *vt.*	(F) 消去 *vt.*
(G) 標準的 *adj.*	(H) 無知 *n.* [U]
(I) 流行 *n.* [U]	(J) 符號 *n.* [C]

解析

(I) 21. The ______ of textese，空格中填入名詞，從前後

文可推敲出，此處在講簡訊文的風行，故選(I) popularity。

(G) 22. 此處應填形容詞；從後文說明中可看出，簡訊文的文字並沒有一定的方法，所以選(G) standard。

(J) 23. 此格應填名詞，選項(J)較符合此處文意，故選(J) symbol。

(E) 24. 此處應填入原形動詞，從文意上推斷，此格答案為(E) replace。

(F) 25. 此格應填入現在式的複數動詞，從文意推斷可知應選(F) remove。

(D) 26. 此格應填入形容詞，從前文可推斷此處指的是簡略過的文字，故應選(D) abbreviated。

(C) 27. 此處應填副詞，從文意上推斷，應選(C) likely。

(A) 28. 此格應填入副詞，從前後文推斷，此處文意應指使用簡訊文後溝通會變得更…，故選(A) quickly。

(B) 29. 此處應填過去分詞，說明目前已經出現的情況，從後文可推斷，應當是負面的評論，故選(B) criticized。

(H) 30. 此處應填名詞，根據文意，應選(H) ignorance。

四、篇章結構

第 31 至 35 題為題組

你每天早上都覺得沒勁嗎？你一大早的學習效率是不是很低？如果你是的話，你不是唯一。31.蟑螂也有一樣的毛病。蟑螂在晚上的學習能力比白天來得好。

為了找出蟑螂在何時的學習成效最佳，范德比爾特大學的研究人員針對牠們進行氣味 (薄荷和香草) 偏好的試驗。大多數的蟑螂都比較喜歡香草的味道。32.此外，該實驗也發現蟑螂喜歡喝糖水，不喜歡喝鹽水。因此，只要蟑螂接近薄荷的氣味，就有糖水可以喝，科學家就用這種方式來訓練蟑螂，使蟑螂喜歡上薄荷的味道。33.然而，要是蟑螂靠近香草味，科學家就會罰牠喝鹽水。

蟑螂若是在晚上接受訓練，牠們就能記住這個新關聯 (薄荷 = 糖水；香草 = 鹽水) 長達 48 個鐘頭之久。不過，若換成早上訓練，蟑螂很快就忘記這種氣味和水的關聯。34.由此結果可得知在什麼時間訓練決定蟑螂學習的成效。

所以說，蟑螂在晚上的學習力比在白天好。35.牠們通常在晚上時比較活躍，也往往在這個時候覓食。正因如此，蟑螂在夜晚所蒐集到的資訊可能會比較有用。這些實驗提供了一些關於身體模式、學習、記憶這三方面相互作用的線索。

解析

(E) 31. 空格後的句子主詞是 they，表示句中主詞是某個複數名詞，只有(E)選項的主詞是 cockroaches，故選(E)。

(D) 32. 空格前一句談蟑螂偏好香草的味道，空格後一句提到糖水，可見此格有先提到 sugar/salt water，故選(D)。

(A) 33. 前一句提到獎賞蟑螂，空格句應提及如何懲罰蟑螂，二句之間出現轉折詞 on the other hand，關鍵字是 reward 和 punish，故選(A)。

(B) 34. 第三段談夜間實驗的過程，空格句出現在本段最後一句，表示是實驗的結果，推論應會出現 result 這類的字，故選(B)。

(C) 35. 最後一段是本文的結論，為佐證蟑螂夜間學習較佳而提出一些相關證據，關鍵字為 more active 和 tend to search for food，故選(C)。

五、閱讀測驗

第 36 至 39 題為題組

以下報導刊登於 2007 年 2 月的報紙上。

2007 年 2 月 15 日，數百人湧入紐約市的知名火車站——中央轉運站，拿舊的一美元鈔票換購有華盛頓總統肖像的新一元錢幣。金色硬幣的發行是美國鑄造局所推出的一系列向美國歷任總統致敬活動的序幕，鑄造局決定一年發行四款一元的總統錢幣，一直持續到 2016 年為止，這些錢幣會依照歷任總統的順序發行。華盛頓錢幣是首批發行的硬幣，亞當斯、傑弗遜、麥迪遜這三套硬幣會在今年稍後推出。

一元總統硬幣有項特殊的設計。自從 1930 年代以來，美國的錢幣首次在邊緣上刻字，包括硬幣發行年份和傳統的座右銘。每一枚硬幣的正面會有不同的總統肖像和名字，另一面則是自由女神像，以及「美利堅共和國」和「一元」等字樣。

關於這類錢幣有些趣聞。首先，除了克利夫蘭以外，每位總統都會有相對的一元硬幣，惟獨克利夫蘭的硬幣會有二套！他是唯一一位以不連任方式擔任過兩任總統的人。目前預定最後發行的是福特的硬幣，這是因為過世的總統肖像才能出現在硬幣上，而且死亡的時間還得至少兩年才行。

(D) 36. 根據此篇報導，2007 年年底時，預計共發行了幾套總統一元硬幣？

(A) 一套。　(B) 二套。
(C) 三套。　(D) 四套。

說明

第二段第三句提到「The Mint will issue four presidential US $1 coins a year . . .」，指出每年會發行四套，故選(D)。

(B) 37. 鑄造局為何要發行此款一元硬幣？

(A) 回應美國人民的要求。
(B) 紀念美國已故總統。
(C) 吸引更多火車通勤族。
(D) 促進紙鈔的交易。

說明

第二段第二句提到「**. . .** by the U.S. Mint to honor former U.S. presidents.」，指出目的是向前總統致敬，故選(B)。

(A) 38. 新的美國一元硬幣正面可能會有什麼？
(A) 美國總統的名字。 (B) 該硬幣的製造年份。
(C) 自由女神像。 (D) 英文諺語。

說明
第三段第三句提到「Each coin will show a different president on its face. It will also show the president's name.」，指出正面是人像和名字，故選(A)。

(C) 39. 關於總統硬幣的敘述下列何者可以推論出來？
(A) 福特總統的紀念幣在 2008 年發行。
(B) 美國鑄造局目前已經發行了所有總統的硬幣。
(C) 歐巴馬總統的紀念幣尚未發行。
(D) 總統紀念幣的發行時間是在總統任期結束後的兩年。

說明
❶ 最後一句提到「**. . .** a president must have been deceased for two years before he can be on a coin.」，說明總統於死後兩年才會發行硬幣，歐巴馬還在世，當然不會發行他的硬幣，故選(C)。
❷ 選項(A)無法得知，從最後一段只能知道其為最後發行，所以是在 2016 年。
❸ 從最後一段只知道發行到福特總統，並沒有發行全部總統，故(B)為錯誤選項。
❹ 在最後一段提及，是在總統死後兩年才會發行硬幣，故(D)為錯誤選項。

第 40 至 43 題為題組

報業不斷試圖挽救讀者量下滑的趨勢。法國日前推出了一種新奇的方式——贈送免費報紙讓年輕讀者試閱，藉以培養穩定讀者群。法國政府最近推出「我的免費報紙」的計畫，在此計畫之下，18 到 24 歲的年輕人可獲贈自己喜愛的報紙一年份。

法國的閱報率非常的低，年輕人尤為如此。一項政府研究指出，2007 年 15 到 24 歲的年輕人中只有一成會每天閱讀付費報紙，相較十年前有兩成有閱讀習慣。

法國歷史最悠久的第二大報《費加洛報》前媒體編輯 Emmanuel Schwartzenberg 對政府這項計畫持保留態度。他認為在廣告業急速衰退之際，報業應做的是想辦法從讀者身上賺取更多利益，而非發送免費報紙。Schwartzenberg 表示「這樣只是強化民眾『報紙是免費的』的錯誤概念。」

法國各年齡層的民眾已有很多管道可免費讀報，包括報紙網站以及每天在各市中心發送的免費報紙。有些部落客認為政府的新措施只會吸引那些本來就有在閱報、買報的少數年輕人。

法國政府計畫針對年輕讀者及他們的父母，用廣告宣傳推廣這項計畫。然而，當被問到要使用何種主要管道刊登廣告吸引年輕讀者讀報時，政府的答案是：「網路」。

(C) 40. 為什麼法國政府決定要實行免費報紙計畫？
(A) 為了對抗經濟不景氣。
(B) 為了尋求年輕人的支持。
(C) 為了增加報紙讀者量。
(D) 為了增進法國的識字率。

說明
由文章第一段開頭的「**. . .** stop a seemingly nonstop decline in readers.」，可知此計畫的目的是增加報紙讀者量，故選(C)。

(D) 41. 下列何者可從本文推論而來？
(A) 每個人都認為政府的計畫很有創意。
(B) 閱報率在其他國家比較高。
(C) 研究顯示年輕人對時事完全沒興趣。
(D) 發送免費報紙不是那麼強烈的誘因來吸引讀者。

說明
❶ 由第三段可知道有人對此計畫持保留態度，故(A)為錯誤選項。
❷ 本文並無提及(B)。
❸ 第二段提及有一成的年輕人會每天讀報，所以不是對時事完全沒興趣，故(C)為錯誤選項。
❹ 由第四段可以得知(D)為正確解答。

(A) 42. Schwartzenberg 對此計畫的態度是？
(A) 懷疑的。 (B) 專心一致的。
(C) 樂觀的。 (D) 不感興趣的。

說明
根據第三段第一句的「strong reservations」可推知 Schwartzenberg 的態度應該是懷疑的，故選(A)。

(D) 43. 根據本文，最有可能在哪裡看見有關這個在法國推行的免費報紙計畫的消息？
(A) 雜誌。 (B) 部落格。
(C) 報紙。 (D) 網路。

說明
本文最後一個字 Internet 即為答案，故選(D)。

第 44 至 47 題為題組

咖啡專家願意為了高品質的咖啡豆付出大筆的錢。極品咖啡豆如 Kona 或藍山都是出了名的貴。之後又有 Kopi Lowak (譯為麝香咖啡)，此為世界上最貴的咖啡，0.25 磅要價 50 美元。

因為 Kopi Lowak 年產量大約只有 500 磅，所以這並不特別驚人。令人吃驚的是這種咖啡如此稀有的原因。事實上，稀少的不是這個植物，而是麝香貓的糞便。沒錯，此種咖啡來自麝香貓的排泄物。一般的咖啡豆要經過被消化，再隨著麝香貓的排泄物一起排出之後才會變成 Kopi Lowak。

麝香貓是一種住在樹上，貌似浣熊的小動物，原產於東南亞及印尼島嶼上，非常愛吃咖啡豆。Kopi Lowak 供應商表示，麝香貓會把整粒果實吃下去，但只消化外層果肉。雖然咖啡豆保存完好，它們會在此動物體內被「加工」。一種在麝香貓消化系統內的化學物質會改變咖啡豆，讓它們有一種特殊香氣。然而，這不是讓從麝香貓糞便取出的咖啡豆有特殊香氣的唯一原因。另一個可能的理由是麝貓有一種可靠的本能可以挑選出最成熟的咖啡果實。

據說 Kopi Lowak 有一種不同於其他咖啡的味道，是一種混合著焦糖味和一般泥土或濃厚的野味。目前，雖然有一些美國的市場也開始大量購買 Kopi Lowak，但是大部分的 Kopi Lowak 都銷往日本。

(C) 44. 第二段的 This 指的是甚麼？
(A) 麝香咖啡。
(B) 藍山咖啡。
(C) Kopi Lowak 的高價格。
(D) Kona 的獨特口味。

說明

由第一段最後一句提到「**. . .** sells as much as US $50 per quarter-pound.」，得知指的是麝香咖啡售價昂貴，故選(C)。

(A) 45. Kopi Lowak 為什麼昂貴？
(A) 咖啡豆供應有限。
(B) 結出該種豆子的咖啡樹很稀有。
(C) 該種咖啡豆要花很長的時間才能熟成。
(D) 只有少數的專家知道如何生產該種豆子。

說明

第二段第一句提到「**. . .** approximately 500 pounds a year **. . .**」，指出其每年全球生產量僅五百磅，故選(A)。

(D) 46. 第三段主要的討論重點為何？
(A) 為什麼麝香貓喜歡咖啡豆。
(B) Kopi Lowak 的主要產地在哪裡。
(C) 在麝香貓的消化系統中發現何種化學物質。
(D) 麝香貓如何將咖啡果實變成 Kopi Lowak 豆子。

說明

第三段整段談論從麝香貓吃咖啡果實到消化進而產出 Kopi Lowak 的過程，故選(D)。

(B) 47. 根據本文，下列敘述何者為真？
(A) 小麝香貓只吃咖啡果實的外皮。
(B) 麝香貓就是會知道咖啡豆何時會成熟。
(C) Kopi Lowak 在東南亞和印尼最受歡迎。
(D) Kona 和藍山是最貴的咖啡但是品質中等。

說明

❶ 根據第三段第三句可知牠們是將咖啡果實整顆吃進去，故(A)為錯誤選項。
❷ 根據第三段最後一句「**. . .** palm civets have an unfailing instinct for picking the coffee cherries at the peak of their ripeness.」，可知(B)為正確解答。
❸ 東南亞和印尼群島是麝香貓的原生地，故(C)為錯誤選項。
❹ 由第一段第一句得知 Kona 和藍山不但價錢高，品質也很高級，故(D)為錯誤選項。

第 48 至 51 題為題組

Gunter Grass 是 1999 年諾貝爾文學獎得主。他的才華在許多領域皆有所展露—他不只是小說家、詩人和劇作家，也是知名的畫家和雕刻家。如他自己所強調的，他的創作與其獨特的個人歷史有關。他的父親是個在二戰期間加入納粹黨的德國人，然而他的母親卻是個波蘭人。因此，他一直為矛盾情緒所苦：既身為曾經受害的波蘭人，也身為一個加害波蘭人而有心存罪惡之人。內心的折磨使得他譴責納粹黨，而其政治激進主義始終持續表現在他的事業上。由於他致力於支持和平運動和環保運動，且其對於正義永不止息的追求，讓他被譽為「國家的良心」。

在 1996 年的春天，他去義大利旅行的期間，因受到啟發而用他的水彩筆直接在其中一幅畫作上寫出一首詩。不久，他的「水彩詩」作品集就問世了。繪畫和文學是他主要的創作形式。對他來說，繪畫是一種具備具體與感官要素的創作形式，而寫作則是個辛苦且抽象的過程。當他無法用文字來表達其想法時，繪畫可以幫他表達出千言萬語。如此一來，Grass 不只創作出關於他生命中熱愛之物的簡單描述，如甜瓜、蔬菜、魚和磨菇，而且使用它們作為各種心理聯想的象徵。譬如，為了表達現實的複雜，他有時會把不相干的物件畫在同一幅畫作中，像是一隻小鳥與一隻家蠅，或是一朵磨菇和一根釘子。Grass 除了描繪過各式各樣的自然風景、動植物，甚至是德國鄉村的手工工藝品，也會在詩中描寫它們，透過其文字使畫作更富有文學價值。

(A) 48. 當 Grass 年輕時，什麼造成他感到困惑、煩惱？
(A) 他是一名納粹黨員和一名受害的波蘭人之子。
(B) 他發現自己和二個反對政黨對抗。
(C) 雖然他想當詩人，但卻被訓練成為藝術家。
(D) 他天生過於才華洋溢以致於無法選擇人生方向。

說明

第一段分別提到「His father was a German who joined the Nazi party **. . .** he constantly suffered contradictory feelings **. . .**」，指出 Grass 因為自身的出身背景而有矛盾的情感，故選(A)。

(B) 49. 為什麼 Grass 被譽為「國家的良心」？
(A) 他迫害波蘭人和批評納粹。
(B) 他是和平與正義的大力支持者。

(C) 他曾透過詩作表達對波蘭人的高度同情心。

(D) 他加入納粹黨並對國家展現高度忠誠。

說明

第一段最後一句提到「His commitment to the peace movement . . . his unfailing quest for justice . . .」，可得知 Grass 被譽為「國家的良心」是因為他主張和平、追求正義，故選(B)。

(C) 50. Grass 的義大利之旅為什麼對他很重要？

(A) 他受到一位義大利藝術大師的啟發。

(B) 他在那裡培養出畫簡單物品的新興趣。

(C) 在這趟旅行中，他發展出一種新的形式來創作詩。

(D) 他發現一個新方式來解決納粹黨和波蘭人之間的衝突。

說明

在第二段中提到「. . . he was inspired during a trip to Italy to write a poem with his watercolor brush directly on one of his paintings . . . a collection of his 'water poems' was born.」，可知 Grass 在這趟義大利之旅中得到新的創作靈感，故選(C)。

(D) 51. 根據這篇文章，下列敘述何者正確描述 Grass 詩作的特色？

(A) 他多數的詩都在描述納粹的殘酷。

(B) 其詩作的主題讓他贏得諾貝爾和平獎。

(C) 在他畫作上的詩通常和真實世界的物體無關。

(D) 他詩中的想法藉助其畫作更能徹底展現出來。

說明

在第二段中提到「When he cannot find words to convey his thoughts, painting helps him find the words to express himself.」，可知 Grass 會透過畫作表達想法，故選(D)。

◆ 第貳部分：非選擇題

一、中譯英

1. In the past twenty years, the birth rate of our country has declined rapidly/has been in steep decline.

說明

❶ 時態：談近年的狀況用現在完成式

❷ 過去…年以來 In/For/Over the past/last + 時間

❸ 出生率 birth rate

❹ 快速下滑 decrease sharply/rapidly/dramatically; be in steep decline

2. This may cause a severe shortage of human resources/manpower in the future.

說明

❶ 時態：預測可用現在式或未來式

❷ 表示「可能」，可用助動詞 may 或副詞 probably

It may/might happen. (有助動詞時使用原形動詞)

It probably happens. (有副詞時則動詞搭配主詞)

❸ 導致 cause/lead to/result in/bring about

❹ 人力資源 human resources; manpower

❺ 某物短缺 a shortage/lack of + N

二、英文作文

作文範例

I cannot forget the smell of the hospital where my mother was staying ten years ago. When I was an elementary school student, my mother had a fever and was admitted to the hospital. She stayed in the intensive care unit for a hundred days. During that time, she couldn't talk because she was hooked onto a breathing machine. My father then took me to the hospital to see her almost every night. Whenever I entered the ICU, I found an irritating smell in the air. How poor my mom was! She had no choice but to lie still all day long. Therefore, I'd keep talking to her, trying to make her feel comfortable when I was there. Unfortunately, my mother breathed her last breath on Christmas Eve. At that moment, Dad just held me tight, but we didn't shed a tear.

As time goes by, my memory blurred. However, the smell of the ICU is clear and distinct. I can never pass by a clinic or a hospital without being affected by the uncomfortable smell, which always reminds me of my mother, who suffered so much while alive. Till today, whenever I think of my loving mother, I was reminded of the unpleasant smell even though she has left us for years.

說明

第一段：描述你在何種情況下聞到此種氣味，以及你初次聞到這種氣味的感受，動詞時態應用過去式為宜。

Topic sentence: I can never forget the smell of ______.

Supporting idea: 說個故事，包括時間、地點、場合、對象，利用明喻或暗喻形容出此種氣味。

第二段：描述此種氣味令你難忘的理由，動詞時態應用過去式為宜。

Topic sentence: The reason why I still remember the smell is that ______.

Supporting idea: 強調氣味與人之間的情感連結。

Conclusion: 我將永遠記得這個氣味。

指考英文模擬實戰一試題詳解

◆ 第壹部分：單選題

一、詞彙題

(A) 1. Penelope 要對妹妹惡作劇時，臉上掛著頑皮的笑容。

(A) 頑皮淘氣的 (B) 知識淵博的
(C) 女性的 (D) 巨大的、極好的

解析

❶ 由惡作劇可知，Penelope 臉上掛的應該是頑皮搗蛋的笑容，故選(A) mischievous。

❷ play a joke on sb 對某人惡作劇

(D) 2. 隨著房價升高，人們不再負擔得起買房子或公寓的錢。

(A) 增強 (B) 更新、刷新
(C) 一閃而過 (D) 逐步上升

解析

❶ 由後句得知人們買不起房子或公寓，可推斷房價是節節高升的，故選(D) escalates。

❷ afford to V/N 能負擔起做…的錢

(B) 3. 最近被拍到秘密戀情的男演員在自家公寓外遭到一群記者的埋伏。

(A) 改變、轉變 (B) 埋伏
(C) 說明 (D) 揭露、曝光

解析

❶ 男演員的婚外情被在公寓外的記者偷拍到了，可知這些記者是埋伏在外的，所以選(B) ambushed。

❷ catch sb/sth on camera 拍到…

(C) 4. 這位植物學家前往亞馬遜河的深處，以期能收集到更多稀有物種的樣本。

(A) 誘因 (B) 熟人
(C) 樣本 (D) 分佈

解析

❶ 由前句可知植物學家前往亞馬遜河流域，可判斷他是去尋到植物樣本的，故選(C) specimens。

❷ rare species 稀有物種

(A) 5. 隨著冷鋒的靠近，預計氣溫會急遽下降至零度以下。

(A) 急遽下降 (B) 放鬆
(C) 到期 (D) 減少

解析

❶ 由前半句可知冷鋒靠近，推斷本句要選(A) plunge，表示氣溫快速下降。

❷ 氣溫的下降會搭配 drop/fall/go down/plummet/plunge 等字，不會和 diminish 連用。

(D) 6. 大部分人對這名外國人能如此流利地說當地語言感到很驚訝。

(A) 沉思 (B) 堅決要求
(C) 感謝 (D) 流利

解析

❶ 前後文可以看到人們對這名外國人的優秀語言能力感到驚訝，故選(D) fluency。

❷ with fluency = fluently 流利地

(C) 7. 首相最新的發言和他以前的行為不一致，這相當地奇怪。

(A) 傾向 (B) 遵守
(C) 一致 (D) 小心、提防

解析

❶ 後半句說這件事很奇怪，所以可以推測首相的發言和行為不一致，故選(C) correspond。

❷ correspond to N 與…一致

(C) 8. 古代的埃及人藉由製作木乃伊完善了屍體的保存，如此來防止屍體的腐壞。

(A) 推斷、推論 (B) 道德
(C) 保存 (D) 短缺

解析

後半句提到可以防止屍體腐壞，推論前句是在講木乃伊製作與保存屍體，故選(C) preservation。

(B) 9. 這個線上購物網站很受歡迎，因為其允諾最高品質的商品和即時的運送。

(A) 足夠的 (B) 即時的
(C) 奇跡般的 (D) 至高無上的

解析

❶ 前半句提到線上購物網站很受歡迎可推論商品品質很好且貨品的遞送很即時，故選(B) prompt。

❷ prompt delivery 即時的運送

(D) 10. 對大多數的西方人來說，婚姻誓言在婚禮中扮演不可或缺的角色，因為它們見證了夫妻對彼此的愛。

(A) 膚淺的 (B) 熱情的
(C) 頑固的 (D) 不可或缺的

解析

❶ 後半句提到婚姻誓言見證夫妻對彼此的愛，可得知誓言在西方人婚禮中的重要角色，因此答案選(D) indispensable。

❷ bear witness to N 見證了…

二、綜合測驗

第 11 至 15 題為題組

河馬龐大的體型、兇猛的天性，和整天在水裡滾來滾去的習性廣為人知。然而，河馬還有另一個 11.尤其獨特之處，牠們紅色的「汗」，西方探險家將其稱為「血汗」。不過，這種紅通通的物質其實並不是汗。人類和其他動物會排汗以免中暑，而「血汗」則有另外兩個獨特的功用。

河馬無毛、柔軟的皮膚雖然適合游泳，但卻對非洲的烈日很敏感，12.這也是為何河馬白天喜歡在水下，到晚上才出去覓食。但，有時河馬仍必須在白天離開水的13.保護以覓得更多食物。「血汗」的14.作用如天然的防曬乳，保護河馬的皮膚不被曬傷。

河馬的「汗」的另一個有趣的特徵，是它有很強的抗菌特性。河馬通常不是在水裡悠哉，就是在和彼此打架。河馬兇猛的天性是牠們造成的死亡人數多於任何其他大型動物15.的原因，甚至給了牠們對人類最危險的非洲動物的名聲。在河馬的一生中，受重傷是無可避免的，而「血汗」可以避免牠們在受傷後不會因受感染而死亡。

(B) 11. (A) 幸運地 (B) 特別、尤其
(C) 幾乎不 (D) 大致地

解析

本段首句提到河馬有名的特徵，如體積很大等。此句則進一步點出河馬紅色的汗這個更加不同的特色，故選(B) particularly。

(C) 12. (A) that (B) what
(C) which (D) whose

解析

上一句提到河馬柔軟無毛的外皮對太陽很敏感，該句被視為一件事，做為下句話的主詞，用關係代名詞 which 連接兩句，當先行詞為整件事時，需在 which 前加上逗點，故選(C)。

(D) 13. (A) 入侵 (B) 領域
(C) 障礙 (D) 保護

解析

上一句提到河馬整日泡在水中躲避太陽的照射，這一句用 though 轉折，可得知河馬有時候會在白天離開水的保護去覓食，故選(D)保護。選項(B) realm 一般指的是興趣或活動的領域或範圍，而非用在指地區。

(A) 14. (A) 擔當、做為…之用 (B) 融入
(C) 丟棄 (D) 包裹住

解析

本段旨在說明河馬的血汗可以保護他們的皮膚不受陽光的傷害，故選(A) acts as，表示血汗做為天然防曬乳之用。

(B) 15. (A) 適合… (B) 負責…
(C) 遭受 (D) 反對

解析

上半句提到河馬的攻擊行為讓他們被視為是相當危險的動物，下一句則提到許多人的死亡，可知河馬是要為奪走許多人的性命負責的，故選(B)。

第 16 至 20 題為題組

提到電玩系列中的大作時，你第一個想到的是什麼？是任天堂的瑪莉歐還是薩爾達？或是決勝時刻系列？別忘了，還有大受歡迎的英雄聯盟。以上的系列作品中，任何一個要16.自誇是有史以來最暢銷的電玩遊戲都是合理的。然而，以上這些作品都不是有史以來最暢銷的電玩遊戲。17.真正最暢銷的，是一款其貌不揚的益智小遊戲，叫俄羅斯方塊。

俄羅斯方塊由俄國的遊戲設計師 Alexey Pajitnov 寫成，並在 1984 年首次發表。遊戲大略上是要將四個方塊隨機生成的圖型降下、旋轉，試圖湊齊一條線。18.完成的線會消失，從而避免螢幕被圖型占滿導致遊戲結束。玩家可以利用一次湊齊多條線或是儘可能拉長存活時間以獲得分數。

這款簡單但成癮性極高的遊戲，直到 1989 年任天堂 GameBoy 發表後才開始19.走紅，並成為史上最受歡迎的遊戲之一。全球銷量總計約有一億七千萬，是有史以來最暢銷的遊戲，20.擁有超過一億次的付費下載次數也讓它成為最暢銷的手機遊戲。這證明了簡單的構想常常是最有商機的。

(A) 16. (A) 有 (令人自豪的東西)
(B) 繼續
(C) 奉承
(D) 闡釋

解析

本題前方提到許多很有名的遊戲，如超級瑪莉和決勝時刻等，本句又說到這些遊戲系列擁有史上最暢銷的遊戲是很合理的推測，故選(A) boasts，而且 boast 做為有令人自豪的東西此意義時，後方可以名詞或 V-ing。

(D) 17. (A) 畢竟 (B) 因此
(C) 在這種情形下 (D) 事實上

解析

上一句提到史上最暢銷的遊戲並不是本段前半所提到的任何一個遊戲，本句則說到是俄羅斯方塊，可知本句是對上一句的進一步說明解釋，而選項(D) in fact 正是用在做進一步說明，故選(D)。

(C) 18. (A) 變形的 (B) 標記的
(C) 完成的 (D) 修正的

解析

上一句 **. . .** to complete lines by dropping and rotating random four square shapes，可知道遊戲目的是要完成完整的橫列，所以本題選(C) Completed。

(D) 19. (A) 漸弱 (B) 離去
(C) 炸毀 (D) 走紅

解析

下一句提到俄羅斯方塊透過任天堂 Gameboy 的發行成為史上最受歡迎的遊戲，可知本句應選(D) take off。本句用到 not **. . .** until **. . .** 的句型，意義為直到…才，指直到此主機的發行讓這個小但容易讓人著迷的遊戲到 1989 年才突然走紅。

(A) 20. (A) 因為、有著 (B) 藉由
(C) 在…裡面 (D) 除了…以外

解析

本句前半說到俄羅斯方塊的成功，故選(A) with，表示

因為有著超過一億付費下載量，所以是史上最暢銷的遊戲。

三、文意選填

第 21 至 30 題為題組

沒幾種動物能比蠍子更嚇人。蠍子有八隻腳，再加上一對鋒利的螯和一根分節的毒尾巴，看起來確實 21.可怕。然而，在可怖的外表下，潛藏著大量的醫學用途及未被探究的知識，能讓醫學 22.進步。

蠍子尾巴上的螯針能注射數種毒素的混合液，也就是毒液，目標非死即 23.傷。蠍子藉此捕捉獵物。蠍子的毒液擁有多種獨特的化合物。這些化合物能用來 24.製造藥物。有幾種毒液非常珍貴，以致於巴基斯坦的大型毒蠍一隻要價可以超過五萬美元。

蠍氯毒素研究大概是對蠍子的毒素做過最重要的研究。蠍氯毒素能在以色列金蠍的毒液中找到。幾種可以診斷、治療乳癌等癌症的 25.技術，因為蠍氯毒素而得以發展、應用。蒙古正鉗蠍的毒液是另一種重要的毒液，它被發現含有強效、抗微生物的化合物，和專門消滅瘧疾的數種蛋白質，這幾種 26.物質很有可能可以用來製造對抗瘧疾的新藥。

不同種類的蠍子根據自己的飲食 27.調整，創造出自己獨特的毒素配方。但只有鉗蠍科的蠍子有受廣泛地研究。其餘 12 科蠍子皆未被研究。然而，最近，在澳洲的一支研究團隊 28.收集了超過 1500 種蠍子的毒液，以在其中尋找更有用途的物質。他們在毒液中發現許多前所未見化合物，有些讓人 29.麻木，故能拿來研發新的止痛劑；有些可造成 30.極度的痛苦，故有可能可以讓我們更了解痛覺是如何作用的。許多驚人的突破即將到來。

(A) 製造 *vt.*	(B) 適應 *vi.*
(C) 技術 *n.* [C]	(D) 物質 *n.* [C]
(E) 康復 *vt.*	(F) 進步 *vt.*
(G) 麻木 *n.* [U]	(H) 收集 *vt.*
(I) 極度的 *adj.*	(J) 很可怕的 *adj.*
(K) 使傷殘 *vt.*	(L) 令人失望的 *adj.*

解析

(J) 21. 前面提到蠍子是嚇人的動物，有螯和有毒的尾巴，可得知蠍子是很可怕的動物，故選形容詞 (J) terrifying。

(F) 22. 前方提到蠍毒有大量的醫學用途及尚未開發的知識，可知能對醫學有正面影響，故選符合此條件、可放在前方 to 後的原形動詞(F) advance。

(K) 23. 本格和動詞 kill 被 either . . . or . . . 所連接，可知需在詞性和意義上選相近的字，故選原形動詞(K) disable。

(A) 24. 本格出現在名詞 medicines 前方，are used to (被用來…) 的後方，可得知需選一原形動詞，故選(A) manufacture，表示蠍子的毒液被大量用來製造藥品。

(C) 25. 由前方 a number of 可知本格需選一可數複數名詞，後面說到被用來診斷和治療一些癌症，故選(C) techniques，指新技術被研發出來。

(D) 26. 本題應選可數複數名詞，因此本處為 make + O + OC 的用法，表示使…成為…，補語為 promising candidates；前半句有提到 compounds 和 proteins 皆為物質，故選(D) substances。

(B) 27. 本處後有 to their diet，而選項中唯有 adapt 後方接 to N，用法為 adapt + O + to N，意義為改動…以適應…，故選(B) adapted，此處 adapted to their diet 為分詞構句，可還原為 which are adapted to their diet。

(H) 28. 前方有 has been，得知需選過去分詞，並根據上下文選(H) collected，表示澳洲團隊收集到了更多的蠍子毒液來做研究。

(G) 29. 本題在及物動詞 cause 後方，需選名詞；且下方說可以被用來製造止痛藥，故選(G) paralysis，因為若麻木無感覺當然很適合做止痛藥。

(I) 30. 本題在動詞和名詞中間，選一形容詞(I) extreme，表示會造成極大的痛楚。

四、篇章結構

第 31 至 35 題為題組

2015 年 12 月 8 日，服飾品牌巨頭 The North Face 及 Esprit 的創辦人 Douglas Tompkins 在智利、阿根廷邊界的卡雷拉將軍湖划著獨木舟。卡雷拉將軍湖四面被群山環繞，有自己的微氣候，天氣陰晴不定，夏季氣溫很少超過攝氏 4 度。31.要在這種狀況下划獨木舟，對一個年輕、強壯的冒險家來說已經不容易，對 72 歲的 Tompkins 更是一大挑戰。風速每小時 60 公里的陣風突然轉向，導致他的獨木舟翻覆。Tompkins 在獲救前已在冰冷的湖水中待了超過一個小時。32.他在到達醫院前就已停止呼吸，到達後馬上被宣告死亡。

Tompkins 最廣為人知的是他在時尚產業的商業活動，然而，自從在 1989 年出清他的連鎖企業 Esprit 的持股後，他也是重要的生態保育倡導者。33.他倡導的重點在南美洲，他曾多次到南美洲旅行，並在那爬山、划獨木舟、滑雪。1990 年，他創辦深層生態學基金會，以推廣環境行動主義。1992 年，他成立土地保護信託基金，成立宗旨為保護包括智利及阿根廷境內諸多地區的自然環境。

Tompkins 用他的財富購買了多片廣大的野地，免於它們被人類活動破壞。34.這樣的舉動被認為是在妨礙當地居民的經濟活動，在智利及阿根廷造成爭議。縱然受阻，為了設立不受人類干擾的自然公園，Tompkins 堅持了下來。普馬林公園，一片八十萬英畝的瓦爾迪維亞溫帶雨林，和科爾科瓦杜國家公園，一片原訂要被砍伐的超過二十萬英畝的原始森林，都是實例。

[35] Tompkins 在世時買了超過兩百萬英畝的土地，分布在智利及阿根廷的十二座公園。這是能與他的奉獻精神相稱的遺贈了。他去世的隔天，智利政府宣布普馬林公園升格成國家公園，十分到位地表態鼓勵人們樂觀地看待地球的未來。

解析

(A) 31. 本段在講導致 Tompkins 死亡的泛舟事件，上句在講地形氣候的不佳，下句講到他的小舟翻覆，故選(A)，表示划獨木舟對其他年輕人已相當困難，對上了年紀的 Thompkins 來說更是難上加難，來帶出接下來的死亡事件。

(E) 32. 上句提到小舟翻覆讓他在寒冷湖水中超過一小時，可知下一句會是很糟的情況；再者，最後一段有提到 Tompkins 已經過世，所以選(E)，表示他被送到醫院時已經死亡了。

(D) 33. 本段前面提到這位商業鉅子賣掉了他的公司，而本題後面則提到他開始在南美洲的智利和阿根廷成立許多生態機構，故選(D)來轉折，本句提到他的重心在南美洲的南部。

(F) 34. 本題關鍵在下一句 Despite resistance，可以得知他的努力在南美洲遭到反對，故選(F)，內文有提到他的這些舉動是相當有爭議的 (controversial)。

(B) 35. 最後一段在總結他的慈善努力，還提到他死後智利政府如何對他表示感激，故選(B)，內文提到他的行為是 worthy legacy for such a dedicated man。

五、閱讀測驗

第 36 至 39 題為題組

如果有人問你，太陽系中哪顆星體最有可能有生命存在，你的答案會是什麼？大多數人會回答火星。的確，火星與地球有許多相似之處，但在利用望遠鏡、太空船，和機器人做出眾多觀察後，火星存在生命的機率似乎十分渺茫。

許多科學家現在認為，繞行著木星，一顆氣態巨行星，的一顆衛星——木衛二——是最有可能孕育生命的候選者。雖然木衛二比地球小很多，離太陽也更遠，但卻擁有液態水、數種化學建構單元，及能量來源，三樣生命不可或缺的基本要素。

木衛二表面被一層數公里厚的冰包覆，但據信在冰面下有一層深度超過一百公里的液態水。而且，與地球上離子豐富的海洋相似，木衛二的水體中也富含如鎂、鈉、鉀、氯等的離子化合物。

有一說，地球上的生命源自於數種化學建構單元。這些化學建構單元是在地球早期透過化學反應隨機結合而成。木衛二表面的冰層不斷受來自木星的輻射衝擊，正好讓氧、過氧化氫、二氧化碳、二氧化硫這些建構單元得以形成。這些化合物在表面下的海洋中，有可能可以與海床的岩石反應，釋放出其他能供生命體使用的營養物。

最後，所有生命都需要能量來移動和生殖。木衛二繞行木星的軌道是橢圓形，所以衛星和木星間的距離會不斷改變。再加上木星龐大的引力場，導致木衛二不斷變型，產生內部的摩擦力，進而使木衛二內部產生熱能。熱能有可能就是木衛二的海洋不會凍結的原因，讓生命有可能產生。

木衛二已達到三個支持生命延續的首要條件。之後，只有時間能告訴我們，在木衛二的水體中是否真有的外星物種。

(A) 36. 下列關於木衛二的敘述何者正確？
(A) 它是木星的衛星，位於太陽系。
(B) 它的體積與地球相近。
(C) 木衛二與地球有很多相像之處。
(D) 木衛二的熱來自外部。

說明

❶ (A)正確，線索在第二段第一句，Europa, a moon orbiting the gas giant, Jupiter . . .。

❷ (B)錯誤，Europa 比地球小很多，不是同樣尺寸，線索在第二段第二句。

❸ (C)錯誤，根據文章第一段第三句，火星是和地球很相似。

❹ (D)錯誤，Europa 的熱是來自內部，而非外部，線索在文章倒數第二段，倒數第二句，. . . heat within Europa。

(B) 37. 文章作者如何起頭？
(A) 從近期在火星的發現說起。
(B) 談論在火星發現生命是不大可能的。
(C) 駁斥太陽系除了地球外還有別的生命存在。
(D) 指出科學家相信火星上有生命存在。

說明

作者在第一段提到大多數人認為火星可能有外星人，但是目前為止並無證據顯示如此，故選(B)。

(C) 38. 第五段的「this」表達的意思為何？
(A) 所有生命都需要的能量。
(B) 木星龐大的重力場。
(C) 木衛二的橢圓形軌道。
(D) 木衛二的內部摩擦及熱能。

說明

此處的 this 指的是上一句的 Europa 的軌道形狀是橢圓形的，所以有時比較靠近木星，有時則離的比較遠的這個事實，故選(C)。

(D) 39. 關於木衛二上有可能出現的生命體，以下何者正確？
(A) 他們很有可能不需呼吸氧氣。
(B) 他們很有依靠太陽能維生。

(C) 他們很有可能像地球上的生命體一樣活在陸地上。

(D) 他們很有可能活在一層厚冰下的液態水中。

說明

❶ 第四段有提到 Europa 上有氧氣 (oxygen)，而且全文也沒有提到這些生物可能呼吸什麼氣體，(A)錯誤。

❷ 文章有說到 Europa 外層有一層很厚的冰，而且內文也有提到 Europa 的能量來自內部，(B)錯誤。

❸ Europa 上的生物應是住在水中，而非陸地上，(C)錯誤。

❹ 從全文最後一句 **. . .** are alien species swimming about in its waters，可得知作者認為這些生物是水棲生物，(D)正確。

第 40 至 43 題為題組

1971 年，為了研究權力知覺的影響，心理學家 Philip Zimbardo 創造了一場心理實驗，模擬獄卒及囚犯之間的動態。我們現今稱這場實驗為史丹佛監獄實驗。為了進行實驗，Zimbardo 在史丹佛大學心理學系的地下室規畫了一座假監獄。受試者從因看到當地廣告而來的 70 位大學生中挑選。以訪談及人格測試剔除掉有心理問題、健康問題，及藥物濫用紀錄的申請者後，剩餘的 24 位申請者被選中參加實驗。

志願者們被指派兩種身分：獄卒和囚犯。實驗開始那天，囚犯被無預警「逮捕」，送進「監獄」，由獄卒處置。囚犯被脫光、剃髮，再被蒙眼帶到牢房，身上只穿一件袍子。獄卒則被配發制服，並被要求使用除了暴力之外的一切必要手段來維持監獄的秩序。

令人訝異的是，兩組人迅速進入他們的新角色。獄卒尤其是如此，他們在實驗開始沒幾個小時就開始騷擾囚犯。囚犯被辱罵，又被要求要完成毫無意義的任務。囚犯也隨即扮演起他們的角色。他們會談監獄中的話題，還會向獄卒打獄友的小報告，並且嚴格看待監獄的規則。

第二天，囚犯叛變。他們將牢房堵起，在裡面防守。獄卒用武力因應。牢房被攻破後，獄卒把囚犯脫光、沒收他們的床鋪，再將起事者關禁閉。三十六小時後，一名囚犯已明顯地精神崩潰，因而被釋放。實驗原本預計會持續兩個禮拜，但在開始六天就被喊停。原因是 Zimbardo 的女友在看到實驗的錄影後，威脅要上報當局。

史丹佛監獄實驗展示了人們有多容易遵從於他們所被期望的社會角色，也彰顯了在環境改變下，善人也會行惡。這場實驗也在倫理上受到批評，尤其是在取得受試者同意前未讓受試者充分知情這點。這最後也促成了更嚴格的心理實驗執行上的規範。

(B) 40. 關於史丹佛監獄實驗，以下何者並未在文中被提及？

(A) 實驗對象。 (B) 實驗安全守則。

(C) 實驗流程。 (D) 實驗結果。

說明

❶ 實驗對象在第一段有提到，是透過廣告找到自願的學生的，不選(A)。

❷ 安全防護措施則在文章中並無提到，故選(B)。

❸ 實驗流程有在文中提到，如何分組，每天如何進行也都有描述到，不選(C)。

❹ 實驗結論在最後一段有提到，不選(D)。

(D) 41. 為何實驗被迫中止？

(A) 囚犯強行逃獄。

(B) 大學校長介入叫停。

(C) 一名學生精神崩潰引起媒體注意。

(D) 心理學家的女友認為實驗已失控。

說明

根據文章第四段最後一句可得知，心理學家 Zimbardo 的女朋友看到實驗的影像認為不妥，所以威脅要告發他，才中止了這個實驗，故選(D)。

(A) 42. 根據本文，史丹佛監獄實驗最被批評的是以下哪一點？

(A) 受試學生未被告知所有可能的危險。

(B) 受試學生因未妥善挑選，有性格上的缺陷。

(C) 實驗秘密進行，未受大學許可。

(D) 模擬監獄中缺乏監控及管理。

說明

根據文章最後一段指出，這個實驗飽受批評是因為受試學生在實驗前沒有被完整地告知可能會有什麼樣的情況，**. . .** its lack of fully informed consent，所以答案選(A)。

(D) 43. 關於史丹佛監獄實驗，以下何者為真？

(A) 受試者由一百位以上的申請者中挑選。

(B) 囚犯沒有叛變，也沒有人被釋放。

(C) 獄卒未被要求禁止使用暴力。

(D) 實驗顯示社會角色是如何被人們認真看待的。

說明

❶ 是七十名學生，而非一百多名，(A)錯誤。

❷ 扮演犯人的學生確實有反叛，線索在第四段第一句 the prisoners rebelled by fortifying their cells，(B)錯誤。

❸ 守衛有被要求禁止使用武力，線索在第二段最後一句 Guards were **. . .** without the use of violence.，(C)錯誤。

❹ 文章最後一段針對實驗的結論有提到人們很認真看待自己所扮演的社會角色，(D)正確。

第 44 至 47 題為題組

對許多人來說，蜜蜂意味著兩件事：蜂螫和美味的蜂蜜。蜂蜜是人生的一大享受，但蜜蜂若從地球上消失不只意味著我們最愛的早餐抹醬的消失，更會瓦解全球的糧食生產，還有可能讓人類滅亡。

會發生這種情況的原因，是因為全世界大多數農產品都要仰賴蜜蜂。牠們讓我們需要的水果或種子生長。許多種樹木和植物若要繁殖、結果，必須要異花授粉，也就是把一株植物的花粉轉移到另一株同種的植物上。有些植物的傳粉可藉風力完成，但大多還是靠昆蟲完成，其中，藉蜜蜂完成的佔絕大多數。

要能生產世界上最重要的三十五種水果、堅果，和蔬菜(包括蘋果、杏仁、南瓜)，蜜蜂的傳粉十分重要，有時候甚至是不可或缺的。如果沒有蜜蜂，這些農作物會變的非常罕見，甚至絕種。蜜蜂也大大促進其他農作物，如咖啡、草莓和椰子，的產量。無庸置疑，蜜蜂的絕種會導致全球性的飢荒。

研究報告顯示，全球的蜜蜂總數有明顯的下降，所以這並不是杞人憂天。根據估計，目前的蜜蜂總數是二戰時期的一半，且連年下降。為什麼會這樣？研究表示，導致如此的原因有棲息地減少、病毒和害蟲，但對蜜蜂為害最大的要屬殺蟲劑的濫用。諷刺的是，讓農作物免於蟲害的殺蟲劑，最終卻造成農作物和人類的滅亡。

參與保護世界各地的蜜蜂族群的行動是至關重要的。保護牠們的方法可以是在後院種植能讓蜜蜂維生的花朵這樣的舉手之勞，或是在你所在的區域推動更嚴格的殺蟲劑規範。蜜蜂對人類太重要，不能忽視。

(A) 44. 本文的目的為何？
(A) 強調蜜蜂保育的重要性。
(B) 推廣環保產品。
(C) 提供讀者關於蜜蜂的資訊。
(D) 籲請科學家尋找蜜蜂的替代方案。

說明
根據文章最後兩段可看出作者想藉由強調蜜蜂的重要性來提醒人們要保護蜜蜂，故選(A)。

(C) 45. 第四段的「demise」的意思為何？
(A) 生存。 (B) 保護。
(C) 死亡、厄運。 (D) 抵抗。

說明
根據文章第四段 demise 的前方 ironically (諷刺地)，可以看出目的是保護作物的殺蟲劑可能會導致相反的結果，故選則(C) doom (死亡、厄運)。選項(A)生存，(B)保護和(D)抵抗皆無負面的意思，搭在 ironically 後，文意不一致。

(C) 46. 第三段的主旨為何？
(A) 蜜蜂在自然界如此重要的另一原因。
(B) 饑荒的成因及對農作物的影響。
(C) 仰賴蜜蜂異花授粉的眾多植物及農作物。
(D) 沒有蜜蜂異花授粉也能存活的植物類型。

說明
文章第三段主要為進一步用實際農作物的例子做為第二段內文的佐證，故選(C)。

(D) 47. 下列何者不是文中提到的全球蜜蜂數量減少的原因？
(A) 蜜蜂的生存環境消失。
(B) 病毒引起的疾病威脅到蜜蜂群體。
(C) 我們使用過多的化學藥劑消除害蟲及昆蟲。
(D) 蜜蜂的種類及群體缺乏生物多樣性。

說明
根據文章第四段提到各種蜜蜂一直在消失的原因，可歸納為棲息地的消失，病毒和寄生蟲，以及過度使用殺蟲劑，所以本題答案選(D)生物多樣性的缺乏，此一原因在文章中並未提到。

第 48 至 51 題為題組

四十年前，北歐的一個小國——芬蘭，進行了徹底的教育改革，做為振興經濟計劃的一環。2000 年，國際學生能力評估計劃，一個以全世界 15 歲學生為對象的標準化測驗，評定芬蘭兒童的閱讀能力為全世界最佳。三年後，芬蘭在數學能力到達第一位；2006 年，芬蘭在科學能力也領先。關於芬蘭的教育成功，最有趣的大概是他們奇特的教育系統。

相較於大多數國家，芬蘭創造了一個沒有競爭性的學習環境，這讓芬蘭的教育系統與眾不同。芬蘭兒童最晚可以到七歲才受學校教育，入學後六年內也不會受到評量。學生在十六歲時會參加他們求學過程中唯一一個標準化的測驗。並且，孩子不會依能力分班，每天還有七十五分鐘的下課時間。芬蘭不用壓力強求好表現，卻能在閱讀、科學和數學名列前茅，真是諷刺。芬蘭的例子似乎顯示孩子對無壓力的學習環境有較好的反應。

芬蘭教育成功的另一個可能原因在師資。芬蘭的教師都要有碩士學歷，且成績要在畢業生的前百分之十，如此才有可能被選中。芬蘭教師雖然薪資比美國教師少，卻仍是很搶手的工作。2010 年，有 6600 人應徵 660 名小學師資訓練班的空缺。這不令人意外，因為在芬蘭，教師和醫師和律師一樣受社會尊敬。

芬蘭教育值得一提的，還有它盡力做到讓所有學生都不會落後。教師沒有要遵守的課程表，只要遵守教育方針。這代表教師們有很高的因材施教的自由度。此外，有百分之三十的學生在他們學校教育的前九年中得到額外幫助。世界各國可以從芬蘭的教育學到許多東西。

(B) 48. 作者如何證明芬蘭擁有可能是世界上最好的教育系統？
(A) 引用專家、學者的言論。
(B) 列舉芬蘭教育的特點。
(C) 強調芬蘭成功的經濟。
(D) 比較芬蘭教育和美國教育。

說明
文章第二段作者提到芬蘭教育的特點來佐證芬蘭教育

的成功，故選(B)。

(D) 49. 根據本文，關於芬蘭教師何者為真？
(A) 大學畢業不是必要條件。
(B) 芬蘭教師的薪水比美國教師多。
(C) 芬蘭教師必須定期接受訓練。
(D) 芬蘭教師社會地位很高。

說明

❶ 第三段有提到芬蘭教師的基本門檻，碩士學位是必要條件，(A)錯誤。
❷ 芬蘭教師的薪資事實上是低於美國的，(B)錯誤。
❸ 文章並沒有提到(C)。
❹ 第三段最後一句有提到教師的社會地位很高，等同於醫生、律師，(D)正確。

(A) 50. 芬蘭學校如何創造無壓力的環境？
(A) 不頻繁評估學生。
(B) 學生可自由選擇想在學校做什麼。
(C) 學生在前六年沒有功課。
(D) 鼓勵學生參加課外活動。

說明

文章第二段主要在強調芬蘭教育並未給孩子很多壓力，選項(A)是正確的。選項(B)(C)(D)皆是文章沒有提到的內容。

(C) 51. 為什麼有學生在前九學年受到特殊幫助？
(A) 因為他們很傑出，要幫助他們獲得更高的成就。
(B) 因為父母太忙，沒空照顧孩子學業。
(C) 因為程度不佳需要更多幫忙。
(D) 因為私立學校給享有特權的學生更多教學資源。

說明

文章最後一段第一句提到 all students are not left behind，可推知他們會進行補救教育來幫助跟不上的學生，所以可得知這些學生得到學業上的額外幫助是因為此原因，故選(C)。

◆ 第貳部分：非選擇題

一、中譯英

1. Because of/Due to/Owing to the convenience of the Internet and the change in people's habits, people do not read newspapers as often as before/they used to.

說明

❶ 參考句型：Conj. + S + V + O, S + V + O
❷ 時態：談論事實用現在簡單式

2. Despite this/Even so, my parents still subscribe to newspapers (in order) to keep up with world trends and kill time.

說明

❶ 參考句型：S + V + O + (in order) to V
❷ 時態：談論事實用現在簡單式
❸ 跟上，了解… keep up with sth
❹ 世界潮流 global/world/universal trend
❺ 殺時間 kill time

二、英文作文

作文範例

When it comes to taking defeat well, I think the following steps should be taken. First, let go. Second, learn from mistakes. Finally, take action. Frustration is indispensable in life and it is important to let go of bad feelings instead of being overwhelmed by them. Then recognizing one's own mistakes and learning from them will help make better decisions or plans later. After sorting out what went wrong and what to do next, it's time to take action. These are what I think a person should do when facing defeat.

Take myself, for example. When I first got in senior high school, I failed my math quizzes a lot. I got only 20 points in a test on trigonometry, and I felt really frustrated. I cried a little that night and decided to rise to the challenge of improving my math. I talked to my teacher the next day about what I could do and he told me to try to understand the basic principles and concept first and then practice with lots of questions. I followed his advice and in a year's time I became better at math.

說明

第一段：說明一般人如果遇到挫折或不如意的事情時，我們面對與處理這些挫折的方法。
Topic sentence: 開面見山地點出處理挫折的方法。
When it comes to taking defeat well, I think the following steps should be taken ...
Supporting idea: 接著就前文提到的 steps 進一步說明發展。

第二段：請以自己生活上實際的經驗加以說明，時態應用過去式。
Topic sentence: Take myself, for example.
Supporting idea: 就自己當時的經驗加上說明，內容並且呼應上一段的 letting go and moving foward。
Conclusion: 以自己成功地面對處理這個挫折為結尾。

Notes

指考英文模擬實戰二試題詳解

◆ 第壹部分：單選題

一、詞彙題

(A) 1. 要能有資格領取政府補助金，一個家庭的收入不能超出門檻。

(A) 具有資格　(B) 緩解
(C) 鼓起　(D) 強制實行

解析

❶ 後句提到家庭收入不得超出門檻，推論領取補助金是有資格的，故選(A) qualify。

❷ qualify for . . . 有…的資格

(D) 2. 身為現代舞的愛好者，比起傳統的古典芭蕾我對現代的舞蹈風格更偏愛。

(A) 矛盾　(B) 退休金
(C) 姿態、儀態　(D) 偏愛

解析

❶ 開頭有提到講者是現代舞的愛好者，所以可知更偏愛現代舞風格，而非古典芭蕾，故選(D) preference。

❷ preference for . . . over . . . 比起…更偏愛…

(B) 3. 這首詩裡面模糊的詩句是其能有各種不同詮釋的原因。

(A) 雄辯的　(B) 模糊不清的
(C) 膚淺的　(D) 強健的

解析

❶ 後半句說可以有各種不同的詮釋，可判斷詩句本身是模糊沒有講的很清楚明白的，故選(B) ambiguous。

❷ open to interpretation 可以有不同詮釋的

(D) 4. 為了迎合大眾的喜好，現在的新聞經常充斥著誇大與扭曲。因此，事實查核及研究的技能變得前所未有地重要。

(A) 漣漪　(B) 迷信
(C) 分心的事　(D) 誇張、誇大

解析

後面的 distortion 為扭曲事實的意思，並根據上下文可知作者想說現在的新聞因為為了迎合大眾的口味會誇大新聞內容，甚至扭曲，故選(D) exaggerations。

(C) 5. 幾隻鯨魚被發現擱淺在海岸上，許多救援的努力已被投入以拯救牠們不至死亡。

(A) 使甦醒　(B) 拉小提琴
(C) 使擱淺　(D) 擁有

解析

❶ 後句有提到要拯救鯨魚不至死亡，可知這些鯨魚身處危險，故選(C) stranded。

❷ put in efforts 投入努力

save . . . from . . . 拯救…免於…

(C) 6. 老師的任務之一是激起學生學習的火花，為終生的知識追求鋪路。

(A) 預兆　(B) 樹籬
(C) 火花　(D) 言辭

解析

❶ 本句在講老師的任務，再加上後半句為終生的學習鋪路，可推論老師是要激起學生學習的火花與興趣，故選(C) spark。

❷ ignite 點燃、激起

pave the way for . . . 為…鋪路

(C) 7. 在礦坑辛勞工作了二十年讓 Stephen 的皮膚起皺紋，頭髮變灰白，導致他看起來比實際年紀老了很多。

(A) 使模糊　(B) 緊抓
(C) 使起皺紋　(D) 提升

解析

根據上下文可知 Stephen 在礦坑工作很多年，且本人看起來比實際年紀老了許多，可知他皮膚起了許多皺紋，故選(C) wrinkled。

(B) 8. 對這名銷售員真正的意圖起疑心，這名守衛拒絕幫他開門並把他打發走了。

(A) 有益的　(B) 有疑心的
(C) 嫉妒的　(D) 可怕的

解析

❶ 後半句說守衛拒絕開門，表示對這個推銷員起了疑心，故選(B) Suspicious。

❷ be beneficial to 對…有益

be suspicious of 對…起疑心

(A) 9. 這個剛起步的新創公司今年發表了一個革命性的新產品改變了業界的風貌。

(A) 革命性的　(B) 熱心的
(C) 容易理解的　(D) 真正的、可靠的

解析

❶ 後半句有提到改變了產業的風貌，可知這個新創公司發表的產品是革命性的，故選(A) revolutionary。

❷ start-up 新創公司

(C) 10. 這新型流感非常的有傳染性，所以中央疾病管制局已經警告大眾並力勸民眾注射流感疫苗。

(A) 相容的　(B) 累積的
(C) 有傳染性的　(D) 慣常的

解析

❶ 後半句提到中央疾管局警告大眾並希望大家打流感疫苗，可知這個新的流感傳染性很高，故選(C) contagious。

❷ Central Disease Control Bureau 中央疾病管制局

❸ urge sb to V 力勸、敦促某人去…

二、綜合測驗

第 11 至 15 題為題組

受難日，也被稱為聖週五，是世界各地都能見到

的基督教節日，意涵著耶穌基督被釘十字架。受難日在禮拜五，先於禮拜天的復活節，具體的日期11.不時會改變，且對於怎樣才是正確的計算方法仍有許多爭議。受難日是聖週的一部分，聖週紀念耶穌的受難，持續到耶穌在復活節的復甦。聖週的禮拜四頌揚最後的晚餐和12.隨後猶大為了三十枚銀幣出賣耶穌，禮拜五紀念耶穌被釘死在十字架上，禮拜六耶穌「長眠」在墓穴，在禮拜天耶穌13.復生之前。

基督教的不同分支有不同的慶祝方式，許多教堂在當天會齋戒和用許多禱告、歌唱、儀式緬懷耶穌基督被釘十字架和他的死亡。受難日在許多國家都被14.認可為國定假日，這些國家都有深厚的基督教傳統，某些傳統甚至連不信教的家庭也會奉行。在英國和澳洲，許多人會吃十字包。十字包是一種裡面有葡萄乾的圓麵包，上面15.被標記上十字印記。還有人會在受難日不吃魚以外的肉，大部分的商店在當天依法不可營業。

(D) 11. (A) 從早到晚　(B) 從頭到尾
(C) 有時、偶爾　(D) 每年

解析

from year to year 此類用法常和 vary/differ (有所差異、有所不同) 等字連用，表示每年復活節的時期都有所不同；除了 from year to year，也可以將 year 換成其它表時間的字，如：hour、day、week 等。

(D) 12. (A) 微妙的　(B) 潛意識的
(C) 郊區的　(D) 隨後的、接著的

解析

本處按時間順序講述 Holy Week 發生的事件，最後晚餐之後是耶穌被出賣，故選(D) subsequent。

(B) 13. (A) before raising　(B) before rising
(C) after raising　(D) after rising

解析

同上，本段落按順序在講述耶穌復活的 Holy Week 事件順序，最後提到星期日，所以使用 before，表示在耶穌在週日復活前一天的週六被置放在陵墓裡；另外 raise 為及物動詞，此處後方沒有受詞，故不能使用 raise，總結選(B) before rising。

(C) 14. (A) 因…有名　(B) 花費在…之上
(C) 被認可為…　(D) 被…取代

解析

下方有提到許多國家會放假，且盛大慶祝 Good Friday，故可知這一天被視為是國定假日，選(C) recognized as。

(A) 15. (A) marked　(B) marking
(C) to be marked　(D) to mark

解析

with a cross marked on top 為 with + O + OC 做為補充說明的用法，受詞為 a cross，受詞補語的部分為 marked on top，意義為這種麵包上面有著一個十字架「被標記」在上，故選被動用法。

第 16 至 20 題為題組

大家都知道維基百科，也大概都用過。維基百科是世界最大、最廣泛的百科全書，可別把它跟另一個「百科全書」——偽基百科搞混了。從字首是「偽」16.而不是「維」大概就能猜到，這不是一個真正的百科全書，而是惡搞維基百科的一個網站。

偽基百科在 2015 年一月五日由 Jonathon Huang 創立，它企圖從你想像得到的所有方面嘲笑維基百科。從條目到版面、從專案到行為準則，無一17.倖免。該網站的英文條目超過三萬篇，都是根據同名的維基百科條目改寫而成。

偽基百科鼓勵滑稽戲仿維基百科的條目，並同時讓條目18.看似事實。比如說，偽基百科的撒旦條目稱撒旦為「暢銷小說『聖經』中最大的反派角色」。熊貓的條目則稱，「普遍認為，倉鼠和熊貓曾是同一種動物。」然而，許多條目使用無厘頭的幽默，且提供非常不正確的資訊，因而19.沒有達到這樣的標準。偽基百科的條目好壞的不是以來源的可信度或文章的簡潔度來20.評價，而是幽默、整體表達和使用的圖像。如果你沒心情受知識啟發，不如上 uncyclopedia.wikia.com 看些有趣的文章吧。

(B) 16. (A) 除了…以外　(B) 而不是…
(C) 和…一起　(D) 除了…以外

解析

前半已有提到 encyclopedia 和 Uncyclopedia，可知本文主要要介紹 Uncyclopedia，而非一般我們常知的 encyclopedia (百科全書)，所以選(B) instead of 表示 Uncyclopedia 用的是 un 開頭而不是 en。

(A) 17. (A) 未被改變的　(B) 未完成的
(C) 未遮蓋的　(D) 沒有鎖的

解析

上一句有提到維基百科幾乎所有的部分都被諷刺模仿，所以選(A) untouched，與 nothing 連用，雙重否定，表示所有的部分都被更動了。

(D) 18. (A) 總結　(B) 隱藏
(C) 撤底改變　(D) 相似

解析

本句用 while (然而) 做轉折連接，上一句提到 Uncyclopedia 希望文章以幽默的方式模仿，下一句選(D) resemble 表示 Uncyclopedia 仍希望文章看起來像真的；從下面的兩個例子可知，它們皆是似是而非。

(B) 19. (A) 設法…　(B) 未能…
(C) 成功…　(D) 堅持…

解析

本句後半提到 using blatantly false information together with absurd humor，可知道有一些則是提供非常不正確的資訊，且其幽默也趨近荒謬，因此選答案(B) fail to hit 表示許多文章沒有辦法做到本段前方所提到的幽默方式。

(D) 20. (A) 被貼…的標籤 (B) 遊說支持… (C) 被告知… (D) 被依…而評斷

解析

本句前方說 Uncyclopedia 的文章不是依正確性或真實性被評斷，而是按幽默，所以選(D) judged on。

三、文意選填

第 21 至 30 題為題組

蜂鳥從生理機能到生活習性都是地球上的鳥類中數一數二有趣的。蜂鳥嬌小且多彩，牠的名字 21.來自飛行時高速振翅發出的嗡嗡聲。

蜂鳥為美洲特有，有多達 325 種不同的種類。其中一種，紅喉北蜂鳥，是世界上最小的鳥，22.重量只有三公克。蜂鳥有越往尖端越細的長喙，可以用來舔食花蜜，也是牠的特徵。進食時，蜂鳥的舌頭每秒可以舔 15 次。取決於 23.掠食者的數量和棲地的狀態，蜂鳥的平均壽命在三到十二年間。

蜂鳥有鳥類中最高的振翅頻率，平均每秒能拍五十次。這讓牠們能 24.停留在半空中進食。牠們的翅膀能拍的這麼快，是因為牠們的新陳代謝驚人地快。牠們每分鐘平均心臟跳 1200 次、25.呼吸 250 次。要維持這麼大量的新陳代謝，牠們需要不斷進食，而當食物 26.稀少或是夜晚時，牠們就進入蟄伏狀態，此種狀態下，活動量和新陳代謝都會降低。

雖然體型嬌小，蜂鳥有時也很 27.好鬥，比較大型的鳥類只要進入牠們的地盤就會被攻擊。烏鴉或其他鳥類因在蜂鳥附近遊蕩而被蜂鳥驅趕的景象並不少見。

在過去，蜂鳥因為牠們的羽毛而被 28.獵捕。現今，牠們面臨的最大威脅反而是棲地遭到 29.破壞和消失，因為每種動物都有他們適應特定環境的獨特方法。因為如此，蜂鳥被歸類為 30.瀕危物種。幸好，蜂鳥受惠於美洲各地許多屋主的喜愛。許多人會在後院架起蜂鳥的餵食器，幫助牠們度過下季漫長的遷徙。

(A) 稀少 *adj.*	(B) 好鬥的 *adj.*
(C) 停留在空中 *vi.*	(D) 合計 *vi.*
(E) 獵捕 *vt.*	(F) 瀕臨絕種的 *adj.*
(G) 欠 *vt.*	(H) 破壞 *n.* [U]
(I) 呼吸 *n.* [C]	(J) 秤重 *vt.*
(K) 環境 *n. pl.*	(L) 掠食者 *n.* [C]

解析

(G) 21. owe . . . to . . . 的意義為「把…歸功於…」，此處指的是蜂鳥的名字原因是他們振翅時發出的 humming (嗡嗡聲)，和題目後方的 to 連用，可判斷選(G) owe。

(J) 22. 本題在完整句子後方，且文章提到蜂鳥非常小，只有三公克，可判斷選現在分詞(J) weighing，表示重量為三公克，可以還原為 and it weighs . . .。

(L) 23. 本句後半提到蜂鳥的平均壽命為三到十二年，可知道前面是和性命相關的內容，並根據上下文選名詞(L) predators (捕食性動物)，表示按捕食性動物普遍程度和棲息地的狀態會影響他們壽命。選項(H) destruction (破壞) 誘答性高，但並沒有和 population 搭配的用法。

(C) 24. 由 allow them to . . . 可知需選一原形動詞，並根據上下文選(C) hover (停留在空中)。

(I) 25. 本題在 take 後方，且有數字 250，需選一個能和 take 搭配的可數複數名詞，故選(I) breaths，take breath 為呼吸的意思。

(A) 26. 本題需選一形容詞，根據上下文，他們會在食物不足的時候進入蟄伏狀態，選(A) scarce。

(B) 27. 本題需選一形容詞，並依據前方 Despite (儘管) 一詞可知應選一個和蜂鳥體積小的意義相反的形容詞，選(B) aggressive (好鬥的、具有侵略性的)；且後半句也提到他們會攻擊其它體積較的鳥類，也可得知蜂鳥不是好欺負的。

(E) 28. 下一句講到最近蜂鳥生存受威脅的原因，再加上本句開頭 Historically 可知，本句在講以前蜂鳥所遭遇的危險，故選(E) hunted，表示牠們以前是因為羽毛被遭到獵補。

(H) 29. 本題在 by the 後方，可知需選一名詞；此外，根據上下文意可知本處在講天然棲息地的環境變化，故選(H) destruction，表示蜂鳥所住的地方遭到破壞。

(F) 30. 本題在冠詞 a(n) 和名詞 species 中間，故需選一形容詞，根據上下文意，選(F) endangered (瀕臨絕種的)，連接下文提到的蜂鳥的保護。

四、篇章結構

第 31 至 35 題為題組

1938 年 10 月 30 日，做為萬聖節的特別節目，H.G. Wells 的知名小說《世界大戰》在經過改編後，在 CBS 的聯播網播出。31.對於只有聽到片段廣播的聽眾來說，這段節目聽起來跟真正的新聞報導一樣。播出後，群眾一片恐慌。許多人逃出家門，人們聞到毒氣或看到遠處的閃光的案例湧入。

32. 1962 年，另一件怪事發生。美國的一間紡織廠裡，幾位女裝紡織部門的員工開始發病，症狀是麻木、噁心、暈眩、嘔吐。據謠傳，這是因為工廠裡有一隻蟲會散布這種神祕的疾病。沒過多久，62 位女性出現相同的症狀。公共衛生局的疾病控制中心的研究報告做出的結論是，雖然這隻蟲可能咬了幾名員工，其餘女性會出現症狀的原因是因為焦慮。33.這兩起事件都是集體歇斯底里的案例。

集體歇斯底里這種現象，是由共同的焦慮引起的症狀或行為的集體表現，且在一個群體認為他們都患有同種疾病時特別猖獗，如前面提到的六月金龜傳染病。

34.對於是什麼作用造成這些事件，我們仍所知不多。不過，專家大致上同意，這種現象的發作根基於高度的精神壓力加上團體的壓力。自身的壓力引起他人的壓力，再因此產生更多恐慌，直到恢復理智才會結束。人們開始錯誤地把正常的現象解釋為邪惡的事物。35.更極端的案例中，大腦甚至可以創造身體上的徵狀。因為工廠的許多女性員工都害怕被同一隻蟲咬、患上跟同傢一樣的病，導致沒被蟲咬的 62 個人在心理上顯現出這些症狀。

解析

(F) 31. 前一句提到一部小說的廣播，下一句提到民眾的驚慌，可知本句需選一連接上下文的句子，故選(F)，表示因為一些人只聽到部分廣播誤以為真，才造成驚慌。

(D) 32. 本段主要在一個和上一段不同的例子，故選(D)。

(E) 33. 本句承先啟後，總結上兩段的例子為 mass hysteria，而第三段則主要在解釋這個術語的意義，故選(E)，將主題 mass hysteria 帶出來。

(B) 34. 本題後一句有一轉折詞 however，而 however 後方的句子表示一般專家的意見，故推斷可知應選(B)，以做為對比，表示對此一現象所知不多，但一般來說專家有一個共同的看法。

(A) 35. 本題前一句有提到一些人會過度解讀一些正常現象，第 35 題答案選(A)，表示這種過度解讀會導致身體上的一些症狀；下一句也以一實例做為說明。

五、閱讀測驗

第 36 至 39 題為題組

網路出現以來，許多人認為，公共圖書館已來日無多。當 Google 可以解答你所有困惑，提供免費資訊的這些公共機構似乎註定要淪為無足輕重的角色。然而，一些人對圖書館的未來抱有信心，未來的圖書館不會是放滿一排排書架的空間，而會轉型成能迎合現代資訊時代需求的地方。

David Pescovitz 是未來學會的研究總監，未來學會是一個預測未來世界的智庫，他相信圖書館將會變成一個能包辦學習、分享、創作，甚至體驗事物的空間。隨著我們不斷進入 21 世紀，圖書館除了提供一種獲取資訊的方法外，更會注重互連性，以反映社群軟體和串流服務的使用。

在某些地方，這已經在發生。有些圖書館已有 3D 列印機、雷射切割機和其他小機具，圖書館的功能因此不再僅供學習，更擴展到創作。「我認為圖書館做為一個能接觸有形或虛擬的素材的地方的重要性日漸增加，」Pescovitz 說。這還不是全部。他還想像人們在未來可以在圖書館借閱「體驗」，比如說，利用尖端的虛擬實境技術探索另一顆星球或探究過去。

圖書館也有有利的物理條件。它可以當作社區的樞紐，藉此增進社交、讓人們可以一起從事共通的興趣。圖書館也早已開始提供促進社區的文化發展的資源中心和展演空間。

而且，圖書館越來越注重改善人們的學習過程、幫助他們了解自己需要什麼資源。光靠上 Google 不足以吸收正確的知識。你還要知道要問什麼問題或要搜尋什麼。圖書館和圖書館員可以當人們的嚮導，引領他們輕鬆地找到自己需要的資訊。圖書館雖然有可能的變革，在社會上仍有它們的地位。

(A) 36. 此篇文章的最佳標題為？
(A) 未來的圖書館
(B) 圖書館的侷限
(C) 圖書館擁抱資訊科技
(D) 以圖書館做為社區樞紐

說明

本文主要在講圖書館的未來，故答案選(A)；選項(C)中的科技雖然是圖書館未來會很重視的一個方面，但非全部，如第四段所提到的功能就不是科技方面，故此為錯誤選項。

(C) 37. 作者想藉第二段的「connectivity」表達的意義為何？
(A) 人們隨時都能連上圖書館的網站。
(B) 人們可以用圖書館的 Wi-Fi 服務獲取資訊。
(C) 社群網站、串流服務會成為圖書館資源的一部分。
(D) 人們可以用圖書館提供的有形或虛擬的素材創作物品。

說明

第二段的 connectivity 主要在講二十一世紀中的社群媒體和串流服務，故選(C)。

(B) 38. 作者如何表達自己的看法？
(A) 舉出許多現實生活中的例子。
(B) 條列出他的看法。
(C) 用數字和統計數據支持他的看法。
(D) 著重於比較利弊。

說明

作者在本文中的二、三、四和五段中分別列點講述圖書館未來可能會有發展和改變，故選(B)。

(D) 39. 根據本文，以下何者並非圖書館既有的設備？
(A) 3D 列印機。
(B) 資源中心。
(C) 一排排書架。
(D) 尖端的虛擬實境技術。

說明

❶ (A)出現在第三段第二句。
❷ (B)出現在第四段最後一句。

❸ (C)出現在第一段最後一句。

❹ (D)雖然在第三段最後一句有提到，但這是尚未發生的，如文中題到：He even envisions a future . . .，可知這只是 David Pescovitz 的想象而已。

第 40 至 43 題為題組

你曾在附近的市場買過一盤又大又紅的番茄，吃了才發現它們水分很多但卻又沒味道嗎？黃三文是深圳農業基因組研究所的副所長。他說：「消費者抱怨現在的番茄沒什麼味道，活像顆『水球』。」全球的消費者都有相同的經驗，究竟是什麼導致番茄越來越沒味道呢？

問題的答案就如你所想的，和錢有關。作物產量是栽種者最關心的，要達到夠高的作物產量，味道上一定會打折扣。以收穫量出名的番茄品種通常是最沒味道的。但原因不僅是這樣。大小和結實度也是選擇番茄變種的考量。消費者喜歡買大的番茄，結實的番茄又比較好運送。番茄的味道因為如此時常被忽略。

黃三文共同領導的一項研究試圖找出決定番茄味道的基因基礎。為了找出番茄味道的基因基礎，他們將 398 種番茄的基因組測序。之後再讓 100 人組成的焦點團體評價各種番茄的「整體喜愛程度」和「風味濃度」，藉此篩選出 33 種決定番茄味道的化合物。研究結果顯示，市售番茄含有的風味化合物很少。而且較大的番茄通常糖含量也比較少，這也讓市售番茄更不吸引人。

不過，番茄的未來依然有望。黃三文和同僚的發現可能會大大幫助耕種者和培育者創造更好吃的新品種番茄且在市面上販售。通力合作，「我們就能培育出更美味的番茄，」黃三文說。

(D) 40. 此篇文章最有可能的出處為？

(A) 垃圾郵件。 (B) 電視指南。

(C) 百科全書。 (D) 報紙。

說明

本文主要在講研究團隊針對市售番茄進行的研究，且引用了不少學者的意見，仍是報紙中常見的報導類型，故選(D)。

(D) 41. 根據本文，番茄食之無味該怪誰？

(A) 黃三文的研究團隊。

(B) 栽種者。

(C) 消費者。

(D) 栽種者與消費者。

說明

文中有提到農夫和消費者皆要負責，故選(D)。

(D) 42. 關於在第三段中黃三文的研究，以下何者正確？

(A) 研究由他一人領導。

(B) 他發現決定番茄味道的 398 種化合物。

(C) 他得出市售番茄含有較多決定味道的化合物的結論。

(D) 普遍來說，番茄越大越不甜。

說明

❶ 黃三文不是研究團隊中唯一的負責人，(A)錯誤。

❷ 是 33 種而非 398 種，(B)錯誤。

❸ 市售的番茄含有 flavor compound 少很多，而不是比較多，(C)錯誤。

❹ (D)出現在第三段最後一句，正確。

(A) 43. 從文中推斷，黃三文對他的研究所持的態度為何？

(A) 樂觀。 (B) 悲觀。

(C) 中立。 (D) 無關痛癢。

說明

從最後一段可以看出來黃三文認為他們的研究可以幫助農民種出更好品質的番茄，故選(A) optimistic (樂觀的)。

第 44 至 47 題為題組

那是一段艱困的歲月。幾乎整個 1930 年代，乾旱和可怕的沙塵暴肆虐於美國中西部的北美大平原。農夫在這之前的幾年把這塊土地轉化成農地，以保障後代的繁榮。然而，結果不如預想。農作物歉收再加上令人窒息的的黑色沙塵，一個又一個苦撐不了的家庭被迫放棄這塊土地。許多家庭搬去加州，希求找到工作。這事件被稱為「黑色風暴遷徙」。

1920 年代連年水量豐沛，許多農人誤以為奧克拉荷馬州、德州，和阿肯色州的平原能夠年年耕種小麥，但其實這個地帶是十分乾燥的，年雨量僅有 250 毫米。大規模地深耕從未開墾過的表土導致平原原有的草地消失，而在過去固定土壤的正是草深扎的根。後來發生的乾旱讓泥土失去水分，導致它易於被風侵蝕，最終成為不毛之地。

風夾帶塵土，形成許多名為「黑色風暴」的巨大黑雲。風暴最遠曾行至美國東岸。厚重的沙塵中可見距離不到一公尺。沙塵暴在各地造成建築物的毀壞，並讓居民出現喉嚨痛和咳嗽的症狀。光是一個風暴就可摧毀 350 棟房屋。

沒有收成的農場、失業、房屋被法拍讓許多人無家可歸，數萬戶家庭被迫遷出、另謀生計。估計有超過五十萬美國人無家可歸，約三百五十萬人搬出北美大平原，其中大多數遷徙到加州。不幸的是，加州的農場每季只招收一次員工，美國又正歷經經濟大蕭條。許多人前來尋找更肥沃的草原，境況卻比留在原處好不到哪去。

(A) 44. 什麼是「黑色風暴遷徙」？

(A) 農夫從美國中西部移居加州，尋求更好的生活。

(B) 農夫在農作物歉收、充滿令人窒息的沙塵的中西部屹立不搖。

(C) 1930 年代中西部的失業現象及失敗的農業

試驗。

(D) 從美國中西部吹向加州的大量沙塵。

說明

根據文章第一段最後一句可知 the Dust Bowl Migration 指的是 1930 年代因為沙塵暴造成的饑荒導致農夫和人們出走到加州的歷史事件，故選(A)。

(A) 45. 除了乾旱外，還有什麼造成了中西部農地的貧瘠？

(A) 乾旱前幾年的豐收。
(B) 深植的草根。
(C) 農夫的遷徙。
(D) 經濟大蕭條。

說明

根據文章第二段可知，因為 1920 年代降雨充沛，所以農夫很樂觀接下來的日子也會如此，大舉耕地，造成土壤鬆動，結果被風腐蝕，變成貧瘠不毛之地，故選(A)。

(A) 46. 以下何者最能形容 1930 年代的北美大平原？

(A) 悲慘。 (B) 可笑。
(C) 有前景。 (D) 如詩如畫。

說明

1930 年代的美國中西的大平原，因為天氣加上人為關係非常難以生存，所以選(A)。

(B) 47. 以下關於沙塵暴的敘述何者正確？

(A) 僅見於美國的中、西部。
(B) 沙塵暴中幾乎不能視物。
(C) 對人體健康沒有影響。
(D) 破壞力強，已有數千人死亡。

說明

❶ 第三段第一句有提到美國東岸也會有沙塵暴，(A)錯誤。
❷ 第三段第二句有提到能見度幾乎不到一公尺，(B)正確。
❸ 第三段第三句有提到會造成健康上的問題，如喉嚨痛等，(C)錯誤
❹ 文中並無提到沙塵暴造成死亡，只有提到造成房屋倒塌，(D)錯誤。

第 48 至 51 題為題組

人們消費的娛樂媒體因為網路有了極大的轉型。首先出現了 Youtube 等平臺支援的用戶生成的影視內容，接著出現隨選電視服務，如 Netflix，現在則有串流直播的技術，更具體來說就是遊戲實況。

玩電玩遊戲並直播給幾百或甚至幾千名對此熱中的觀眾的人被稱為「實況主」。然而，實況不只是玩玩遊戲這麼簡單。要維持大量的觀看人數，實況主在遊玩的同時也得娛樂觀眾。娛樂觀眾可以只靠超群的遊戲技巧，也可以靠性格這樣較細微的特質。不論如何，不斷的溝通對任何成功的實況主都十分重要，這通常意味著使用網路攝影機讓觀眾能看的到自己。

遊戲實況平臺，如 Twitch，的成長和流行意味著實況不再只是個嗜好。對少數幸運的人來說，這是一個薪水不錯的工作。最大的幾個實況主每天開啟直播時可以吸引二、三萬人同時觀看，但幾千人觀看的中等規模的實況就足夠讓實況主把實況當成職業。

透過一些不同的手法，實況主利用觀眾創造收入。最顯而易見的手法屬每月的訂閱金和私人捐獻。基本上，訂閱金就是訂戶以每月五美元的捐款換取特別的權利。最受歡迎的實況主隨時都有一、二萬個訂戶，等於有超過六十萬美元的年收入，這還只計算訂閱金的收入。私人捐獻也可能很可觀。私人捐獻小至兩美元的小費，大至數千美元的大數目，私人捐獻來自對實況主表示讚賞的粉絲，在實況中會不時出現。

實況主賺錢的另一個方法是靠贊助或廣告——在實況中宣傳贊助商且不時插播廣告。許多大型的電競和科技公司會固定使用實況來銷售他們的產品。就像二十世紀中運動的崛起，電競正快速地成長到相同的規模。

(C) 48. 根據本文，一位成功的實況主除了遊戲技巧要夠好，還需要什麼能力？

(A) 引人注目的外貌。 (B) 對遊戲的熱愛。
(C) 吸引人的個性。 (D) 昂貴的設備。

說明

文章第二段二句到三句都有說到 streamers 需要有能吸引人的個性，故選(C)。

(C) 49. 第四段的「leverage」意義為何？

(A) 控制。 (B) 監控。
(C) 利用。 (D) 忽略。

說明

根據上下文可知實況主利用觀賞的粉絲賺取金錢，故選(C) utilize (利用)。

(D) 50. 根據文章，實況主以什麼賺錢？

(A) 訂閱數。 (B) 遊戲廠商。
(C) 粉絲給的小費。 (D) 以上皆是。

說明

根據文章第四段和第五段可知實況主賺錢的方法有透過訂閱、廠商贊助和來自粉絲的捐款，故選(D)，以上皆是。

(A) 51. 我們可以從結論中推導出什麼？

(A) 電玩遊戲將和運動一樣熱門。
(B) 電玩遊戲只是短暫的風潮，不久就會失去吸引力。
(C) 電玩遊戲是一種職業，且有它的風險，應謹慎看待。
(D) 就娛樂產業來說，電玩遊戲永遠無法取代運動。

說明

最後一句有提到電玩遊戲很快的也會變的和運動一樣

受歡迎，故選(A)為答案。

◆ 第貳部分：非選擇題

一、中譯英

1. With the worsening/deteriorating of air quality in recent years, breathing fresh air has become a privilege (that) few can enjoy.

說明

❶ 參考句型：With + N + V-ing, S + V . . .
❷ 時態：用現在完成時來和隨著連用
❸ 隨著 With + N + V-ing, S + V . . . 或 As S + V, . . .
❹ 空氣品質 air quality/the quality of air
❺ 特權 privilege

2. (In order) to protect the next generation, the government should take immediate action to stop/prevent more exhaust from being emitted.

說明

❶ 參考句型：(In order) to V . . ., S + should + V . . .
❷ 時態：使用現在簡單式
❸ 為了 (in order) to
❹ 立即採取行動 take immediate action
❺ 防止 prevent/stop . . . from N/V-ing
❻ 廢氣 exhaust

二、英文作文

作文範例

In my opinion, addiction to anything is never a good idea. An excess of anything eventually leads to poor time management, health problems, and even tediousness. If a person is addicted to playing computer games or social networking sites, he or she will spend too much time on them, which in turn results in a waste of time. Addiction to coffee or chocolate will lead to health issues, such as obesity. Finally, the pleasure might slowly fade away and give way to boredom when a person does something too much. In conclusion, moderation is the key.

Take myself, for example. I was addicted to Snickers' chocolate bars. I loved them so much that I ate about 3 of them a day when I just entered senior high school. To cope with stress from school, I ate these chocolate bars to help me relax and concentrate on studying. After about a month's time, I put on about five kilograms. My parents noticed my weight gain and addiction to chocolate. After a talk with them, I decided to quit eating chocolate. It was difficult at first, but then I got used to the life without chocolate. I still eat chocolate every now and then, but never too much.

說明

第一段：說明個人對事物上癮的想法。

Topic sentence: 開門見山地說明上癮這件事情並不是好事。
In my opinion, addiction to anything is never a good idea.
Supporting idea: 接著進一步說明理由來支持主題句。

第二段：請以自己生活上實際的經驗加以描述。

Topic sentence: Take myself, for example.
Supporting idea: 就自己過去對 Snickers 巧克力棒上癮的經驗加上描述。
Conclusion: 最後以自己成功克服上癮做為結論結束此作文。

Notes

指考英文模擬實戰三試題詳解

◆ 第壹部分：單選題

一、詞彙題

(C) 1. 在退休之後，前任執行長獨自回鄉，開始當一位獨自種植有機蔬菜的農夫。
(A) 可替代的 (B) 明確的
(C) 獨自的 (D) 固體的

解析
由文中 alone 一字可以推知前任執行長在退休之後很喜歡一人獨自種菜。故答案選(C) solitary。

(B) 2. 嚴重的水災不僅使車子熄火，也迫使駕駛攀爬至他們的車頂上。
(A) 猛扔 (B) 迅速攀爬
(C) 跟蹤 (D) 經常出沒

解析
由文意推知水災嚴重，不但車子熄火，人們為了活命也跳上車頂求援。故答案選(B) scrambling。

(D) 3. 本地人被告知要遠離化學工廠直到毒氣散去。
(A) 通勤 (B) 循環
(C) 傳輸 (D) 散開

解析
❶ 化學工廠會排放有毒廢氣，而毒氣亦會擴散。故答案選(D) dispersed。
❷ disperse 可以指群眾散開亦或是氣體擴散，circulate 指的是空氣流通或散布消息。

(A) 4. 改變我們已經預定好的旅程真的是場惡夢，因為我們同時也要改變我們的班機和住宿。
(A) 惡夢 (B) 賭注
(C) 情緒 (D) 毛毛細雨

解析
由文意推知已經預定好的旅程又要變動更改是一件很麻煩的事，像是場惡夢。故答案選(A) nightmare。

(A) 5. 中央公園坐落繁忙紐約市中心，有如在混亂中的一座寧靜的庇護所。它對許多人來說是一塊綠洲。
(A) 綠洲 (B) 盟友
(C) 海盜 (D) 和諧

解析
根據前面 a quiet sanctuary in the midst of chaos 的譬喻，可選出相同意境的(A) oasis。

(A) 6. 因為綠茶含有很多抗癌的成分，它對我們的健康很有益處。
(A) 成分 (B) 部門
(C) 衰退 (D) 污染物

解析
由文意可知綠茶有很多抗癌的成分；故答案選(A) components

(C) 7. 警探發現的最新的證據讓人對嫌疑犯的說法產生懷疑。
(A) 期待 (B) 懸掛
(C) 懷疑 (D) 參與

解析
❶ 由前句發現的最新證據和後句嫌疑犯的說詞，此處推知應選(C)懷疑。
❷ cast suspicion on sth/sb 使人對…產生懷疑

(B) 8. 總統大幅度修改存在已久的健保法案的計畫引發大量爭議。
(A) 表面地 (B) 大幅度地
(C) 體貼地 (D) 偶爾

解析
由文意可知存在已久的法案被修改造成爭議，其修改幅度必不小，故推知答案為(B)。

(A) 9. 舉國哀悼備受尊敬的導演的死亡，她在導演生涯中獲獎無數。
(A) 備受尊敬 (B) 抱怨
(C) 訂閱 (D) 繼續做

解析
後面有提到導演生前獲獎無數，又能受到全國緬懷，可知要選(A)。

(C) 10. 持續降雨造成山區雨勢氾濫。估計至少約一萬人已撤離山區。
(A) 找回 (B) 誇大
(C) 撤離 (D) 撫育

解析
❶ 前句得知有天災發生，可推知選(C)。
❷ continuous 持續不斷的
continual 斷斷續續的

二、綜合測驗

第 11 至 15 題為題組

天氣事件，如聖嬰現象，會造成很多傷害。講到天氣事件，我們第一個想到的會是洪水和損壞的建築。

然而，研究人員注意到，11.只要聖嬰現象發生，東非的霍亂病例就會大幅增加。科學家現在相信，在聖嬰現象發生前做好霍亂爆發的準備將會讓數百萬人受益。

聖嬰現象在世界各地都會發生，發生間隔二到七年，且可在發生 12.前六到十二個月預測到。聖嬰現象發生時，近南美洲的太平洋的表面溫度變得比平常熱，這通常發生在十二月。九到十個月後，暖化擴散到西太平洋，13.造成嚴重的氾濫和乾旱。

霍亂會在供水被汙染時擴散。這通常在廢水混進飲用水時發生。氾濫是造成霍亂弧菌擴散的常見原因。乾旱 14.的情況下，供水稀少。人們別無選擇，可能只好使用被汙染的水。聖嬰現象發生時的這些情況造成霍亂病例多出高達五萬起。

霍亂是非常危險且致命的疾病。知道天氣事件可能擴散霍亂弧菌能幫助醫療工作者15.預先做好準備，他們可以供應乾淨的飲用水、拯救人命。

(D) 11. (A) 無論何處 (B) 無論何事
(C) 無論如何 (D) 無論何時

解析

______聖嬰現象發生時，東非的霍亂案例就會增加。所以答案(D)最適當。

(B) 12. (A) 一直 (B) 事先
(C) 暫且 (D) 過時

解析

前句提到聖嬰現象全世界都有；而且每隔兩到七年就會發生。再者，可於六到二個月前事先預測到。故答案選(B) ahead of time；其他三個選項都不符。

(B) 13. (A) causes (B) causing
(C) caused (D) to cause

解析

此為省略對等連接詞 and 的分詞構句，動詞 cause 為主動含意，應以現在分詞 causing 形式出現，故選(B)。

(C) 14. (A) 根據…判斷 (B) 至於、關於
(C) 在…情況下 (D) 和…無關

解析

此處承接上文，開始舉實際案例說明。故答案選(C) In the case of 最正確。

(A) 15. (A) 預先 (B) 故意
(C) 做樣子 (D) 剩下

解析

依前後文得知，科學家若預先做好霍亂爆發前的準備，就能有效遏止霍亂。故答案應選(A) in advance。

第 16 至 20 題為題組

不久後的未來，人類可能成為世界僅存的靈長類動物。科學家相信野外將再也找不到包括紅毛猩猩、大猩猩和狐猴在內的許多靈長類動物。

科學家 Jo Setchell 說，百分之六十的靈長類動物將在接下來數十年間16.瀕臨滅絕。若牠們的數量17.照目前的速度減少，我們的孩子大概會是看過靈長類動物的最後一代。在我們孫子出生時，靈長類動物就會滅絕。

人類是造成靈長類滅絕的18.罪魁禍首。人類活動，如砍伐樹木，正在摧毀熱帶雨林，也就是靈長類動物主要生活的地方。而且，問題比大部分科學家原本想像的還嚴重。

大部分靈長類動物分佈在巴西、印尼、馬達加斯加以及剛果民主共和國。這幾個國家都在努力保護19.生活在其境內森林的靈長類動物。但是通常他們沒有資金支持，也沒有科學家能大幅度改善這些動物的境遇。馬達加斯加就是一個例子。該國有超過 100 種靈長類動物，20.其中 94% 是瀕危物種。馬達加斯加 90% 的原始森林都被砍伐了。

科學家相信拯救靈長類動物的唯一方法就是保護靈長類棲息地。如果人類保護靈長類動物及牠們棲息的森林，我們就還有機會拯救牠們。

(B) 16. (A) 被逼迫 (B) 被威脅
(C) 被驅散 (D) 被迫離開居住地

解析

本句意思是，科學家 Jo Setchell 說我們使百分之六十的靈長類在接下來的數十年之內受到絕種的威脅。Have 是使役動詞，句型用法為 have + O + OC (受詞補語主動用原形動詞，被動用過去式分詞)；所以答案最符合的是(B) threatened。

(C) 17. (A) 長期 (B) 最後
(C) 這種速度 (D) 為此

解析

本句意思是說：我們的小孩有可能看見最後的靈長類；如果它們的數量以這種速度消失的話。消失應該用速度來修飾，故答案應選(C) at this rate。

(A) 18. (A) to blame (B) being blamed
(C) to be blamed (D) blaming

解析

本句片語 be to blame for 意為是…原因。故答案選(A) to blame 最恰當。

(A) 19. (A) living (B) to live
(C) lived (D) live

解析

此為省略關係代名詞 who 的分詞構句，動詞 live 為主動含意，應以現在分詞形式出現，故選(A) living。

(D) 20. (A) 那些 (B) 它們
(C) 誰 (D) 東西

解析

逗點後面的句子是補充說明前面的靈長類超過 94% 面臨絕種的危機。因為用逗點隔開句子，答案要選(D) which，此類型句子稱為形容詞子句。若是逗點後接 and 94% of 則要選(B) them，此種句子稱為對等子句。

三、文意選填

第 21 至 30 題為題組

1961 年，太空總署就開始將人類送上太空，也是唯一一個將人類送上月球的機構，可以說是世上最21.勵志的機構之一。當下，它的主要發展重點之一是要送太空人上火星。儘管有這樣遠大的目標，太空總署還是有時間處理些22.小事。2011 年四月的事件證實了這點，太空總署不可思議地決定用六名配備武器的職員追捕並23.拘留一位友善的老婦人。

故事要從 75 歲的 Joann Davis 尋求太空總署的幫助說起。她想賣掉兩只紙鎮，一只裡面24.含有一小塊月亮上的岩石，另一只則有老舊太空船的一塊碎片。

Davis 的第一任丈夫死於 1986 年，生前是太空總署的工程師，這兩只紙鎮是太空總署為了獎勵他做的貢獻送的禮物。Davis 因為 25.急需用錢，想把它們賣掉。她碰上財務危機。她的兒子與病魔纏鬥多年，醫療費用由她買單，之後她的兒子和小女兒去世，留下孫子女給她 26.照顧。

太空總署高層對 Davis 持有一塊月球岩石不滿，因為美國法律規定從月球取得的所有物品都屬於政府。所以，雖然 Davis 告訴太空總署她想要 27.合法販售這兩只紙鎮，他們仍派六名佩槍的職員去會面。他們一抵達就 28.搶下貴重的紙鎮並禁止這位老婦人行動長達兩個小時。他們甚至不讓她上廁所，她只能 29.羞恥地尿在褲子上。被如此 30.羞辱人地對待讓法庭表示她將可以控告這個機構。

太空總署得到的教訓：瞄準群星，而不是老太太。

(A) 註冊 *vt.*	(B) 不重要的 *adj.*
(C) 非常地 *adv.*	(D) 激勵的 *adj.*
(E) 強迫地 *adv.*	(F) 包含 *vt.*
(G) 羞辱的 *adj.*	(H) 寬敞的 *adj.*
(I) 合法地 *adv.*	(J) 拘留 *vt.*
(K) 羞恥地 *adv.*	(L) 照料 *vt.*

解析

(D) 21. organization 是名詞，要用形容詞來修飾。故答案選(D) inspirational。

(B) 22. 空格後面接名詞。故答案應為形容詞，選(B) trifling。

(J) 23. and 為對等連接詞，故後面要接原詞動詞；故答案應為(J) detain。

(F) 24. 空格前為主詞，後為受詞，此格需填及物動詞。由後句可判斷為過去式。從文意判斷選(F) contained。

(C) 25. need 是動詞，被副詞修飾，符合答案的只有(C) desperately。

(L) 26. 前句提到她的兒子和女兒相繼過世，留下孫子要照顧。故答案選(L) attend。

(I) 27. sell 是動詞，要被副詞修飾，故答案(I) legally 最符合此空格。

(E) 28. seize (抓住) 是動詞，要被副詞修飾，推知答案為(E) forcibly。

(K) 29. urinate 為動詞，以副詞修飾。尿褲子是令人羞恥的行為，選(K) embarrassedly。

(G) 30. so 後面接形容詞，故推知答案(G) humiliating 最符合。

四、篇章結構

第 31 至 35 題為題組

Priscilla Chan 是一位醫生、教育者，也是臉書執行長 Mark Zuckerberg 的妻子。她生於 1985 年 2 月 24 日。她的父母是來自越南的華人移民，兩人都沒有上大學，他們努力工作撫養他們的小孩。31. Dennis Chan 和 Yvonne Chan 希望他們的小孩能夠比他們更好、擁有更多機會，所以 Priscilla 用功念書，以不負他們的期望。她在高中時是網球隊隊長和機器人研究小組組長，以全班第一名畢業，在 2003 年錄取哈佛大學。

Chan 在哈佛大學主修生物，且在課後輔導計畫擔任志工。32.輔導來自波士頓較貧困的社區的弱勢孩童。這體驗讓她明白光靠輔導無法解決她意識到的更大層面的問題。孩子要成功必須要在成長過程中感到安全且健康快樂，她這樣認為。這個想法會型塑她的人生和生涯目標。33.她也在哈佛認識 Zuckerberg，兩人不久就開始約會。2012 年，這對情侶搬到加州並結婚。同年，Chan 完成加州大學舊金山分校的醫學學位，並成為舊金山總醫院的住院醫師。

2015 年，Chan 和 Zuckerberg 承諾會將兩人 99% 的臉書股份捐做慈善。34.教育界是他們捐獻的目標之一。Chan 目前是初等教育學校的董事，為東帕羅奧圖五十戶家庭服務。35.初等教育學校提供八年制教育和醫療服務。結合了兩個 Chan 一直以來所重視的領域。透過初等教育學校的努力，她希望能幫助到處境最為艱難的窮困孩童和家庭。有 Chan 領頭，她大有可能再次成功。

解析

(C) 31. 本格前句 Chan 的雙親沒有上大學，反而很努力工作養活小孩，後方並提及 Priscilla 的課業表現；這裡提到雙親；選項(C)剛好有提到人名，故選(C)。

(D) 32. 本格前句提到，就讀哈佛期間，Chan 主修生物之外還自願參加課後輔導小孩的計畫。在選項中有提到課後輔導的是(D)；文意亦符合後面句子。故選(D)為最適合。

(F) 33. 本格後句以這對情侶「the couple」開頭，選項(F)。

(E) 34. 本格前面提到兩夫妻公開宣示要將他們臉書的股份 99% 都捐贈於慈善事業。答案(E)剛好提到教育是其中一個目標。故推知答案是(E)。

(B) 35. 本格後句提到 Chan 結合對她長久以來很重要的兩個區塊；根據此句推敲前句意思，選項(B)提到藉由提供 K–8 的教育和健康照顧服務兩個領域。所以得知答案為(B)。

五、閱讀測驗

第 36 至 39 題為題組

美國各地的監獄充滿在人生中走錯路的人。坐牢雖然主要是一種懲罰，但監獄也是一個讓人改過自新的地方。Angel Sanchez 被判 15 年徒刑時，他決定利用服刑期間反省他做的選擇並準備將來出獄後的人生。

Sanchez 在邁阿密小哈瓦那的街頭度過大部分的童年。為了自保，也為了贏得尊敬，他隨身攜帶槍枝。他的母親古柯鹼成癮；操著一口破英文的父親用開拖吊車的薪水扶養兒子長大。他的父親時常跟他說教育很重要。十六歲時的 Sanchez 犯罪史罄竹難書，已因此被逮捕過四次。要到最後一次被逮捕，他才被送進監獄。在獄中，他決定做出改變，不再荒廢人生。他知道，若不這樣做，他出獄後就會過著同樣的人生，最後死在街頭。他開始在監獄的圖書館唸書，並拿到普通教育發展證書，等同於高中畢業文憑。他夢想出獄後可以進入法律職業幫助別人。

出獄後，他立即申請了數間學校，最後被瓦倫西亞社區學院錄取。他是一名出色的學生，有 4.0 的 GPA。很幸運的，他還獲得慈善機構的青睞，拿到一年只有 85 個名額的 Jack Kent Cooke 獎學金。這項獎學金讓他能順利完成大學學位，沒有財務上的煩惱。要成為律師，他還有許多事得做，因為他曾是重罪犯，他需要向法院請願才有可能可以從事法律工作。

Sanchez 的故事告訴我們，有勤勉、持之以恆、拒絕放棄的精神，夢想就可能成真。

(C) 36. 根據此篇文章，關於 Angel Sanchez 何者為真？
(A) 他的雙親皆是吸毒者而且缺乏責任感。
(B) 他殺了很多人以確立他在幫派中的領導地位。
(C) 他有卑微的開始以及困頓的人生。
(D) 他申請很多的大學，但是因為他過去的不光彩，只有一間大學錄取他。

說明

❶ 第二段第三句說明了他的媽媽是位吸毒者，爸爸是位移民美國的古巴人，靠著開拖車養活 Angel Sanchez，(A)錯誤。
❷ 在第二段中間開始提到他犯了一長串的重罪，但是沒有提及他殺了很多人，(B)錯誤。
❸ 在第一段和第二段當中提到他小時候就在街頭擁槍自重，十四歲就入獄服刑，(C)正確。
❹ 第三段提到，出獄後他申請了數間大學，但未提到因為他曾經犯了很多的罪而被拒絕，(D)錯誤。

(A) 37. Angel Sanchez 就讀於大學時發生了什麼事？
(A) 他各科成績表現優異。
(B) 他因為古巴的背景而贏得了 Jack Kent Cooke Scholarship 的獎學金。
(C) 法院已經允許他擔任律師一職。
(D) 他的專長在於處理幫派份子的訴訟案件。

說明

❶ 第三段第二句提到他是位優秀的學生 (exceptional student with a 4.0 GPA)，(A)正確。
❷ 在第三段中提到 Jack Kent Cooke Scholarship 評選獲得獎學金的人是依據經濟需求，學業表現，領袖技能，和助人之心，(B)錯誤。
❸ 在第三段末句說明他有前科的原因，他仍需要向法院提出訴狀允許他開業當律師，(C)錯誤。
❹ 全文並未提及他擅長於處理幫派份子的法律案件，(D)錯誤。

(A) 38. 第四段的單字「perpetrator」和下列哪一個單字意思最接近？
(A) 罪犯。 (B) 大使。
(C) 闖入者。 (D) 乞丐。

(B) 39. 下列何者最能形容作者的語氣？
(A) 懷疑的。 (B) 激勵的。
(C) 挖苦的。 (D) 諷刺的。

說明

在最後一段作者提到 Angel Sanchez 的故事，整段給人充滿希望激勵人心。故答案選(B)。

第 40 至 43 題為題組

講到環境保育，自然資源通常是保護的重點。然而，許多種動植物正深受人造汙染和盜獵的危害。尼泊爾的獨角犀牛就是一例。

尼泊爾境內，獨角犀牛曾經非常普遍。但由於被盜獵和驅趕出牠們的居住地，獨角犀牛的數量銳減。曾數以萬計的獨角犀牛到了二十世紀末只剩下一百出頭。不過，保育工作已經展開，犀牛的數量因此曾加。

過去十年間，獨角犀牛的數量已增加到超過六百頭，甚至從國際自然保護聯盟瀕危物種名錄除名。獨角犀牛數量得以增加的一個方法，是把牠們安置到不會被盜獵的安全區域。然而，要具體執行動物的搬遷既艱鉅又充滿意外。而且，這項任務必須在之後幾年重覆做至少好幾次。獨角犀牛是大型動物，無法輕易移動。這需要大隊人馬，包含獸醫，騎在象背上，迅速且安靜地在動物周圍移動，並為牠們施打鎮定劑，讓漫長的旅途可以順利進行。施打鎮定劑後，牠們會被放到特製的籠子並吊至大卡車上，載往沒有盜獵者和其它威脅的新家。但是，將犀牛送到安全區域不是唯一需要做的事。

在中國及東南亞某些區域，犀牛角被認為有療效，十分珍貴。由此而生的非法買賣仍是一大問題。雖然增長中的獨角犀牛的數量是個好現象，如果我們失去警覺，盜獵者仍會故態復萌。大眾需要更多教育，以了解保護動物不致滅絕的重要性。

(A) 40. 此篇文章的最佳標題為？
(A) 尼泊爾脆弱的犀牛正在往復原的路途上。
(B) 尼泊爾滅絕的獨角犀牛。
(C) 人類的貪婪造成獨角犀牛的險境。
(D) 對於獨角犀牛的關注是必須的。

說明

❶ 在第三段一開始提到，在過去的十年當中，獨角犀牛數量已經增加到六百隻，也不再列為瀕臨絕種的動物。故(A)正確。

❷ 在尼泊爾的獨角犀牛面臨即將絕種的危機。政府已經積極在保育此動物，數量亦已增加。故(B)錯誤。

❸ 整篇段落未提及人類的貪婪造成獨角犀牛的險境。(C)錯誤。

❹ 對於獨角犀牛的關注雖然是必須的，但是在第三段提到尼泊爾政府以實際行動復育和保護。(D)錯誤。

(D) 41. 下列哪一原因沒有被提及造成獨角犀牛的數量減少？

(A) 人類汙染。

(B) 非法獵捕。

(C) 萎縮的棲息地。

(D) 過度使用殺蟲劑。

說明

(A)在第一段有提到人類汙染是造成獨角犀牛數量減少的原因之一。(B)(C) 在第二段有提到盜獵和將它們從棲息地趕走。故答案(B)(C)也是原因之一。至於(D)全文未提到使用殺蟲劑和農藥。所以答案選(D)。

(D) 42. 在第三段當中，要將大型的生物重新安置需要什麼？

(A) 大籠子、大象、喇叭，和火。

(B) 大象、鎮定劑、喇叭，和大籠子。

(C) 獸醫、喇叭、鎮定劑，和卡車。

(D) 鎮定劑、大象、獸醫，大籠子。

說明

在第三段提到一大群人包括獸醫、大象、鎮定劑、大籠子和卡車。故答案應選(D)。

(A) 43. 從最後一段，我們可以推論？

(A) 如果可能，盜獵者仍會繼續捕捉犀牛。

(B) 保育的重擔只有政府獨扛。

(C) 已找到犀牛角的替代藥品。

(D) 一般大眾對於曾經瀕臨絕種的物種不甚關心。

說明

❶ 在第四段開頭提到在中國和東南亞非法的犀牛角交易仍然是持續的威脅，(A)正確。

❷ 在第四段提到一般大眾需要被教育以了解保護動物免於絕種的重要性。由此得知除了政府，大眾也有責任，(B)錯誤。

❸ 文中並未提到有那些藥物可替代犀牛角，且最後一段第一句有說犀牛角的療效未被證實 (supposed)，此選項不合邏輯，(C)錯誤。

❹ 全文對於大眾是否關心瀕臨絕種的動物議題都未提及，(D)錯誤。

第 44 至 47 題為題組

無人駕駛汽車這個構想已存在多年，Google、Uber、Tesla 和 Apple 這些科技公司在數年前都已開始實驗無人駕駛的技術。第一階段的無人駕駛汽車看起來完成度很高，它已經可以轉換線道、控制速度，和警告駕駛可能的道路危險。不過，駕駛人必須要自願讓出汽車的控制權才能享受這些好處。

無人駕駛科技帶來的好處，最顯而易見的就是安全。駕駛汽車時，四處都是讓人分心的事物，分心的駕駛等於危險駕駛。無人駕駛汽車則可以辨識危險的路況並做出實際調整，以保護每個人的安全。大多數時間，我們的汽車都停在停車場或路邊。有了無人駕駛汽車，我們可以開發共乘程式，讓一輛車可以載一個人上班，再接另一個人去超市。這樣做可以減少路上的汽車數量，進而減少汙染。

雖然無人駕駛科技有許多好處，但也有一些壞處。主要的壞處在就業方面。由於安全是無人駕駛汽車首要的考量，道路和公路的死傷會減少，保險業和醫院可能會有些人因此失業。許多人駕駛汽車、計程車、巴士，或卡車維生。無人駕駛車的出現可能會成為這些運輸相關工作的一大威脅。

無人駕駛的新功能無時無刻都再出現，自駕車的前景看好。然而，我們必須繼續發展這些功能，讓它們越安全越好。或許，在不久後的未來，我們都會搭無人駕駛的汽車或巴士上班或上學。

(A) 44. 本篇文章的最佳標題為？

(A) 無人駕駛的科技如何改變我們的生活？

(B) 無人駕駛的車子的優缺點有哪些？

(C) 一旦無人駕駛的車子正式上路，將是多麼的危險？

(D) 從事汽車製造業相關工作的人即將失業了嗎？

說明

在第二段開頭說明無人駕駛的車子的優點是安全。之後說明駕駛在開車時會受到很多的事分心而無法專心駕駛。可是無人駕駛的車子有辦法辨識危險的路況做及時的調整。再來提到無人駕駛的另外一個優點：無人駕駛的車可以載人去上班，之後可載其他人去超市。這樣路上的車子數量減少很多也可以降低汙染。所以根據此段的描述可得知答案(A)為正確。

(D) 45. 下列哪一特色仍未包括在無人駕駛的車子上？

(A) 辨認路線。　(B) 調整速度。

(C) 提醒危險。　(D) 人聲控制。

說明

第一段提到無人駕駛的車可以改變車道，控制速度，提醒駕駛路上可能的危險。第二段提到它可以辨認危險的路況，做及時的調整。所以可以得知答案(A)(B)(C)三選項皆對。但是答案(D)全文皆未提到它可以被人聲所控制；所以答案選(D)。

(D) 46. 如果如此創新和多功能的車子大量生產的話，哪些行業會縮編員工的人數？

(A) 保險公司。　(B) 快遞公司。

(C) 計程車行。　(D) 以上皆是。

說明

在第三段當中提到有保險公司和醫院。之後又提到貨運公司、計程車行、快遞公司、和客運公司的工作人員工作也會受到威脅。故知答案(A)(B)(C)三個選項皆對；所以答案選(D)。

(A) 47. 根據本文，下列何者是無人駕駛汽車對大眾的好處？

(A) 道路傷亡率會降低。
(B) 通勤族將可以縮短通勤時間。
(C) 企業將可減少營運成本。
(D) 計程車司機的工作會變得更輕鬆。

說明

在第二段提到我們可以受惠於無人駕駛的科技好處是安全。由此行可以推知在路上的傷亡率可以大幅降低。所以答案選(A)。其它三選項文中皆未提到。

第 48 至 51 題為題組

聽到有人被綁架或當成人質的新聞時，通常，你會馬上自然地把自己帶入情境中，思考你會怎麼做。許多人常納悶為什麼那個人不逃跑或反擊。通常，恐懼會阻止人做出行動。不過，在某些情況下，人質可能會選擇不做行動，不是因為恐懼，而是因為他們同情或甚至支持綁匪。這看起來難以置信，但這個現象被稱為斯德哥爾摩症候群。

此現象因 1973 年在瑞典發生的銀行人質事件得名。四人淪為人質並被扣留在銀行內六天，直到警方找到辦法解救他們。瑞典人樂見人質被釋放，人質們卻心情複雜。他們與綁匪建立了密切的關係，並希望跟綁匪一起被釋放。而且，他們還拒絕與當局合作指認綁匪。

他們既不生氣也不怨恨綁匪，反倒認為綁匪對他們很好，讓他們活著又給他們食物和水。俘虜回到近似孩童的心智狀態，並認為綁匪擁有權威，可以給他們最大的存活機會。但這種心智的改變不只限於俘虜。

談到斯德哥爾摩症候群，最常討論到的是被監禁的那段時間如何影響人質。然而，綁匪也會經歷對俘虜的行為和態度上的轉變。俘虜由於時時擔憂自己的性命，所以對挾持自己做人質的人言聽計從。人質的服從讓綁匪更下不了手傷害人質或讓他們步入險境。綁匪變得對俘虜非常保護，並想確保他們的安全。

每當講到人質事件，斯德哥爾摩症候群這個詞就常會出現，但其實斯德哥爾摩症候群非常罕見。要記得，當人們遭遇重大的危險，求生意志就會被激發。

(A) 48. 第二段的主旨為何？

(A)「斯德哥爾摩症候群」一詞的由來。
(B) 四位被綁架的人質如何逃離綁匪。
(C) 四位被綁架的人質在被釋放之後如何受創傷影響。
(D) 人質是如何勇敢地和綁匪對抗。

說明

在第二段第一開始提到 1973 年時瑞典的斯德哥爾摩發生一件銀行搶案，四位人質被綁匪困在銀行六天以後才獲得釋放。之後提到這四位人質跟綁匪發展出一種情愫 (bond)，並且拒絕到法院指證綁匪。因為此綁架案發生在斯德哥爾摩，從此以後類似的綁架事件則稱為斯德哥爾摩症候群。所以答案(A)才是最佳答案。其它三選項皆不符。

(D) 49. 關於「斯德哥爾摩症候群」的受害者，哪一項特徵在文中未提及？

(A) 他們堅信綁匪也有良善的一面。
(B) 他們對綁匪產生同情心。
(C) 他們不願意和有關單位合作。
(D) 他們易產生人格分裂症。

說明

❶ 第三段提到，受害者相信綁匪讓他們活命是因為仁慈，所以(A)為受害者的特徵。
❷ 第一段提到人質容易對綁匪產生同情，所以(B)也是受害者特徵。
❸ 在第二段最後一行有提到受害者拒絕和當局合作指認綁匪，所以(C)亦為受害者特徵。
❹ 全文未及到受害者是否會產生人格分裂；故知答案選(D)。

(D) 50. 此篇文章最可能的出處為？

(A) 科學期刊。　(B) 文學雜誌。
(C) 時尚雜誌。　(D) 心理學期刊。

說明

斯德哥爾摩症候群是一種心理學現象，所以此篇文章的出處應該是心理學期刊。

(B) 51. 根據最後一段，為什麼綁匪會對人質產生想保護他們的情感？

(A) 因為綁匪有強烈的罪惡感。
(B) 因為人質通常都很服從。
(C) 因為人質心中充滿憎恨和報復心。
(D) 因為綁匪擔心人質會報復他們。

說明

在最後一段提到，人質因為害怕生命受到威脅，他們對綁匪都會很服從。也因為人質的服從之心讓綁匪對於他們產生保護之心以確保他們的安全。故知答案(B)最為恰當。

◆ **第貳部分：非選擇題**

一、中譯英

1. One-third of adults and children globally are overweight.

說明

❶ 時態：使用現在簡單式。
❷ 三分之一 one-third，分母須用序數。

2. At the same time/Meanwhile/In the meantime, they suffer health problems because of obesity.

說明

❶ 時態：使用現在簡單式。
❷ 同時 at the same time
❸ 肥胖 obesity

二、英文作文

作文範例

In Taiwan, parents usually expect their children to go to college directly after they graduate from high school. However, in Western countries, taking a gap year has gradually gained in popularity and become a trend for more and more high school graduates. In my opinion, this is a positive development. Personally, I would welcome the opportunity of a gap year. I intend to study business and English at university the year after next so that after I graduate from college, I will be well-equipped to land a better-paying job. Hence, I have decided to look for part-time jobs at either restaurants or tea shops. By taking different part-time jobs, I hope I can learn how to run a successful restaurant or tea shop. (Perhaps after working for years, I will have saved enough money to have a shop of my own.) Working part-time, I can take classes in English and business. In addition, I can pay the tuition fees out of the money I will have earned. While it may not seem like much, being an employee will at least introduce me to the world of business and give me plenty of practical experiences. Meanwhile, I can get experience in customer service and hence learn effective face-to-face interaction. What's more, the fundamentals of business management are vitally important, so I will learn how to budget to make a profit.

As a part-time worker, I can gain hands-on work experiences and polish my business knowledge and English skills. I will then be more eligible to apply for a college course that will help me in my ultimate goal of gaining a position at an international corporation. To sum up, in my view, there are real benefits to a gap year before college.

說明

第一段：詳述要如何安排一個充實的 gap year。
Topic sentence: 自己會想有此機會。
Personally, I would welcome the opportunity of a gap year.
Supporting idea: 列出自己對 gap year 做的安排。

第二段：Gap year 對自己有什麼影響。
Topic sentence: 在打工的同時，自己也參加補習班的英語和商業課程。如此一來，累積了實際工作經驗也學到英語和商業的知識和技能。
As a part-time worker, I can gain hands-on work experience and polish my business knowledge and English skills.
Supporting idea: 自己在申請念大學時準備得更加充分。未來也有機會在跨國的企業上班。
Conclusion: 在就讀大學之前，先休學一年去充實自己有很多的好處。

Notes

指考英文模擬實戰四試題詳解

◆ 第壹部分：單選題

一、詞彙題

(C) 1. 這位喜劇演員在舞臺上或是電視節目中的即興演出令人嘆為觀止。難怪許多藝評稱他為喜劇大師。

(A) 嚴厲的　(B) 可怕的
(C) 機智的　(D) 爭議性的

解析
由文意當中可以推知喜劇演員的表演很受好評，故此題要選(C) witty，其餘三者除了文意不符，亦為負面語意，可判斷需刪去。

(A) 2. 當 Dennis 正準備攻頂時，他決定要自拍。突然，他腳步不穩跌落斜坡。

(A) 跌倒　(B) 口吃
(C) 快速翻動　(D) 寵愛

解析
由連接詞 and 可知，這裡要選與前文「lost his footing」相關或接續的動詞，其他三個選項都與「lost his footing」不相關，所以答案(A) tumbled 為最佳答案。

(B) 3. 湯瑪士・愛迪生對計劃採取嚴謹的手段。他對於自己的點子和發明都會詳細地繪圖。

(A) 可笑的　(B) 嚴謹的
(C) 動盪的　(D) 匆忙的

解析
後段描述愛迪生仔細的行為，可以推得空格答案。

(D) 4. 住院的歌手從粉絲所送的卡片和信函中找到很大的慰藉。

(A) 陰謀　(B) 替代
(C) 永恆　(D) 慰藉

解析
❶ 住院的人通常需要別人的精神鼓勵，根據文意，答案應選(D)。
❷ consolation 安慰，慰藉 *n.*
console *v.*

(A) 5. 長途的飛行嚴重地干擾 Philip 的生理時鐘；因此他有嚴重的時差問題。

(A) 干擾　(B) 斷線
(C) 歧視　(D) 分心

解析
由後方的「jet lag」可知 Philip 的生理時鐘被影響了，而四個選項有表達出這個意思的只有(A) disturb。

(C) 6. 此次洪水的唯一生還者向媒體詳細描述他被土石流掩埋後是如何倖存下來的。

(A) 激起　(B) 醒來
(C) 詳述　(D) 啟發

解析
根據文意，生還者描述了他如何活下來，可推知他向媒體詳細說明，故答案為(C)。

(B) 7. 身為公眾人物，凱特王妃和威廉王子不得不習慣於不斷地被惡意謠言所困擾。

(A) 重新喚起　(B) 困擾
(C) 墮落　(D) 延期

解析
從 have no choice but 的用法和形容詞 vicious 惡意的，可得知這是讓兩人困擾的事。

(D) 8. 這位惡名昭彰的女房東雖然理虧，仍強烈地否認所有對她的指控。

(A) 極端地　(B) 符合邏輯地
(C) 交替地　(D) 語氣強調地

解析
單字「deny」要用語氣強調「emphatically」來修飾。其他三個選項都不能用來修飾「deny」，所以答案(D) emphatically 是最佳答案。

(A) 9. 災區的公共衛生設施被摧毀了。村民很迫切地需要乾淨的食物和水。

(A) 公共衛生　(B) 醫療
(C) 軍事　(D) 研究

解析
從後方乾淨的食物和水源可知災區缺乏與衛生相關的設施，故選(A) sanitation。

(C) 10. 這位聽障的員工宣稱她在職場上所遭受的待遇造成她身心受創。

(A) 衰退　(B) 敬畏
(C) 痛苦　(D) 娛樂

解析
distress 是指極其強烈的痛苦，「physically and mentally」指的是身心，透過這兩個副詞可以推知她身心遭受極大的痛苦。所以答案要選(C)。

二、綜合測驗

第 11 至 15 題為題組

2011 年 1 月的一個早晨，Irenie Ekkeshis 一睡醒眼睛很痛。她起初對疼痛 11.不在意，只去藥局買了眼藥水。然而，沒想到數天後事情將變得更糟。亮光對她來說太刺眼，她感到 12.劇烈的疼痛，沒辦法清楚看到東西。她前往附近的眼科醫院，發現她得了棘阿米巴角膜炎，一種嚴重的眼感染。

由於失去視力，Ekkeshis 不得不辭掉旅行社經理的工作。經過幾月的治療後，她眼睛的劇痛 13.減緩，但 14.依然看不清東西。她已經做了兩次手術，不幸的是，她的其中一隻眼睛永遠失明。現在，她努力提高人們的對這種感染的 15.警覺，勸告大家更小心。請記得，你的眼睛很敏感，如果隱形眼鏡沒有仔細清洗乾淨，眼睛很容易就可能受傷。

(A) 11. (A) 不注意 (B) 造成傷害 (C) (無怨無悔地) 承受 (D) (替某人) 承擔責任

解析

pay/give heed to N = take heed of N 注意；關心
例：Sara took little heed of her surroundings.

(D) 12. (A) 鈍的 (B) 生命的 (C) 未受損的 (D) 強烈的

解析

這裡的「pain」前面要用表示程度的形容詞。由上下文可知疼痛很強烈，以致於她決定去看醫生，故選(D)。

(B) 13. (A) 癒合 (B) 漸趨平緩 (C) 透露 (D) 恢復 (健康)，找回

解析

疼痛應該是逐漸平緩。所以選項(B) ease 最為合適。

(A) 14. (A) 維持 (B) 保持 (C) 使持續 (D) 包含

解析

remain 是連綴動詞，後接 n.，adj.，或 phr.。

(C) 15. (A) 繫帶；安全帶 (B) 痛苦 (C) 意識 (D) 整潔

解析

她非常致力於傳達意識 (關心) 此種傳染。所以選項(C) awareness 為正確。

第 16 至 20 題為題組

海洋對人類來說既奇妙，同時又 16.危險。我們的海床上遍布網路電纜、高科技機具，和隧道，這些東西提昇我們的生活品質。在海洋中工作的科學家、工程師和維修人員每天都處在 17.危險中。但隨著科技進步，這些勇敢的人得以擁有更安全的工作環境。

挪威的工程師發明了一種看起來像蛇、可以在海中游泳的新機器人。製造這種機器人的公司期待它能夠修復水下的結構體。它 18.具備鏡頭和感應器。它的零件，如清潔刷，可以根據使用者的需要更換。最棒的是它能擠進人類進不去的細小空間。

其他發明，像無人駕駛船隻和微型潛水艇，能幫助科學家研究海洋和蒐集海洋的資訊。這些載具使用遙控器操作。如此一來，研究人員就不用弄濕身體，還可以遠離危險。無人駕駛船隻和微型潛水艇都很 19.環保。它們的發明者使用清潔能源和可回收的材料，希望可以將汙染減少到最低。

最後，海洋電池也在促進海洋研究。深海設備現在能夠使用 20.抗低溫、抗高壓的更好的電池。這使得科學家能讓機具在海洋中待更久。

希望這些新的機器人能幫助科學家和工程師更了解海洋。

(B) 16. (A) 忌妒的 (B) 危險的 (C) 有資格的 (D) 勇敢的

解析

「yet」是用於明顯的對比，等於「but」一字，所以應該選擇與「fascinating」相對的形容詞，海洋是迷人的但是對人類而言也是危險的。故選項(B) dangerous 正確。

(A) 17. (A) 危險 (B) 逍遙法外；全體 (C) 隨機 (D) 在手邊

解析

維修人員每天都置身於危險當中。故知片語(A) put sb at risk (in danger) 是正確答案。

(A) 18. (A) 配備 (B) 連接、相連 (C) 和…有關 (D) 忙於

解析

be equipped with sth 裝備齊全的

(C) 19. (A) 闔家適宜的 (B) 以學生為主的 (C) 環保的 (D) 以小孩為的

解析

船隻和無人駕駛的微型潛水艇都是環保的。所以選項(C) eco-friendly 是正確答案。

(D) 20. (A) 由…組成 (B) 堅持 (C) 持續 (D) 抵抗、抵擋

解析

深海的設施配備有更好的電池可抵擋低溫和高壓。選項(D) resist 為及物動詞，所以(D)為正確答案。

三、文意選填

第 21 至 30 題為題組

人們常說，要逃離歲月的摧殘是不可能的。但這可能不 21.完全正確。根據最新的科學研究，你可以輕易地「跑」開它。

研究人員 22.研究不同運動的益處，並發現跑者的平均壽命比其他人長三年。不只如此，就算跑者 23.從事菸酒等不健康的活動，這些正向效果依然存在，跑得很慢或 24.不頻繁也不影響。跑步似乎絕對會幫助人們 25.延長壽命。科學家 26.檢驗若干不同醫學研究的結果後得出這個結論。他們發現，雖然許多 27.種運動都能延長壽命，沒有一種運動比跑步有效。每天只要跑步五分鐘就能夠起到健康的作用，28.平均下來，每跑一小時你就可以多活七小時。當然，跑越多，增益就越少。不過不管跑多少，跑步絕不會對健康產生 29.負面影響。

醫生不知道跑步為何對人如此 30.有益，但他們認為部分的原因是因為跑步能對抗高血壓且減少體脂。所以，如果你想要活得長久、健康、快樂，你知道要怎麼做：穿上跑鞋去跑步吧。

(A) 調查 *phr.*	(B) 偶爾 *phr.*
(C) 延長 *vt.*	(D) 平均 *phr.*
(E) 種類 *n.* [C]	(F) 有助益 *adj.*
(G) 梳理，查找 *phr.*	(H) 完全地 *adv.*

(I) 不公平的 *adj.*	(J) 從事 *vi.*
(K) 負面地 *adv.*	(L) 框架 *n.* [C]

解析

(H) 21. 本空格後有形容詞，應選副詞，故答案選(H) entirely。

(A) 22. have been 後面應接 V-ing，故答案應為(A) looking into。

(J) 23. runners 為副詞子句的主詞，後應接動詞；故答案應選(J) engage。亦可從空格後的介系詞判斷。

(B) 24. 本空格前有 slowly or，or 為對等連接詞；故後面亦應接副詞，故答案選(B) on occasion。

(C) 25. 此句為 help + sb + VR 的用法，故選原形動詞(C) extend。

(G) 26. after 可當副詞或是介詞，在此當介詞用；後接 V-ing；故答案選(G) combing through。

(E) 27. many 後面應接可數名詞，「多種運動都能延長壽命，沒有一種運動比跑步有效。」故選(E) types。

(D) 28. 每天若至少跑五分鐘對一個人的健康是有影響的；並且，以平均而言，在數據上統計每跑一小時可延長人的壽命七小時。故選(D) on average。

(K) 29. impact 為動詞；修飾此字的應為副詞，故答案選(K) negatively。

(F) 30. so 前面為 is，故之後接形容詞，推知答案為(F) helpful。

四、篇章結構

第 31 至 35 題為題組

俗話說：「人非聖賢，孰能無過。」31. 人偶爾都會犯錯，而有時，錯誤可能造成很大的損害。舉例來說，兩位足球選手為了踢到球急奔，一位選手在阻截時弄斷了另一位選手的腿。或是駕駛為了調整無線電臺眼睛往下看，因而沒有看到前方的車已經停下，猛然撞上。遇上這樣的事件，我們必須衡量事件所造成的傷害和造成事件的人的心理狀態，並做出道德判斷。32. 經過這個程序，我們才能決定是否要原諒這個人。

當然，這個概念之前已經過心理學分析，不過，最近，一支由義大利、奧地利，和美國科學家組成的國際研究團隊則是從人體構造的角度研究這個概念。33. 他們想知道人在做道德判斷的時候腦袋到底是怎麼運作的。特定區域的體積和結構是否有助於解釋不同道德判斷的差距？為了得出結論，研究團隊給受試者看幾個故事，每個故事各有四個可能的結果，34. 並測量受試者考慮是否原諒時的腦部活動。研究團隊分析資料後發現腦部的一個叫做左顳上溝的部位越發達，受試者越可能原諒別人的錯誤，就算錯誤造成了嚴重的傷害。

總而言之，關於頭腦在做出道德判斷或原諒時的運作方式，這項研究找到了線索。35. 根基於研究結果，研究團隊希望以後能進行更多不同的、情境更真實、主題也更多元的實驗。他們希望能藉此解開頭腦如何運作的謎團。

解析

(C) 31. 本格前一句提到沒有人是完美的，而後文舉了兩個犯錯的例子，可以推測本格應提及人會犯錯的相關內容，而選項(C) makes mistakes on occasion 與前後句相互呼應，故選(C)。

(B) 32. 本格前句提及我們要依據車禍所造成的損壞和肇事者精神狀態做出道德判斷。選項(B)提及透過這種過程來決定是否要原諒肇事者。所以選項(B)是正確答案。

(E) 33. 本格前句提到由國際團隊所組成的科學家近日由解剖學的觀點來檢視。所以本格應該找以科學家為主詞的句子為開頭，答案(E)符合。

(D) 34. 本格前一句講實驗流程，選同樣描述實驗流程、主詞相同的(D)。亦可從前一句的 first、選項中的 then 推出答案。

(A) 35. 本格前後句與前段不同為現在式，且有 gives clues、hope 等字眼，指涉未來可能的活動，故推得選(A)。

五、閱讀測驗

第 36 至 39 題為題組

每年，幾十萬隻海豹在加拿大的北極地區被獵人殺害。這些海豹被殺害的原因不是因為糧食需要。牠們被殘殺的原因，主要是因為牠們的毛皮，也就是動物身上仍有毛的皮膚。海豹身上的部分脂肪被稱為海獸脂，海獸脂也會被用來製造海豹油，之後再被添加進營養補充品中。

獵捕海豹雖然極具爭議，但完全合法。加拿大政府限制一年可以被獵捕的海報數量。每年的狩獵發生在三月和四月。對獵人來說，狩獵帶給他們亟需的收入。獵人在狩獵期賺到的錢可達到年收入的百分之三十五。

反對獵捕海豹的人反對的理由是他們覺得獵捕海豹不人道。因為海豹身上最值錢的地方是牠的毛皮，所以大部分的海豹都是被用棍棒打死的。這種做法讓獵人可以殺死海豹又不傷及毛皮。不過，根據每日郵報的報導，獸醫檢驗過海豹屍體後發現的證據顯示，許多海豹在被剝皮時尚未死亡。這表示牠們在被採集毛皮的時候有可能仍能感受到痛苦。

近年來，許多世界政府組織開始禁止使用商業獵捕的海豹的產品。反對海豹獵捕的人認為這是好的發展。海豹產品沒有市場，對獵人來說，獵捕海豹的行為就失去了經濟價值。

加拿大每年的海豹狩獵突顯了一個問題：在人們

仍仰賴傳統方法營生的地方，要如何在人道上進步。海豹的性命固然重要，但獵人的生命也很重要。若要找到兩全其美的方法，可能需要時間和妥協。

(B) 36. 根據第一段，下列何者正確？

(A) 海豹被獵殺是因為總數過剩。

(B) 雖然獵殺海豹是件兇殘的事，卻獲利豐厚。

(C) 獵人最主要的收入來源仰賴於獵殺海豹，其獲利為他們的全年收入。

(D) 加拿大政府允許獵殺海豹的活動乃是因為糧食短缺。

說明

❶ 第一段未提到海豹總數過剩，(A)錯誤。

❷ 第一段提到海豹被獵殺不是因為當作食物的需求，而是因為它們的毛皮。還有它們的脂肪也可以製成營養補充品。由此可以得知獵殺海豹是獲利豐厚的行業，(B)正確。

❸ (C)在第二段才提到，且並非全年收入。

❹ 第一段未提到糧食短缺一事，(D)錯誤。

(B) 37. 下列哪一字和字彙「clubbed」意思最相近？

(A) 刺穿　(B) 猛打

(C) 猛刺　(D) 猛砍

說明

「club」當作名詞時為「社團」解釋；可是它還可以當作動詞使用，解釋成「猛打」。若是不知道此動詞用法也可以透過第三行的補充說明「此方法可以不會對毛皮造成損傷」推知答案(A)(C)(D)都會對毛皮造成損害；所以推知答案(B)最接近「club」一字的意思。

(A) 38. 何者最適合作為本文標題？

(A) 海豹獵捕：利益與人道的艱難取捨

(B) 海豹獵捕：野蠻與文明的艱難取捨

(C) 海豹獵捕：政府與人民的艱難取捨

(D) 海豹獵捕：新聞與事實的艱難取捨

說明

第一段到第四段提到海豹的商業價值，第三段開始發展反對方的意見，突顯獵捕海豹的人道問題。至此，我們可以知道立場不同的雙方為基於商業利益獵捕海豹的人以及基於人道觀點反對海豹獵捕的人。最後一段對此亦有明確的討論。故選(A)。本文立場持平，故價值判斷明顯的(B)錯誤。(C)(D)未提及。

(B) 39. 下列敘述何者正確？

(A) 每年獵殺海豹的時間長達四個月。

(B) 除了海豹皮，海豹的脂肪也是一種商品。

(C) 根據統計，海豹被剝皮時皆已死亡。

(D) 全世界對於海豹製品的需求已經減少。

說明

❶ 第二段提到海豹狩獵是從三月到四月，為期兩個月，(A)錯誤。

❷ 第一段提到海豹的脂肪可以當作營養補充品，(B)正確。

❸ 第三段提到很多證據顯示許多海豹在被剝皮的時候還未死亡，(C)錯誤。

❹ 全文皆未提到海豹所製成的產品需求已經大幅度減少，(D)錯誤。

第 40 至 43 題為題組

如果你喜歡大自然又想去南半球遊覽，坎加魯島是一個不錯的選擇。這座島嶼離澳洲大陸不遠，島上三分之一以上都是自然保護區。因為如此，島上充滿澳洲原生的動物，如袋鼠、無尾熊、針鼴，和海獅。如果你喜歡賞鳥，這裡可以看到數百種鳥類，從水鳥、野禽，到像鸚鵡一樣身上有鮮明多彩羽毛的鳥類。貓頭鷹、隼、鷹等猛禽也可以在這裡找到。沿岸甚至還有企鵝的棲地。

簡單來講，坎加魯島充滿野生生物。不過島上也有住人，只是人口很少，不到五千人。由於人煙罕至，這座島對愛好大自然的人來說是很有觀光價值的。不過，旅客想要或必須的設備島上也能供應。

在白天，遊客可以遊覽自然保護區並拍照記錄坎加魯島驚人的野生動植物。它們可以造訪海灘，看飛行的鵜鶘和躺著曬太陽的海獅。大部分的觀光行程都靠步行，因為島上到處都是登山步道。其中一條步道橫跨三座自然保護區，走完全程需要五天。如果你想走這條步道，最好做好長途跋涉的準備！

當夜幕低垂，遊客可以在豪華的餐廳用餐。餐廳供應各種佳餚。菜單上有海產和上好的紅酒，饕客會愛上這裡的食物。

若要就寢，坎加魯島的可以滿足各種的需求。你可以住在岸邊的小屋或住在五星級飯店客房。如果預算不多，也可以選擇露營。就各種角度來看，坎加魯島都是一個等著被發現的樂園。

(A) 40. 根據本文，下列哪一種人可能不喜歡此動物保護區？

(A) 極限運動愛好者。　(B) 美食家。

(C) 賞鳥人士。　(D) 攝影愛好者。

說明

❶ 全文未提到 Kangaroo Island 地勢險峻，可提供地方給極限運動愛好者運動，選(A)。

❷ 第四段提到在島上當夜晚來臨時有很多奢華的餐廳提供美食。所以美食家一定會喜歡此島。

❸ 在第一段有提到島上有數百種鳥類可供觀賞。

❹ 在第三段開始提到在此自然保護區可以快速拍照一些令人驚訝的野生動物。所以攝影愛好者亦可能喜歡此處。

(C) 41. 關於本文，下列哪一敘述錯誤？

(A) 本區提供多樣性的住宿選擇。

(B) 動物的總數超過本地人的總數。

(C) 超過三分之二的土地被規劃為動物保護區。

(D) 島上的大部分動物為特有種。

說明

❶ 最後一段提到從小屋到五星級的住宿島上都有可以選擇，(A)的資訊正確。

❷ 第二段提到島上充滿野生動物，但是居民人口總數卻低於 5,000 人，(B)的資訊正確。

❸ 第一段提到三分之一的土地被規劃為動物保護區，而非三分之二。故知要選(C)。

❹ 第一段提到此島充滿澳洲所特有的動物如袋鼠、無尾熊、針鼴，和海獅，(D)的資訊正確。

(D) 42. 根據第三段，下列何者敘述正確？

(A) 遊客白天可以打獵，晚上在購物中心享受購物樂。

(B) 最長的步道延伸至整座島嶼。

(C) 遊客可以買飼料餵食鳥類和動物。

(D) 遊客可以以很費勁或是很輕鬆的方式走完步道。

說明

❶ 第一句提到訪客白天可以探訪自然保護區，在島上對於一些野生動物拍些快照。也可以去海灘看看鵜鶘飛翔和海獅躺在太陽下；(A)錯誤。

❷ 第四句提到最長的步道要五天才能走完；但並未提到延伸整座島。(B)錯誤。

❸ 第三段沒有提到遊客可以買飼料餵食鳥類和動物。(C)錯誤。

❹ 在第三句開始提到在島上觀光要靠步行；所以可以推知遊客可以以輕鬆或是費力的方式來走這些步道。(D)正確。

(B) 43. 在此篇文章中，有哪些動物被提到？

(A) 獵鷹、鷹、鸚鵡、熊貓。

(B) 袋鼠、法律許可獵捕的野禽、水禽、無尾熊。

(C) 無尾熊、貓頭鷹、袋鼠、獅子、水牛。

(D) 鵜鶘、貓頭鷹、無尾熊、鯨魚。

說明

❶ 熊貓 (panda) 不在島上的動物之中；(A)錯誤。

❷ 第一段提到動物的名稱如袋鼠、無尾熊、針鼴、海獅。在第一段倒數第四行提到有可以捕殺的野禽 (game bird)、水禽 (water bird) 等其他鳥類。(B)正確。

❸ 島上沒有水牛 (buffalo)，(C)錯誤。

❹ 全文未提到有鯨魚 (whale)，(D)錯誤。

第 44 至 47 題為題組

對古生物學家──研究化石的科學家──來說，2015 年是令他們興奮的一年。這一年，它們在坦尚尼亞發現了 Teleocrater 的化石。這個發現正在改變古生物學家看待不同種類的古生物，如祖龍和恐龍，的方法。這項發現的重要程度，讓紐約時報為它寫了一篇新聞報導，報導根據自然期刊上更具科學性質的報告寫成。

要了解這項發現的重要性，我們必須先檢視我們對演化的科學理解。1930 年代，此物種的化石就已被發現，但直到 1950 年代才被分類。也是在這時古生物學家 Alan Charig 給牠取名為 Teleocrater。雖然他為這種生物做出分類，但缺乏證據支持。所以，雖然有 Teleocrater 這個名字，牠從沒出現在恐龍的演化家譜上。

2015 年的發現改變了這一切。這項發現給了 Teleocrater 證據，還創造了另一項發現。Teleocrater 屬祖龍，是爬蟲動物。兩億五千萬年前，祖龍在演化樹上出現分支。一支是恐龍，最終變成我們現在看到的鳥類。另一支往另一方向發展，成為長吻鱷和短吻鱷。奇怪的是，兩個分支的特徵都可以在 Teleocrater 身上找到。牠有鳥類的特徵，也有和長吻鱷相似的踝骨。這是一項重大的發現，因為它展現出祖龍在出現分支時發生了什麼事。

過去已有許多化石被發現和分類，但近期的這項發現展現出古生物學仍有許多奧秘。每項發現都是一片演化的拼圖，讓我們更加了解史前時代。還有什麼發現等著未來一代的古生物學家？我們拭目以待。

(D) 44. 根據本文，下列哪一敘述為錯誤？

(A) 證據顯示 Teleocrater 屬於演化樹當中恐龍的一種。

(B) 恐龍是現代鳥類的祖先。

(C) 祖龍其中一支派發展成爬蟲類。

(D) Alan Charig 和他的研究團隊發現 Teleocrater 的化石。

說明

❶ 第三段提到 Teleocrater 是祖龍的一種，屬於爬蟲類。之後提到 Teleocrater 擁有鳥類和鱷魚的特徵。所以推知(A)資訊正確。

❷ 第三段提到約二億五千萬年前，祖龍在演化樹當中分成兩支。其中一支是恐龍，最終進化成我們現在所看到的鳥類。所以(B)資訊正確。

❸ 在第三段提到另外一支演化成現在的鱷魚和短吻鱷。故知(C)資訊正確。

❹ 在第二段提到古生物學家 Alan Charig 在 1950 年代命名 Teleocrater，但是沒有提到他和他的研究團隊發現 Teleocrater 的化石。所以得知(D)資訊錯誤。

(A) 45. 片語「lie in store」最接近下列哪個意思？

(A) 即將發生。

(B) 上床睡覺。

(C) 可以在商店買的到。

(D) 有足夠的庫存。

(B) 46. 為什麼 2015 年是古生物學很重要的一年呢？

(A) Alan Charig 在該年將化石命名為 Telocrater。

(B) 科學家在該年發現和鳥類以及爬蟲類相關

聯的化石。

(C) 紐約時報在該年出版了關於 Teleocrater 的科學報導。

(D) 在該年古生物學家獲得了對 Teleocrater 完整的了解。

說明

❶ 根據第二段的資訊，Alan Charig 在 1950 年將化石命名為 Teleocrater。所以(A)錯誤。

❷ 在第一段開始提到：古生物學家在 2015 年在非洲的坦尚尼亞發現的 Teleocrater 的化石。在第三段倒數第四行提到 Teleocrater 有鳥類和鱷魚的特徵。根據這兩段的資訊得知(B)正確。

❸ 在第一段提到在坦尚尼亞發現 Teleocrater 的化石值得紐約時報報導，該報社並未出版關於 Teleocrater 的科學報導。所以(C)錯誤。

❹ 在最後一段開始提到：所有被發現的化石都已經被分類了，但是最近的文獻顯示對於古生物學而言還是有很多需要去發掘。所以(D)錯誤。

(D) 47. 關於祖龍的敘述何者正確？

(A) 牠們只演化成恐龍而已。

(B) 牠們約在三億年前存活於地球上。

(C) 牠們只具有鳥類的特徵。

(D) 牠們和現代的爬蟲類息息相關。

說明

根據第三段的資訊：約兩億五千萬年前祖龍在演化樹當中分成兩種不同的分派，而非只有恐龍一種。所以(A)(B)(C)皆為錯誤的答案。(D)為正解。

第 48 至 51 題為題組

不論是用板梳或齒梳梳頭，你大概都會把從頭皮掉下來的頭髮丟掉。在某個文化，收集這一束束頭髮是由婦女和少女傳承的傳統。中國貴州省裡的叫做長角苗族的少數民族就是傳承這個文化的人。

這種頭飾繞著牛角狀的木製飾品織成。每日郵報的一篇文章中，一位中國少數族群文化專家表示，這種木製飾品可能來自把牛視為神聖的動物的古老傳統。苗族居住於鄉村，牛大概是因為對人類很有用處而被尊敬。尊敬牛的傳統最後演變成尊敬祖先的傳統。

要製作這種頭飾，祖先的頭髮要先與羊毛和亞麻一起纏繞在一個木片上。之後再用一條長白絲帶綁起來。所以用在製作這種髮飾的材料都是世世代代使用、傳承下來的。

苗族特殊的穿著不僅止於這種頭飾。他們的衣著也色彩繽紛，上面有細緻的花樣。衣服上的花樣是刺繡上的，意思是它們是用有顏色的線縫上去衣服的。主要的顏色有紅、橘、白、黑。

跳花節是可以穿刺繡衣帶頭飾的特殊節日之一，是最受苗族年輕人歡迎的節日。在這天，單身少女要唱歌跳舞娛樂來自其他村莊的少年。若少年和少女間產生感情，就可能會產生漫長的訂婚過程。在苗族社會要成婚不容易，雙方家庭要達成共識可能要好幾個月。

這種特殊的頭飾不是天天都能戴，而是在特殊場合或是娛樂遊客時才會戴。不幸的是，這項傳統正慢慢消失，因為年輕一代的苗族人正離開他們成長的家鄉，去中國其他地區尋找更多機會。

(B) 48. 為什麼苗族被稱為「長角」苗族？

(A) 他們在山區用吹號角傳達訊息。

(B) 他們頭上的飾品裝飾看起來像牛角。

(C) 他們將凌亂的頭髮編織成牛角形狀使他們看起來俐落。

(D) 他們覺得牛角是聖物可以傳達他們的祈禱給他們的神祇。

說明

❶ 全文未提到苗族人在山區間吹號角傳達訊息。故知(A)錯誤。

❷ 在第二段提到苗族的頭飾是將頭髮纏繞在木製的飾品，此飾品的形狀長得像牛角；所以(B)正確。

❸ 全文皆未提到苗族人將凌亂的頭髮編織成牛角形狀是為了使他們看起來俐落；所以(C)錯誤。

❹ 在第二段開始提到苗族人將牛視為神聖的動物，但是沒有提到牛角可以幫助他們傳達訊息給天上的神。故(D)錯誤。

(D) 49. 根據文章，下列關於苗族傳統的敘述何者正確？

(A) 婦女和女孩會將自己的頭髮收集起來，從不丟棄。

(B) 婦女和女孩會將牛毛剪下裝飾他們自己。

(C) 媽媽們被要求從他們的女兒出生開始就幫她們收集頭髮。

(D) 他們的先祖將散落的頭髮收集後一直傳給他們的女性後裔。

說明

在第三段一開始就提到苗族人祖先的頭髮會以毛線和亞麻布包覆起來，再以木製的髮夾固定。最後這些髮束會以一條長的白色緞帶綁在一起。所有的製作髮飾的髮束會被收集起來傳給下一代。所以根據此段所提供的資訊得知髮束的主要材料來自於她們的祖先所留下來的頭髮。四個選項當中只有(D)才是正確的答案。另外三個選項皆為錯誤的資訊。

(C) 50. 在哪一種場合女性可以配戴此頭飾？

(A) 他們想戴就可以戴。

(B) 從事雜務的時候。

(C) 當女性想娛樂並吸引異性的目光時。

(D) 當他們在慶豐收時。

說明

在第五段第二行開始提到苗族女孩在特別的節慶時會穿戴此頭飾唱歌來娛樂來自別的村莊的男性。另外在最後一段開始提到頭飾不是每天都穿戴的；苗族人在特別的場合和娛樂觀光客時才會做此裝扮。根據此兩段所提供的資訊判斷選項，只有(C)的選項才是正確的。其他三個選項皆是錯誤的。

(A) 51. 為什麼配戴長角頭飾逐漸式微？
(A) 因為年輕女子都到都市去尋找更好的工作機會。
(B) 當地政府禁止苗族女子擁有如此怪異的髮型。
(C) 女性覺得這些傳承下來的散落頭髮非常不衛生。
(D) 女性對於保存此傳統逐漸失去興趣。

說明

在最後一段提到此種傳統逐漸式微是因為苗族年輕人都在長大之後都離開家鄉在中國其他地方尋找更多的(工作)機會。

◆ 第貳部分：非選擇題

一、中譯英

1. Taiwan's young adults are facing the problems of low wages in an increasingly competitive labor market. What's worse, many are also in debt.

說明

❶ 時態：表「正在」用現在進行式
❷ 低薪 low wage
❸ 負債 be in debt

2. To get/For better job opportunities and higher wages, more and more graduates decide to go abroad/set their sights on going abroad.

說明

❶ 時態：現在簡單式
❷ 立志；下定決心 set one's sights on sth

二、英文作文

作文範例

In Taiwan, only a few bus companies provide disabled-friendly services to the disabled. It was on a bus provided by such a conscientious company that I witnessed one day a heartwarming scene on my way back from school. Actually, my friends and I were heading toward our cram school. As soon as we jumped on the bus, we rushed to find a seat to take a rest. Soon, after a few stops, the bus was crowded with passengers. During the rush hour, the traffic was heavy and slow. Then, waiting alone at a bus stop up ahead, one disabled man in a wheelchair waved feverishly to ask the bus driver to stop. Though the bus was packed with passengers, the bus driver still pulled over and helped the disabled man get on the bus. This process took perhaps minutes, and all the passengers together made room for the wheelchair. No one complained or showed any sign of impatience.

For me, the bus driver acted like a wonderful human being, I have seen bus drivers deliberately ignore disabled people waiting at a bus stop. Though this kind act may seem trivial to most people, the bus driver's patience and kindness made a great impression on me and I hope his act could serve as an excellent example for everybody who witnessed it.

說明

第一段：描述自己曾經看過他人被服務的經驗。
Topic sentence: 有一天放學時看到令我感動的場景。
It was on a bus provided by such a conscientious company that I witnessed one day a heartwarming scene on my way back from school.
Supporting idea: 詳述事件過程。

第二段：描述對此經驗的感想。
Topic sentence: 對我而言公車司機展現了人性美好的一面。
For me, the bus driver acted like a wonderful human being.
Supporting idea: 因為很多公車司機只想載身體健全的乘客；往往對於身障乘客視而不見，不願意服務他們。
Conclusion: 雖然公車司機的善舉對很多人來說是微不足道，但是他的耐心和仁慈令我印象深刻。